Klotz und der unbegabte Mörder

Christian Klier, 1970 in Nürnberg geboren, studierte Germanistik und Romanistik und ist bis heute bekennender Frankreich-Liebhaber. Als Freund des fränkischen Savoir-vivre lebt er in der Metropolregion Nürnberg, wo er Deutsch und Französisch unterrichtet. Im Emons Verlag erschien sein Kriminalroman »Klotz, der Tod und das Absurde«.

Dieses Buch ist ein Roman. Handlungen und Personen sind frei erfunden. Ähnlichkeiten mit lebenden oder toten Personen sind nicht gewollt und rein zufällig.

CHRISTIAN KLIER

Klotz und der unbegabte Mörder

KRIMINALROMAN

emons:

Bibliografische Information der Deutschen Nationalbibliothek
Die Deutsche Nationalbibliothek verzeichnet diese Publikation in der Deutschen Nationalbibliografie; detaillierte bibliografische Daten sind im Internet über http://dnb.d-nb.de abrufbar.

FSC
www.fsc.org
MIX
Papier aus verantwortungsvollen Quellen
FSC® C083411

Umschlagmotiv: Lucas Fuchs
Umschlaggestaltung: Tobias Doetsch
Druck und Bindung: CPI – Clausen & Bosse, Leck
Printed in Germany 2012
ISBN 978-3-89705-952-8
Originalausgabe

Für Tessy

Bang bang, he shot me down
Bang bang, I hit the ground
Bang bang, that awful sound
Bang bang, my baby shot me down …
Nancy Sinatra

Der Scherz ist das Loch,
aus dem die Wahrheit pfeift.
Asiatisches Sprichwort

Prolog

Er lag auf einem schmalen Stück Rasen, zwischen einer Hecke und einem Nadelbaum. Außer dem Gras roch er süßliches Harz und etwas Bitteres, das von der Hecke zu kommen schien. Und er begriff, dass es die Nacht war, die den Geruch der Pflanzen so intensiv machte. Dass ihm das noch nie aufgefallen war, wunderte er sich, und er sah über die kleine Terrasse hinweg durch die gläserne Front in den Innenraum des Wohnzimmers.

Er hatte Angst.

Vor dem gedämpften Licht, das eine rückseitige Regalwand beleuchtete, stand ein Mann. Die Frau, die ihm gegenüberstand, hatte abwehrend die Hände gehoben. Was sie sprach, konnte er wegen der Glaswand, die sie trennte, nicht hören. Er sah ihre Hände wild gestikulieren. Er sah ihre zarten, langen Finger, die sich bald spreizten, bald wieder einknickten und sich beinahe zu kleinen Fäusten ballten. Er sah ihr Gesicht.

Ihr Gesicht. Er griff sich den Feldstecher, um es ganz nah sehen zu können. Um sich zu verlieren in diesen großen, aufgerissenen Augen. Diese dunklen Augen in diesem blassen, perfekten Gesicht. Als er bemerkte, dass sich am unteren Rand der Augen Tränenflüssigkeit sammelte, bekam er eine Erektion. Er sah auf ihren Mund, auf ihre roten Lippen, die weich und verzerrt irgendwelche verzweifelten Worte sagten. Als die Tränen übersprangen und in geraden Linien nach unten in die Mundwinkel flossen, hätte er am liebsten masturbiert. Aber das ging nicht.

Der schwarz gekleidete Mann war auf die Frau zugeschritten und hatte sie in seine Arme genommen. Er küsste sie da, wo die Tränen entlanggeflossen waren. Küsste sie auf die Augen. Jetzt neigte sie ihr Gesicht ein wenig nach unten, legte ihre Stirn auf seine Brust. Dann drehte sie ihren Kopf zu der Glaswand hin. In ihrem Gesicht flatterte das Licht dreier Kerzen. Jetzt konnte er sie sehen, ganz sehen in ihrer unfassbaren Schönheit. Doch sie sah ihn nicht.

Er nahm das Fernglas von den Augen und blickte zu der Wäschespinne, die sich am rechten Rand der Terrasse befand. Einsam flatterte dort ein Hemd. Er sah das Hemd, er spürte die Hitze der

Nacht, er begriff, was sich da in seinem Augenwinkel tat, und etwas zerbrach in ihm.

Nichts, nicht das geringste Detail würde er jemals vergessen. Wie der Mann sie erneut küsste. Wie sein Mund weiter nach unten wanderte, an ihrem Hals entlang, sich zur Schulter vorarbeitete, während eine geschickte Hand dabei war, ihr Oberteil aufzuknöpfen. Der Büstenhalter, der sich öffnete. Ihre Brüste. Ihre wunderschönen, großen, festen Brüste.

Er warf seinen Kopf zur Seite und vergrub das Gesicht im Gras. Die Wut und der Hass, die Verletztheit. Sie pressten Tränen aus seinen Augen. Er hatte den Mund aufgerissen, zum Schluchzen bereit, doch das verbot er sich strengstens, das durfte nicht sein. Stattdessen biss er in die Erde und ließ die angestaute Luft langsam ausströmen, durch den Dreck in seinem Mund.

Und mit einem Mal war alles ruhig in ihm. Ein kurzer, heftiger Orkan, der alles hinweggefegt hatte. Zurückgeblieben war eine ebene und klare Fläche. Er hob seinen Kopf, und während er sich die Kapuze seiner Sweatjacke überstülpte, spuckte er die Erde auf den Boden. Dann robbte er in Richtung der Wäschespinne. Dabei musste er immer wieder seine Jeans am Hosenbund festhalten. Seine Mutter fiel ihm ein, die ihn beinahe täglich ermahnte, doch mehr zu essen. Essen, dachte er verächtlich. Seit er *sie* gesehen hatte, gab es kein Essen mehr. Seit er *sie* kannte, gab es nur noch die Liebe und die Musik. Nichts weiter. Nichts anderes würde ihn erlösen. Ihn und auch sie. Und es war seine Aufgabe, ihr das klarzumachen. Ihre Augen würden sich öffnen, das wusste er. Früher oder später. Die Zeit, die es brauchen würde, war bedeutungslos. Seine Ausdauer kannte keine Grenzen, von nichts und niemandem würde er sich beirren lassen. Auch dieser Mann würde ihn nicht hindern können. Dieser Mann, der sie jetzt gerade so heftig durchvögelte, dass ihr Geschrei durch die Glaswand drang.

Als er an der Wäschespinne angelangt war, sah er für einen Moment ihr Gesicht. Der Lippenstift auf ihrem geöffneten Mund war verschmiert, ihre Augen geschlossen. Nichts mehr erinnerte an die zitternde Trauer, die vor wenigen Augenblicken noch in diesem Gesicht gelegen hatte. Der Körper des Mannes pulsierte vor Gier. Der Blick in seinen Augen hatte etwas Tierisches angenommen; er war fixiert auf ihren Hals und die prallen, wippenden Brüste.

Er packte das Hemd und riss es von der Wäschespinne. Dann robbte er zurück in sein Versteck zwischen Hecke und Kiefer. Das Stöhnen in seinem Rücken brach plötzlich ab. Schnell drehte er sich um und schob sich unter den Nadelbaum.

Die Frau lag jetzt allein auf dem bordeauxroten Sofa. Der Mann war aufgestanden. Mit erigiert abstehendem Glied ging er zu einer Holztür. Der Mann drückte die Klinke. Eine Katze quetschte sich durch den Spalt, schoss hervor und befand sich im nächsten Moment an der Glaswand. Der Mann legte einen Griff um und rollte eine Schiebetür zur Seite. Als er die Tür wieder schloss, war das Tier bereits über die Terrasse in den Garten gesprungen.

Tief und schwer war sein Atem geworden, und er schmeckte Erde, während seine Zunge gegen den vorderen Gaumen schnalzte. »Braves Kätzchen. Hierher.« Dazu bewegte er die Finger seiner Hand, rieb den Daumen über den Zeigefinger. Das Tier kam näher. Er fühlte das Fell unter seinen tastenden Fingern.

Der Mann hatte sich indessen wieder über die Frau gebeugt. Seine stoßenden Bewegungen wurden immer schneller und heftiger. Als der Mann plötzlich innehielt und laut aufstöhnte, stach er zu. Ein schriller, verzweifelter Schrei, dann ein Röcheln. Aus der Kehle floss warmes Blut, und er starrte in zwei grüne Katzenaugen, bis diese brachen.

Der Mann löschte das elektrische Licht an der Regalwand, und die Frau blies die Kerzen aus.

Er klappte das Taschenmesser wieder ein und steckte es in seine Hosentasche zurück. Dann nahm er das Hemd und wickelte die tote Katze darin ein.

Nachdem er das Bündel in die Hecke geschoben hatte, überfiel ihn eine bleierne Schwere. Er kroch unter die Kiefer, legte seinen Kopf auf den Boden und schlief sofort ein.

Zwei Stunden später erwachte er. Er brauchte eine Weile, um zu begreifen, wo er sich befand. Als er in den hell erleuchteten Raum hinter der Glaswand blickte, war er wieder im Hier und Jetzt.

Der Mann saß auf dem Sofa. Neben ihm lag ein Koffer. Die Frau stand vor der Regalwand. Beide waren vollständig angezogen. Die Frau telefonierte.

Als sie aufgelegt hatte, wandte sie sich um. Der Mann drehte seinen Kopf in ihre Richtung, und die beiden küssten sich. Dann nahm der Mann den Koffer, stand auf und verließ den Raum.

Sie war an die Glaswand getreten und starrte hinaus. Er war sich sicher, dass sie nichts sah, außer ihrem eigenen Gesicht, das sich im Glas spiegelte. Er hielt den Atem an. Diese Frau, diese wunderschöne Frau mit dem langen blonden Haar und den dunklen Augen, sie gehörte ihm. Sie gehörte ihm für immer.

Die beiden waren in den blauen Wagen gestiegen, der vor dem Haus parkte. Als das Auto anfuhr, glitt er blitzschnell durch die Hecke, schwang sich auf sein Mountainbike und trat in die Pedale.

An einer Ampel hatte er sie eingeholt. Während er sich im Hintergrund hielt, drückte er sich die Stöpsel seines MP3-Players in die Ohren, und er hörte das Lied, das seit Wochen im Repeatmodus eingestellt war.

Tag eins

Klotz wischte sich das fettige Haar aus der Stirn. Er war stockbetrunken. Und das Schlimmste an der Sache war, dass er sich dessen absolut bewusst war. Wie sehr hatte er die abgestürzten Gestalten beneidet, mit denen er vorhin noch am Weißen Turm gesessen hatte. Diese verlorenen Seelen, die dazu in der Lage waren, sich selbst und ihre verfahrene Situation im Alkohol vollständig aufzulösen. Nicht mehr zu wissen, wer man war und warum man existierte. Welch herrlicher Zustand musste das sein. Ein Zustand, den er niemals erreichen würde, selbst wenn er es schaffte, sich ins Koma zu saufen. Denn Klotz war einfach nicht fähig, die Kontrolle zu verlieren, den Steuerknüppel los- und den Flieger ins Nirgendwo abgleiten zu lassen, wo er an irgendeiner Wand zerschellen würde. Das wusste er. Egal, wie viel er trinken würde, irgendetwas in ihm verbot, das Heft aus der Hand zu geben. Die Haltung musste stets gewahrt bleiben, komme, was da wolle.

Vielleicht rührte das von seiner preußischen Erziehung her, dachte er einen Moment lang. Dann beschloss er, dass Ursachenforschung in diesem Bereich wohl zu nichts führen würde. Dafür war er dann doch schon zu alt. Sein Blick konzentrierte sich auf die Fassade der Lorenzkirche, vor der er zwar schwankend, aber aufrecht stand, so als müsse er diesem Bauwerk trotzen.

Da waren zwei Dinge, dachte er, zwei Dinge, die miteinander stritten, wenn er dieses Gebäude betrachtete. Während sein diffuser Blick die Fassade mal hier, mal dort abtastete, nahm seine Gefühlslage immer klarere Konturen an. Je höher er sah, desto unwohler wurde ihm, und das lag an dieser Verspieltheit der Formen, die nach oben hin immer mehr zunahm. Das passte nicht zu dem, wonach er sich sehnte, zu dieser Schlichtheit, die sein Innerstes ausmachte. *Späte Gotik, das ist doch irgendwie scheiße.*

Sein Blick verwischte. Die Verzierungen traten in den Hintergrund, dafür nahm er das Mauerwerk in seiner Zerstückelung stärker wahr. Ein Fleckenteppich, dachte er, ein Puzzlespiel, zusammengeschustert, notdürftig geflickt wegen der Bombensplitter und der natürlichen Erosion. Dieses Bauwerk, es hatte gebröckelt wie er selbst, aber es stand noch. Zeigte stolz seine Narben. Schämte sich seiner Unvollkommenheit nicht. Und er wünschte sich, wie diese Kirche zu sein, vielleicht ohne die Schnörkel und Windungen, aber dieses Ruinöse, dieses schamlos Zerbröckelnde, das hatte es ihm angetan, irgendwie.

Er sah an sich hinunter. An seinem blau-schwarz karierten Hemd, das nach Kneipe und Bier roch. Sah seinen hervortretenden Bauch, der den Rest seines Körpers so weit verdeckte, dass er nur noch die Spitzen seiner verschrammten Lederschuhe sehen konnte. Erst jetzt bemerkte er wieder die Plastiktüte, die er die ganze Zeit mit sich herumgezogen hatte, seit heute Nachmittag. Heute? Er sah auf seine Armbanduhr. Wahnsinn, wie die Zeit verging! Heute, das war offensichtlich schon drei Stunden her. Seit gestern Nachmittag also war er mit dieser Tüte hier unterwegs. Er betrachtete sie wie einen Fremdkörper, ein Stück staubiger Archäologie aus einer anderen Epoche. Und im Grunde war sie das ja auch. Plötzlich fiel ihm ein Song ein, den er sehr mochte. *What a difference a day makes / Twentyfour little hours …*

Eine andere Epoche: Um eins war er in den Karstadt gegangen, um mit Melanie zu sprechen, wegen des gemeinsamen Umzugs. Wieder sah er ihre Augen vor sich, die immer noch strahlten, so warm und weich, so wie am ersten Tag, als sie sich kennengelernt hatten. Der erste Tag. Wie lange war das jetzt her? Klotz überlegte, während er in den nächtlichen Sommerhimmel blickte. Gut zweieinhalb Jahre. So lange kannten sie sich schon. Oder so kurz, je nachdem.

Sie hatten also über den Umzug gesprochen und waren sich in beinahe allen Punkten einig gewesen. Nur dieses »Blinde Mädchen« von Millais war Melanie zuwider, das wollte sie nicht in der neuen Wohnung haben. Und Klotz wusste genau, warum. Es lag weder am Motiv noch an den Farben oder am Stil des Kunstdrucks. Das »Blinde Mädchen« war ein Relikt seiner gescheiterten Ehe, einzig und allein da lag der Hund begraben. Worauf war sie da eigentlich eifersüchtig, fragte sich Klotz, und der Ansatz eines müden Lächelns zeichnete sich auf seinen Lippen ab.

Er sah noch einmal auf die Tüte und schlug den rechten Weg ein, zwischen Commerzbank und Kirche.

Nachdem Melanie in ihre Abteilung zurückgekehrt war, hatte

er für Frederik ein Handy gekauft. Er hatte der Verkäuferin den Zettel hingelegt, auf dem sein Sohn die Angaben zu dem Modell notiert hatte, und am Ende nicht schlecht gestaunt, als er zweihundert Euro losgeworden war. Eigentlich war das viel zu viel für ein Geburtstagsgeschenk, das war ihm klar. Andererseits hatte er schon ein Leben lang seinem Sohn gegenüber ein schlechtes Gewissen: Wann sah man sich schon mal, bei dem permanenten Schichtdienst, der Bereitschaft am Wochenende, den vielen Aktionen außer der Reihe? Sollte er vielleicht langsam ruhiger treten, vielleicht endlich doch auf Teilzeit gehen? Er erinnerte sich, dass Melanie sich nicht selten darüber beschwerte, dass er so häufig unterwegs war. Nicht wenige seiner Kollegen hatten aus eben diesem Grund ihre Beziehung dahinscheiden sehen. Klotz dachte wieder an seine Ehe.

Kurz nach drei war er dann bei Diana aufgetaucht. Sie hatte einen verschüchterten Blick durch den Türspalt geworfen, hatte »Moment« gesagt und war sofort wieder verschwunden. Im Nachhinein, dachte er, hätte er eigentlich schon stutzig werden müssen, als sie die Sicherheitskette nicht löste. Das tat dann wenig später ein massiger Kerl, der annähernd zwei Meter groß war, ein schneeweißes Hemd trug und eine rosa Seidenkrawatte umgebunden hatte. Er hatte sich als Dr. Höderlein vorgestellt, Fachanwalt für Familienrecht und neuer Lebensgefährte seiner Ex. Klotz waren die tadellos geputzten Schuhe aufgefallen, die unter einer dunklen Anzughose gefährlich glänzten.

Dr. Höderlein hatte Klotz darum gebeten, dass er sich nun entfernen und auch zukünftig fernbleiben möge. Bevor Klotz in einen Tobsuchtsanfall hatte verfallen können, hatte der Anwalt höflich, aber bestimmt hinzugefügt, dass es doch für beide Seiten unangenehm wäre, wenn Klotz des Missbrauchs an seinem Sohn verdächtigt werden würde. Vermutlich hätte ein solcher Vorwurf auch direkte Auswirkungen auf seine Laufbahn als Beamter, von der Schädigung seines bislang halbwegs guten Rufes ganz zu schweigen.

Klotz war so baff gewesen, dass er geschwiegen hatte.

Einen Moment lang hatte er nur das unbeschwerte Kindergeschrei, das aus der Wohnung drang, wahrgenommen und schließlich begriffen, dass er und Frederik dessen zwölften Geburtstag getrennt voneinander feiern würden. Und in eben diesem Augenblick, als er diese Einsicht hatte, knallte die Tür vor seiner Nase zu und hauchte dem Ganzen – physisch durchaus spürbar – etwas Unabänderliches ein.

Es war ihm nichts anderes übrig geblieben, als wieder zu gehen. Nicht einmal sein Geschenk hatte er Frederik überreichen können. Als er die Innere Laufer Gasse erreicht hatte, war er dann in eine lateinamerikanische Bar gegangen, mit dem festen Vorsatz, den Rest des Tages im Alkohol zu ertränken. Was ihm ja auch hervorragend gelungen war. Wenigstens eine Sache, die funktioniert hatte, stellte er mit der für ihn typischen, ironischen Süffisanz fest, als er den Platz hinter der Lorenzkirche erreichte.

Er war gestürzt, war in die Fahrräder gestolpert, die vor der Sparkasse abgestellt waren. Das metallene Klackern und Rasseln, das die Räder von sich gegeben hatten, als sie wie Dominosteine umgefallen waren, hatte ihn aufgerüttelt. Er versuchte, seine Chancen einzuschätzen, unbeschadet nach Hause zu kommen. Er war nun einmal stockbesoffen, da biss die Maus keinen Faden ab.

Klotz sah sich um. Da drüben waren die HypoVereinsbank, ein Café, die Bayerische Landesbank, in seinem Rücken die Sparkasse. Ein paar Meter von ihm entfernt noch eine Bank, allerdings wesentlich einladender als die zuvor taxierten. Sie war um einen Baum gewunden, war wie dieser aus Holz, und auf ihrer Lehne hatte ein vorausschauender Bürger eine Einladung verfasst, die Klotz augenblicklich auf sich bezog. *Bullenschweine!*

Er stand auf, legte sich auf die Bank, schloss die Plastiktüte samt Inhalt in seine Arme. Kurz bevor er einschlief, bemerkte er noch, dass er lächelte.

Es war der Geruch, der ihn weckte. Ein Geruch, der nicht passte. Ein beißender Gestank, der ihn an Bauernhof erinnerte. Wo war er? Was war geschehen? Über ihm befanden sich Zweige und Blätter, die langsam aus einem heller werdenden Himmel heraustraten. Es dämmerte. Er blickte etwas zur Seite. Sonnenstrahlen trafen auf den oberen Teil der Rückseite von Sankt Lorenz. Jetzt dämmerte es auch ihm. Doch wo kam dieser stechende Mief her?

Er fühlte sich kraftlos, vollkommen erschöpft. Als er sich aufrichtete, begann sich plötzlich alles zu drehen. Er musste husten. Gleichzeitig stellte sich ein Brechreiz ein, den er nur mit Mühe niederrang.

Er blickte auf und sah einen riesigen Misthaufen, der vor dem Eingang der Sparkasse ungeniert vor sich hindampfte. Daneben stand ein Anhänger, der an einem Traktor hing. Ein Mann mit grünen Gummistiefeln stieg an der Seite des Traktors hoch, öffnete die Tür, setzte sich auf den Fahrersitz und ließ den Motor an. Irgendwie hatten die Bewegungen des Mannes etwas Beherztes an sich, dachte Klotz, als der Trecker plötzlich in einer Art Kavaliersstart nach vorn schnellte und mit Vollgas den Lorenzer Platz verließ. So etwas würde er sich auch mal für sich wünschen, so eine Entschiedenheit, solch einen Mut. Mit einem Mistkarren vor die Kanzlei dieses Dr. Höderlein fahren und die ganze Scheiße dort abladen. Am besten auf Höderleins teures Auto oder besser noch auf ihn selbst, auf sein weißes Hemd und die noble Seidenkrawatte. Das hätte er verdient, dieses Arschloch. So eine Aktion, das wäre besser als Saufen, dachte er, das hätte etwas ultimativ Befreiendes an sich. Dieses elende Joch, das man sich endlich von seinen Schultern zu schütteln traut, auch wenn man dabei seinen guten Ruf verliert und den Job aufs Spiel setzt. Das wäre echter Mut, furchtlos und ohne Angst vor irgendwelchen Konsequenzen. Ob er jemals zu solch einer Handlung fähig wäre?

Klotz stand auf. Er überlegte, wie er das Werk des Misthaufenkünstlers angemessen würdigen könnte. Seine Blase, die plötzlich jäh drückte, gab ihm eine unmissverständliche Antwort. Während er zu dem Haufen torkelte, öffnete er seinen Hosenschlitz. *Verdammt noch mal, was war das da unter seinen Füßen? Scheiße, verdammt noch mal!*

Er rutschte aus, strauchelte, direkt in den Misthaufen hinein, gerade in dem Moment, in dem er lospinkeln wollte. Jetzt drückte er eine Hand gegen den stinkenden Berg, um wieder aufzustehen, und wunderte sich, als er Papier spürte. Er blickte auf die Hand, auf das Blatt darunter, las »Lehman Brothers« und lachte kurz auf.

Das war doch alles Mist hier, in jeder Beziehung. Jetzt roch er nicht nur nach Kneipe, Bier und Männerschweiß. Nein, das edle Parfum frischer Jauche klebte an ihm und verlieh seiner olfaktorischen Aura eine ganz besondere Note. Klasse! Er wusste selbst nicht warum, aber mit einem Mal fühlte er sich an einen Tag im Dezember erinnert.

Gedankenverloren starrte er hinüber auf den Durchlass zwischen Kirche und HypoVereinsbank. Es dauerte eine Weile, bis ihm auffiel, dass da neben einem Baugerüst ein hellblaues Dixi-Häuschen stand, und er beschloss, sein Glück dort zu versuchen.

Als er auf Höhe der HypoVereinsbank angelangt war, bemerkte er etwas am Rand seines Wahrnehmungsfelds. Etwas, das ihn an seine Profession als Ermittler erinnerte. Etwas, was er nicht ignorieren konnte. Er wandte sich nach rechts, sein Blick war suchend. Suchte das, was er gerade wahrgenommen hatte, wahrzunehmen geglaubt hatte. Er wünschte durchaus, dass sein Erkennen hier bloß konjunktivischer Natur gewesen wäre. Aber als er das Blut sah, das zwischen den Bodenplatten und einem Arkadenpfeiler der Bank klebte, wusste er, dass ihn die Realität eingeholt hatte.

Er trat näher. Zuerst sah er nur den Absatz eines umgestürzten Schuhs. Dann den dazugehörigen Fuß, darüber die Unterschenkel, die gekreuzt waren. Die Zehen des freiliegenden Fußes bedeckten die Achillesferse des anderen. Allein dieser nackte Fuß, dachte Klotz, allein dieser Fuß war so voller Anmut, so zerbrechlich und schön, dass er sich überwinden musste, weiter nach oben zu sehen. Über diese Knie, den schwarzen Minirock, die Hüften, die dieser bedeckte, bis hin zur Taille.

Und plötzlich war er sich seines eigenen Anblicks bewusst. Wie er da stand, stinkend vor Jauche und Dreck, mit fettigem Haar und einem Bart, der seit Tagen schon keine Rasierklinge mehr gesehen hatte. Und er wusste nicht, was er empfinden sollte.

Dieses Haar, dieses volle, blonde Haar, das nach hinten gefallen war, sich in alle Richtungen verströmte wie ein Fluss, der in einem Delta auslief, hinein in ein Meer, aus dem es kein Zurück mehr gab. Er sah diese wunderbaren Arme seltsam gekrümmt auf dem Boden liegen. Die Hand, geöffnet, so als würde sie darauf warten, dass man sie ergriff.

In den Augen hing ein Schleier, den Klotz sehr gut kannte, und aus dem Rücken ragte die metallene Spitze eines Pfeils, dessen Schaft zwischen den Brüsten steckte und den steinernen Boden berührte.

Wenn er nicht schon seit zweieinhalb Jahren Nichtraucher gewesen wäre, dann hätte er sich jetzt eine angesteckt.

Da war etwas, was er nicht begriff. Was er nicht begriff und gleichzeitig absolut verstehen konnte. Auf dem ausgestreckten Unterarm und dem Hals der Leiche lag eine rote Rose, die offensichtlich zu dem Rosenstrauß gehörte, der im geronnenen Blut neben der Toten lag.

Plötzlich tat Klotz etwas, was allen Regeln widersprach, die er jemals gelernt hatte. Ob es am Restalkohol lag oder an dieser sentimentalen Rührung, die er empfand? Er wusste es nicht, er stellte sich noch nicht mal die Frage. Er beugte sich kurzerhand nach vorn und griff nach der Rose, die auf der jungen Frau lag. Mit seinen groben Fingern strich er über die Blüten. Einige Blätter fielen hinab, fielen nach unten, fielen ins Blut. Er sah nur noch rot, ein dunkles, geronnenes Rot.

Dann Blau, das mit einem Mal unter den Arkaden einschlug. Ein flackerndes, unstetes Blau, das dem Gesicht der Toten irgendwie seine Würde nahm. Das die zärtliche Stille dieses Gesichts mit Kälte und Sachlichkeit überzog.

Er hörte aufgeregte Rufe. Er drehte sich nicht um, er wusste, was los war. Der Misthaufen. Natürlich hatte ein aufmerksamer Anwohner gleich bei der Polizei angerufen. War doch logisch. Doch Klotz hatte keine Lust auf Logik. Er konnte und wollte sich nicht losreißen von dieser wunderbaren Leiche. Er wollte weiter um ihre außergewöhnliche Schönheit trauern.

»Was machen Sie hier?«

Klotz spürte eine Hand auf seiner Schulter. Er sparte sich eine Antwort. Stattdessen sagte er etwas, was dämlicher nicht hätte sein können.

»Klotz. Hauptkommissar Klotz. Ich ermittle in einem Mordfall.«

Ihm fiel auf, dass er lallte.

»Sehen Sie das denn nicht?«, rief er, um den Eindruck des Lallens zu verscheuchen.

Als der Griff des Polizisten fester wurde, geriet Klotz in Wut.

»Nehmen Sie gefälligst Ihre Wichsgriffel weg!«

Der Angesprochene reagierte nicht. Rief in Richtung Misthaufen, verlangte nach einem gewissen Horst, der dort wohl zugange war.

»Können Sie sich ausweisen?«

»Was fällt Ihnen ein! Na klar kann ich mich ausweisen! Das wird dir noch leidtun!«

Klotz konnte sich nicht daran erinnern, wann er das letzte Mal so schnell zu Boden gegangen war. Er spürte einen stechenden Schmerz im Kreuz. Seine Kraft kam nicht annähernd gegen die des Polizisten an.

»Wie heißen Sie, Polizeimeister?«, quetschte Klotz zwischen seinen Zähnen hervor.

»Das geht dich einen Scheißdreck an, Freundchen!«

»Hören Sie, wir sind Kollegen!«

Der Druck auf seinem Rücken wurde stärker. Fast hätte sich Klotz zu einer Schmerzensäußerung hinreißen lassen, doch diesen Gefallen wollte er seinem Peiniger nicht tun.

»Horst, leg dem Penner die Handschellen an!«

In seinem Rücken klickte es, und Klotz schwieg. Er blickte auf seine Nasenspitze, auf der sich eine Fliege niedergelassen hatte. Die Berührung dieses Insekts löste in ihm beinahe das Gefühl einer zärtlichen Zuwendung aus. So weit war es also schon mit ihm gekommen.

Während der Stunden, in denen er wach gewesen war, hatte ihm sein langhaariger Zellengenosse einen gnadenlosen Lehrgang in Verschwörungstheorie verpasst.

Da waren die Illuminaten, die an der Spitze der Gesellschaftspyramide standen und heimlich die Welt regierten. Von mit ihnen verbündeten Außerirdischen wurden derweil giftige Chemikalien versprüht, die das Erdenvolk dumm machten. Niemand sollte die Geisteskraft besitzen, die Wahrheit zu erkennen. Es ging darum, die Gedanken der Menschen zu kontrollieren. Im Fachjargon nannte man dieses Verfahren »Mindcontrol«.

Klotz fragte sich gerade, von wem die Gedanken des Erzählers wohl kontrolliert wurden, als plötzlich der Blondschopf von Oberkommissarin Haevernick erschien. Wenn nicht diese unüberwindlichen Gitterstäbe zwischen ihr und ihm gewesen wären, er hätte sie umarmt.

»Hallo, Astrid! Mensch, bin ich froh, dass du da bist. Geht's dir nicht gut?«

Haevernicks klares Gesicht hatte mit einem Mal einen angewiderten Ausdruck angenommen. Sie holte ein Tempo aus der Hosentasche und hielt es an ihre Nase.

»Hallo, Chef. Sag mal, hast du dich schon mal gerochen?«

»Ach so, ja. Sorry, aber die wollten mich hier nicht duschen lassen. Es ist ja keine Absicht, dass ich so stinke. Dem da drüben macht's nichts aus.«

Klotz deutete auf den langhaarigen Verschwörungstheoretiker, der sich gerade in eine Hasstirade gegen Angela Merkel, die oberste aller illuminatenhörigen Satanistinnen, hineinsteigerte und ziemlich ausfällige Dinge sagte.

Haevernick schaute ihn mitfühlend an. »Meine Güte, Werner! Was machst du bloß für Sachen!«

Sie berichtete, dass, ehe sie und Escherlich am Tatort eingetroffen waren, die Streifenbeamten vor Ort schon einen dringend Tatverdächtigen aufgegriffen hatten. Irgendwie hatte die Beschreibung ziemlich gut auf ihn gepasst, und sie hatte begriffen, dass sie ihn schnellstmöglich hier aus dem Rathaus herausholen musste, hatte aber den Tatort nicht verlassen können, bevor sie nicht den anstehenden Aufgaben nachgekommen war. Deshalb war sie erst jetzt, am Nachmittag, erschienen.

»Wenigstens kommt überhaupt wer«, erwiderte Klotz müde.

»Freu dich nicht zu früh. Das Ganze wird Konsequenzen für dich haben.«

»Konsequenzen? Was für Konsequenzen denn?«

»Na, überleg mal. Widerstand gegen die Staatsgewalt, Beamtenbeleidigung und last but not least Erregung öffentlichen Ärgernisses.«

»Wie bitte? Erregung öffentlichen Ärgernisses? Wieso das denn?«

»Ich deutete es schon zu Beginn an: Du stinkst fürchterlich!«

»Seit wann kann man denn wegen seines Geruchs öffentliches Ärgernis erregen?«

»Seit es Anti-Raucher-Gesetze gibt.«

»Sag mal, verarschst du mich jetzt?«

»Wie kommst du denn darauf?«

Haevernick verzog ihren Mund zu einem schnippischen Lächeln.

»Also bitte! Ich glaub, es hackt! Das mit der Stinkerei kann man mir wohl kaum zum Vorwurf machen! Was soll ich machen, wenn mir da so ein blöder Misthaufen den Weg versperrt?«

»Da kann man nicht außenrum gehen, wenn man von und zu

Klotz heißt, nein! Da muss man draufhalten, mit eingelegter Lanze, wie andere Adelige das auch tun. Solche, die gegen Windmühlen kämpfen, ja genau!«

»Bitte lass diese ironischen Seitenhiebe. Du weißt, dass ich da empfindlich bin, ganz besonders, wenn ich nach Gülle rieche!«

Sie lachten lauthals. Verblüfft starrte der Verschwörungstheoretiker sie an und verstummte.

Klotz strich sich über das frisch gewaschene Haar. Nachdem Haevernick den Kollegen klargemacht hatte, wen sie da in ihrer Ausnüchterungszelle sitzen hatten, war plötzlich alles wie im Hotel gewesen. Außer einer ausgiebigen Dusche, die er hatte nehmen dürfen, hatte man ihm sogar noch Rasierzeug gereicht. Frisch geduscht, frisch rasiert und ein dunkles Polizei-T-Shirt, das am Bauch etwas spannte, was wollte man mehr?

Während er abwechselnd zu dem Zinnfigurenladen und dem gegenüberliegenden Café blickte, griff Klotz in seine Hosentasche. Neben einem stark in Mitleidenschaft gezogenen Tempotaschentuch fand er die zerknüllte Quittung für das Handy, das er Frederik hatte schenken wollen. Das Handy! Ob das noch auf der Bank lag? Ihm wurde klar, dass er die zweihundert Euro, die es gekostet hatte, wohl besser im Ofen verbrannt hätte. Vielleicht hätte er sich davon auch Aktien kaufen sollen von diesen Lehman Brothers. Er steckte die Quittung wieder zurück in die Hose und wandte sich seiner Kollegin zu.

»Du, Astrid, diese Sache mit meiner verlorenen Geldbörse …«

»Ja?«

»Also, du bist sicher, dass sie nicht vielleicht einer dieser Streifenbeamten hat?«

»Definitiv. Warum sollten die dir deinen Geldbeutel wegnehmen?«

»Damit ich mich nicht ausweisen kann?«

Während sich ihre Stirn runzelte, nahm der Rest von Haevernicks Gesicht einen verständnislosen Ausdruck an.

»So ein Unsinn! Ich glaub, du hast zu viel Zeit mit diesem Verschwörungstheoretiker verbracht.«

»Also, diese Streifenbeamten, von denen neulich in der Zeitung die Rede war, die hat man erwischt, wie sie am Tatort Waschmittel im Wert von zweihundert Euro mitgehen ließen. Ernsthaft. Da wundert einen doch nichts mehr.«

Haevernicks Blick schweifte ab.

»Na ja. Vielleicht hast du ja recht. Vielleicht werd ich langsam paranoid. Hab den Geldbeutel wohl tatsächlich irgendwo zwischen Weißem Turm und Lorenzkirche verloren.«

»Ein Wunder wär das nicht.«

Klotz hielt sich zurück. Er wollte nicht wirklich wissen, warum Haevernick den Umstand, dass er seine Geldbörse verloren hatte, für etwas sehr Wahrscheinliches hielt. Er deutete auf das Café vor ihnen.

Während sie auf ihre Bestellung warteten, erstattete Haevernick über die bisherigen Ermittlungsergebnisse Bericht.

»Die Tote heißt Linda Cordes, ist … war achtundzwanzig Jahre alt und arbeitete als Studienrätin.«

»Eine Lehrerin?«, fragte Klotz ungläubig nach, der den Eindruck makelloser Schönheit nur schwer in Zusammenhang mit dieser Berufsgruppe bringen konnte.

»Eine Gymnasiallehrerin, ja.«

Bei dem Tatwerkzeug handele es sich höchstwahrscheinlich um eine Armbrust oder Harpune. Escherlich sei gerade dabei, dies zu recherchieren, sprich, er klapperte entsprechende Sport- und Waffenläden ab.

»Das ist schon ungewöhnlich. Eine Armbrust.«

»Oder eine Harpune.«

»Wer macht so was? Was meinst du, Astrid?«

»Schwer zu sagen.«

»Ein kranker Fetischist?«

»Wie, Fetischist?«

»Na ja, ein Typ, der darauf abfährt, schöne Frauen mit Pfeilen zu erlegen.«

»Wie ein Stück Wild, meinst du?«

»Ja, so ähnlich.«

Klotz erinnerte sich unwillkürlich an ein Gemälde, das er vor einigen Jahren im Pariser Louvre gesehen hatte. Es war eine Abbildung des heiligen Sebastian gewesen, der an einen Baum gebunden war. Sein Körper war von Pfeilen durchbohrt gewesen. Was Klotz damals schockiert hatte, war nicht das Gemälde, sondern eine junge Frau, die dieses Bild mit leuchtenden Augen angesehen hatte. Klotz hatte den Eindruck gehabt, als verspürte die Frau Lust an den dargestellten männlichen Qualen. Vielleicht war es aber auch nur so, dass die Vorstellung eines bewegungsunfähigen Mannes, der nicht mehr weglaufen konnte, für dieses unnatürliche Leuchten verantwortlich gewesen war. Klotz versuchte, von der soeben erwachten Erinnerung einen assoziativen Bogen hinüber zu Linda Cordes zu schlagen, doch Haevernick kam ihm zuvor.

»Wenn es so ist, wie du sagst, dann geht es vielleicht um Liebe und Eifersucht. Sie will sich aus der Beziehung lösen, der Mann aber will das Objekt seiner Begierde nicht verlieren, und deshalb tötet er es.«

»Klassischer Fall.«

»Dazu würde auch das mit dem Rosenstrauß passen.«

»Und das mit der Rose, die auf der Leiche abgelegt worden war.«

»Welche Rose?«

Klotz begriff, dass er Haevernick seine unsinnige Tat gestehen musste. Sie würde Stillschweigen bewahren, das wusste er. In den Jahren, die sie jetzt zusammenarbeiteten, hatten sie sich gegenseitig schätzen gelernt, und Loyalität war eines der obersten Prinzipien, die beide bei ihrer Arbeit verband. Klotz legte also sein Geständnis ab, und Haevernick staunte. Als er seinen Vortrag beendet hatte, enthielt sie sich eines Kommentars, und dafür war er ihr dankbar.

»Also eine Beziehungstat«, schlussfolgerte sie.

»Scheint so.«

Das Essen kam. Klotz schnitt lustvoll an seinem Schnitzel herum, und Haevernick nippte vorsichtig an ihrer Latte macchiato.

Klotz sah einer chinesischen Touristengruppe hinterher und stopfte sich ein Stück Fleisch in den Mund. Irgendwie komisch, dachte er, als er bemerkte, dass die Asiaten einer nach dem anderen in einer Reihe den Burgberg hinaufstapften. Hatte ja durchaus etwas Diszipliniertes an sich, aber gleichzeitig auch etwas höchst Dämliches. Irgendwie fühlte er sich an Enten erinnert. Ente süß-sauer. Er lachte.

»Du, sag mal«, unterbrach Haevernick seinen Heiterkeitsanfall, »warum warst du eigentlich auf diesem Platz, bei dieser Leiche?«

Während er die Pommes in das Ketchup tunkte, überlegte Klotz, ob er eher die längere Fassung oder die Kurzversion bringen sollte.

»Wegen einer Bank«, erwiderte er lakonisch.

»Wegen einer Bank?«, fragte Haevernick in ungläubigem Ton, »haben die sonntags nicht geschlossen? Wolltest du Geld abheben, oder hast du etwa zusammen mit diesem Bauern den Misthaufen da vor die Sparkasse gekarrt?«

Klotz wurmte die fehlende Präzision, die der deutschen Sprache innewohnte.

»Nein, nicht wegen *so* einer Bank. Es war wegen … ach, ist doch jetzt egal!«, stieß er ärgerlich hervor und sah zu einem Tisch, an dem es sich gerade eine Frau bequem machte, deren aufgeräumte Kurzhaarfrisur etwas Akademisches ausstrahlte.

»Sagen wir mal so«, fuhr Klotz versöhnlicher fort, »der Tag war ziemlich scheiße und die darauffolgende Nacht irgendwie durchwachsen und …«

»Du musst mir nichts erklären«, unterbrach ihn Haevernick und lächelte verständnisvoll. Die Frau mit der Kurzhaarfrisur hatte ihr Gesicht in den Kinderwagen gesteckt, der neben ihr stand. Klotz beschloss, dass das Gespräch mit seiner Kollegin wieder sachlicher werden müsse.

»Was ist eigentlich mit den Videos?«

»Was für Videos?«, fragte Haevernick, die dem Gedankensprung ihres Vorgesetzten gerade nicht folgen konnte.

»Na, diese Bänke, äh, Banken, diese Banken, die werden doch videoüberwacht, auch im Eingangsbereich, soweit ich weiß.«

Haevernick rührte in ihrer Latte herum. Aus dem Kinderwagen fing es an zu schreien.

»Stimmt. Da hast du recht.«

Klotz hob die Stimme. »Wir brauchen unbedingt diese Videos, Astrid. Vielleicht bringen die uns ja weiter.«

Haevernicks Handy klingelte. Kurz nachdem sie das Gespräch angenommen hatte, steckte sie sich den Zeigefinger der freien Hand in das freie Ohr und warf der Frau mit dem schreienden Kinderwagen einen vorwurfsvollen Blick zu. Nach wenigen Sekunden hatte Klotz begriffen, dass Haevernick mit Escherlich telefonierte. Er ließ sich das Handy geben.

»Ja, ja, mir geht's gut. Wo bist du? … Aha, eine Harpune also. Und da bist du dir ganz sicher? … Du, was anderes: Auf einer dieser Bänke, war da vielleicht eine Tüte vom Karstadt? … Blau, blau sind die … haha, toller Witz … Gut, dann machen *wir* das. Du fährst ins

Präsidium und schreibst den Bericht … Ja, tut mir leid, irgendeiner muss das ja machen, und da du keine Lust hast, die …«

Klotz sah auf das Display.

»Verbindung unterbrochen. Kein Empfang mehr. Vielleicht hat er auch einfach aufgelegt. Egal.«

Sie zahlten und standen auf. Als sie an der Frau mit dem Kinderwagen vorbeigingen, äffte Klotz das Geschrei des Babys nach.

»Wääähhhh!«

Die Frau blitzte den Hauptkommissar aus ihren akademischen Augen böse an.

»Machen Sie sich etwa über mein Baby lustig?«

»Wie kommen Sie denn darauf?«, antwortete Klotz. »Ihr Kind hat mich nachgemacht. Solche Laute, die hab ich schon vor über vierzig Jahren von mir gegeben. Einen schönen Tag noch.«

»Sie Unmensch, Sie! Sie sind das Letzte! Leute wie Sie, die sollte man …«

Klotz hörte es schon nicht mehr. Er war nämlich inzwischen zu Haevernick gelaufen, die sich schon ein ganzes Stück entfernt hatte.

»War das wirklich nötig?«, warf sie ihm in einem Tonfall vor, wie er für Frauen typisch ist, wenn sie sich für das kindische Benehmen ihrer Männer schämen. Und dabei war er doch noch nicht einmal ihr Mann, dachte Klotz, der zumindest so viel Feingefühl besaß, dass er erkannt hatte, dass Haevernicks Frage rein rhetorischer Natur gewesen war.

Das war ja wieder einmal typisch Escherlich gewesen, dachte Klotz, als er auf das Klingelschild drückte. Lieber der Tatwaffe nachforschen als eine Todesnachricht überbringen. Und sich dann noch darüber beschweren, dass er ihm den Tatortbefundbericht aufs Auge gedrückt hatte.

»Ja bitte?«, knisterte es in der Gegensprechanlage.

»Klotz, Kripo Nürnberg. Wir müssten Sie dringend sprechen, Herr Cordes.«

Eines Tages würde er Escherlich schon noch mal beibringen, wie das funktionierte mit dieser Übermittlung von Todesnachrichten, dachte Klotz, als Haevernick die schwere Tür des Altbaus aufdrückte.

»Schön haben Sie's hier«, log Klotz und sah hinunter in die Wölckernstraße, wo ein tiefergelegter Astra an einer roten Ampel wartete und seine Umwelt mit den Bässen einer voll aufgedrehten Musikanlage beglückte. Auf der gegenüberliegenden Straßenseite schlenderten zwei miniberockte junge Frauen, deren Dekolletés bei jedem Schritt gefährlich wackelten. Klotz mahnte sich selbst, dass er sich auf die Situation hier im Raum und nicht die da unten auf der Straße konzentrieren müsse. Die Ampel sprang auf Grün, und der Astra vergaß loszufahren. Schön, dass es noch andere gab, die mit Konzentrationsschwierigkeiten zu kämpfen hatten. Klotz drehte sich um.

Haevernick saß auf einem schwarzen Ledersofa. Während sie sich verlegen über das blonde Haar strich, sah sie Klotz auf eine Weise an, die fragend, auffordernd und ein wenig beleidigt zugleich wirkte. Klotz wich ihrem Blick aus, sah auf die blühende Orchidee, die mitten auf einem niedrigen Glastisch stand. Ihm fielen Haevernicks Knie auf, die die metallene Abschlusskante des Tisches berührten. Er wusste, dass er Haevernicks Blick durchaus richtig interpretiert hatte. Und dennoch wehrte sich sein Innerstes beharrlich gegen den Gedanken, sich neben sie zu setzen. Er hatte Angst vor den Emotionen eines Ehemanns, der gleich erfahren würde, dass seine Frau ermordet worden war.

Ein hagerer Mittdreißiger betrat das Wohnzimmer und stellte ein Tablett auf den Tisch. Nachdem Paul Cordes die drei dampfenden Kaffeetassen verteilt hatte, rückte er sein abgetragenes graues Sakko zurecht und setzte sich Haevernick gegenüber. Erwartungsvoll schauten beide zwischen Klotz und der freien Tasse hin und her. Klotz entschied sich für eine offensive Eröffnung.

»Herr Cordes, wir sind hier, weil …«

»Möchten Sie Zucker? Ich habe leider nur noch braunen Zucker, bin noch nicht zum Einkaufen gekommen.«

»Danke. Herr Cordes, meine Kollegin und ich …«

Plötzlich klingelte das Telefon. Klotz hielt einen Moment lang inne. Als er begriffen hatte, dass Cordes nicht an den Apparat gehen würde, fuhr er fort.

»Wir sind hier, weil wir Ihnen eine traurige Mitteilung machen müssen.«

Das Telefon läutete zum zweiten Mal. Klotz wandte seinen Blick von Cordes' Gesicht ab, starrte wieder auf die Orchidee.

»Ihre Frau ist tot. Sie ist Opfer eines Gewaltverbrechens geworden.«

Kurz nach dem dritten Klingeln sprang der Anrufbeantworter an. Eine heitere, junge Frauenstimme sagte: »Sie sind mit dem Anschluss von Paul und Linda Cordes verbunden. Wir sind im Moment leider nicht zu Hause, Sie können uns aber gerne eine Nachricht nach dem Piepton hinterlassen. Wir rufen Sie dann schnellstmöglich zurück.«

Man hörte noch das Geräusch, wie jemand einen Hörer auf eine Gabel legte. Zähneknirschend musste Klotz sich eingestehen, dass sich sein Talent, Todesnachrichten auf möglichst einfühlsame Weise zu übermitteln, offensichtlich doch ziemlich in Grenzen hielt, und er musste an Escherlich denken.

Wie in Zeitlupe rutschte Paul Cordes von seinem Ledersessel auf den Boden. Klotz, der wusste, was jetzt kommen würde, bedeutete seiner Kollegin mit einer Geste, dass sie dem frisch gebackenen Witwer schnell beispringen sollte. Als Cordes auf dem Boden kniete, zerschnitt ein fürchterlicher Seufzer die stickige Luft, und Haevernick schreckte auf.

Klotz hatte das Wohnzimmer verlassen und war in den Flur getreten. Sein Blick fiel auf ein dunkles Sideboard. Um das Obst, das in einer dunkelblauen Schale lag, tummelte sich ein Schwarm Fruchtfliegen, und Klotz' Geruchssinn nahm ein bananiges Aroma wahr. Irgendetwas an diesem Cordes war ihm doch von Anfang an faul vorgekommen: diese unruhigen Augen, die hibbelige, affektierte Art und dann diese Stimme, der etwas Schräges und Unaufrichtiges anhaftete. Vielleicht war das ja etwas allgemein Typisches für Journalisten, überlegte Klotz, aber der Eindruck, Cordes hätte etwas zu verbergen, überwog. Und genau deshalb sollte er jetzt auch die Gunst der Stunde nutzen und die Räumlichkeiten hier etwas genauer unter die Lupe nehmen.

Falsche Anteilnahme und Gefühlsduselei hatten noch nie irgendwelche verwertbaren Ermittlungsergebnisse zutage gefördert, ermunterte er sich selbst, als er die erste der beiden Türen öffnete, von denen er noch nicht wusste, was hinter ihnen lag.

Im Rahmen einer ersten, globalen Analyse erkannte Klotz messerscharf, dass Sauberkeit und Ordnung zwei Eigenschaften darstellten, mit denen wohl weder Journalisten noch Lehrer gesegnet waren. In einer Ecke neben der Tür stand ein Katzenklo, in dem kleine Kotwürstchen in verschiedenen Stadien der Vertrocknung vor sich hin dümpelten. Nicht wenig von dem gelb verfärbten Katzenstreu war um die Einfassung des Muschi-WCs verteilt. Im Prinzip hätte Klotz all dies wenig ausgemacht, hätte es sich bei dem Raum, den er gerade betreten hatte, nicht um die Küche gehandelt.

Insgesamt hatte er den Eindruck, dass das, was sich da zu seinen Füßen befand, so etwas Ähnliches wie moderne Kunst war, wenn auch eher ungewollt und zufällig. Neben Stapeln alter Zeitschriften, aus denen hie und da etwas ausgeschnitten worden war, befanden sich Verpackungsreste verschiedener Mikrowellengerichte. Besondere Aufmerksamkeit erregte ein Haufen Aluschüsseln, die wohl von einem Lieferservice stammten und in denen irgendetwas Indisches klebte. So schien es Klotz zumindest. Trotz seines doch sehr ausgeprägten Ermittlerinstinktes verbot er sich selbst, diese Vermutung mittels einer Geruchsprobe zu verifizieren. Stattdessen wandte er sich vom Boden ab und setzte sich an den Küchentisch.

Nachdem er eine Weile auf eine fleckige Kaffeetasse gestarrt hatte, auf der das Logo des Bayerischen Rundfunks abgebildet war, nahm er eine halb aufgebrauchte Dose Katzenfutter in die Hand, die neben der Tasse stand, und überlegte, in welchen der vielen Behälter, die an der Wand gegenüber aufgebaut waren, er dieses Ding entsorgen musste. Neben einer Vorrichtung, über die ein gelber Sack gespannt war, stand eine Tonne, auf die jemand mit Edding das Wort »Biomüll« geschrieben hatte. Es folgte eine grüne Kiste, aus der Glasflaschen quollen, eine rote mit Pfandflaschen, eine leere Kiste, auf der »Papier« stand, und zu guter Letzt ein kleiner Mülleimer, in dem Klotz den restlichen Hausmüll vermutete. Streng genommen müsste man ja die Dose in den Gelben Sack geben, überlegte Klotz, der stinkende Inhalt gehörte in den Biomüll und die Banderole in den Papiermüll.

Klotz schloss die Augen und warf die Dose gegen die Wand. Ein blechernes, schepperndes Geräusch.

Als er die Augen wieder geöffnet hatte, fiel ihm das Papier einer Zeitung in den Blick, das aus dem Gelben Sack heraushing. Langsam schlabberte der Inhalt der entsorgten Katzenfutterdose über eine Schlagzeile: »Das europäische Dosenpfand kommt!« Ein kühles Bier wäre jetzt gut, dachte Klotz, während sich die ersten Fleischbrocken von dem Zeitungspapier lösten und auf den Kachelboden klatschten.

Er richtete seine Aufmerksamkeit wieder auf den Tisch, genauer gesagt auf diesen Haufen ungeöffneter Post, der auf ihm lag. Klotz griff sich ein Kuvert. ADAC-Rechtsschutzversicherung. Ließ das Kuvert auf den Boden fallen, nahm sich das nächste vor. Als er sich durch die im Wesentlichen aus Rechnungen, Werbung und irgendwelchen redaktionellen Schreiben bestehende Menge durchgearbeitet hatte, blieben zwei Umschläge übrig, deren Inhalt Klotz für ermittlungstechnisch relevant hielt: Ein Brief war von einer Bank, ein anderer trug den Absender einer Privatklinik. Klotz faltete die beiden Umschläge und steckte sie in seine Hosentasche.

Als er sich beim Verlassen der Küche noch einmal umdrehte, fiel ihm plötzlich ein Spruch ein, den er irgendwo einmal gehört hatte. *Jeder möchte die Welt retten, aber niemand hat Lust, den Müll runterzubringen.* Klotz zog die Tür hinter sich zu.

Er war wieder auf dem Flur. Nachdem ihm das Geräusch eines leisen Wimmerns versichert hatte, dass Cordes immer noch mit seinem Nervenzusammenbruch beschäftigt war, öffnete er die gegenüberliegende Tür.

Die Bettwäsche war bordeauxrot und durchwühlt. In ihrer Mitte hatte es sich eine schwarze Katze bequem gemacht. Sie drehte Klotz den Kopf zu und begann zu schnurren, als sie seiner ansichtig wurde. Klotz sah ihr für eine Weile in die grünen Augen. Ihre Lider hoben und senkten sich wie im Takt. Schließlich ging er in das angrenzende Bad.

Er hatte jedes Fach durchsucht, hinter jede Schranktür geschaut, doch nichts gefunden, was irgendwie interessant erschienen wäre. Jetzt sah er sich im Spiegel, und ihm fiel auf, dass sein Gesicht ganz schön verschwitzt war. Auf Brusthöhe wies sein T-Shirt einen feuchten Fleck auf. Klotz zog am Gummizug der Halsöffnung und steckte seine Nase hinein. Nachdem er sich kurz beschnüffelt hatte, verzog er das Gesicht. Dann öffnete er eine Tür des Spiegelschranks, hinter der er vorhin so etwas wie ein Deodorant zu sehen geglaubt hatte. Pech gehabt. Doch nichts. Oder vielleicht doch? Er hatte ein Fläschchen Eau de Toilette in die Hand genommen. Drehte langsam den Verschluss auf und roch.

Und was er da roch, ließ ihn für Sekunden vergessen, wo er war und was er gerade tat. Er sah wieder diesen wunderschönen Frauenkörper vor sich liegen. Beinahe schwebend, entrückt, wie ein Engel erschien diese tote Frau vor seinem inneren Auge. Ihre gekreuzten Beine, ihre Knie, der kurze schwarze Rock, die weiße Bluse darüber und diese Rose. Er sah ihr Gesicht, diese dunklen, verschleierten Augen und das ausgeworfene Haar. Dieses blonde Haar, das in alle Richtungen floss.

Als Klotz sich wieder im Spiegel sah, erschrak er. Dann verschraubte er das Fläschchen und stellte es zurück. Bevor er die Tür des Spiegelschranks schloss, las er die Aufschrift auf dem Flakon: »White Linen Light Breeze«. Wie er diesen Duft wohl an Melanie finden würde, fragte er sich flüchtig und schüttelte den Kopf.

Paul Cordes hatte die beiden Ermittler bis nach unten vor die Haustür begleitet. Die spätnachmittägliche Sonne, die sich unweigerlich auf ihrem Weg gen Westen befand, brachte die Menschen auf den Straßen der Südstadt immer noch ordentlich zum Schwitzen. Klotz sah in den Rinnstein, wo ein halb zerknülltes Dönerpapier vor sich hin wirbelte, und fragte sich, ob er es nicht aufheben und Cordes zum Abschied in die Hand drücken sollte. Dann hätte der ein weiteres Ausstellungsstück für seine Müllsammlung. Er entschied sich, Cordes stattdessen die rechte Hand zu reichen.

»Bitte halten Sie sich zur weiteren Verfügung. Wir werden in den nächsten Tagen sicher auf Sie zukommen. Ich kann Ihre Trauer zwar verstehen, aber Sie wollen ja bestimmt auch, dass wir den Mörder Ihrer Frau finden. Denken Sie nach: Hatte Ihre Frau Feinde? Gibt es da irgendjemanden, der ein Interesse daran gehabt haben könnte, Ihre Frau umzubringen?«

Als Klotz Cordes' Hand losließ, bemerkte er, dass sein Gegenüber an Unterarmen und Handrücken ziemlich behaart war. Er sah seiner Kollegin ins Gesicht. Haevernick hatte die Lippen zusammengepresst, ihr Blick war vorwurfsvoll, was Klotz nicht wunderte, was ihm aber auch relativ egal war. Ermittlungsarbeit war nun einmal kein Zuckerschlecken, zumal wenn man Oberkommissarin war und gleichzeitig bei der Mordkommission. Sollte sie halt Streife fahren, wenn ihr die menschlichen Schicksale zu nahe gingen, denen sie hier tagtäglich ausgesetzt waren. Und diese Trostspenderei, das war nun einmal nicht sein Ding, da brauchte man ihn nur anzusehen. Das sah ja ein Blinder mit Krückstock, dass er dazu völlig unfähig war, zumindest wenn die Betroffenen dem männlichen Geschlecht angehörten. Genau so etwas in der Art würde er ihr nachher sagen, wenn sie ihn auf das, was in der letzten halben Stunde geschehen war, ansprechen würde.

Klotz blickte wieder zu Cordes, und ihm fiel auf, dass ihn der Journalist ein wenig an George Clooney erinnerte. Also bitte, weshalb denn nur diese vorwurfsvolle Mimik, die Haevernick hier an den Tag legte! Da gab es doch überhaupt keinen Grund, die beleidigte Leberwurst zu spielen!

Plötzlich bemerkte er eine junge Frau, die über die Straße lief und auf sie zukam. Sie trug ein violettes Spaghettiträger-Top, abgetragene Jeans, die hie und da schon löchrig waren, und grüne Turnschuhe aus Segeltuch. Klotz' Miene hellte sich auf.

»Hallo, Melanie, was machst du denn hier?«

Sie lächelte und klemmte sich eine Strähne ihres tiefschwarzen Haars hinters Ohr.

»Hey du! Aber das weißt du doch!«

Klotz überlegte eine Sekunde lang. Dann wurde ihm wieder bewusst, dass der Hummelsteiner Weg hier ja gleich um die Ecke war. Meine Güte, wie dämlich er doch manchmal war! Und so vergesslich! Also, so langsam, da fragte er sich, ob er nicht schon unter einer frühzeitig einsetzenden Demenz litt. Natürlich, der Umzug!

Melanie begrüßte Haevernick. Dann Cordes, unbekannterweise. Klotz schien es, als hätte sich in den Augen seiner Freundin mit einem Mal etwas verändert. Abwechselnd sah er von Melanie zu Cordes. Der schaute plötzlich zur Seite und machte einen betretenen Eindruck. Was war da los? Komisch, dachte Klotz, und ihn beschlich das Gefühl, dass da zwischen den beiden irgendetwas war. Eigentlich glaubte er so ziemlich alles von Melanie zu wissen. Schließlich waren sie nun schon seit beinahe drei Jahren zusammen und zogen jetzt sogar in eine gemeinsame Wohnung. Er versuchte sich zu erinnern. Von einem Journalisten oder einem Paul hatte sie nie etwas erzählt, so schien es ihm zumindest. Er beschloss, diese Gedanken beiseitezuschieben und sich wieder auf die Fakten zu konzentrieren. Schließlich war er ja nicht privat unterwegs. Und Privates und Dienstliches durfte unter keinen Umständen vermischt werden, das wusste er. Schon zu oft hatte er Kollegen beobachten dürfen, denen das passiert war, und das Ergebnis war in hundert Prozent aller Fälle doch ziemlich traurig ausgefallen.

Klotz und Melanie sprachen noch zwei, drei Sätze miteinander. Er vertröstete sie auf den Abend, sie machte sich auf in die Wohnung im Hummelsteiner Weg, wo sie den Umzug weiter vorantreiben würde.

Haevernick hatte Klotz weder angesehen noch irgendetwas gesagt, als sie zum Wagen gegangen waren. Nachdem ihr Klotz die Beifahrertür aufgehalten hatte, watschelte er zur Fahrerseite. Er schob den Schlüssel ins Schloss und ärgerte sich wieder, dass sie immer noch mit diesem alten Omega aus den frühen Neunzigern unterwegs waren. Roststellen und Schrammen überall, eine Zentralverriegelung, die seit Jahren nicht mehr richtig funktionierte, aber ein Motor, der unzerstörbar schien. Trotz diverser Schäden war es der Mechanikertruppe von der Instandsetzung jedes Mal wieder gelungen, den dunkelblauen Opel zu reanimieren. Wie die das bloß immer wieder fertigbrachten. Klotz stellte sich einen ölbefleckten Blaumann vor, der die Kontakte eines Defibrillators an einen Motorblock hielt. Ein plötzlicher Stromstoß. Zwischen Metall und Schockgeber blitzte es auf. Der Blaumann flog gegen eine Garagenwand, sackte mit einem glückseligen Lächeln auf den Lippen in sich zusammen. Aber der Motor schnurrte. So kraftvoll wie am ersten Tag.

Diese Leute da in Rüsselsheim bauten einfach zu widerstandsfähige Autos, dachte Klotz. Kein Wunder, dass die kurz vor der Insolvenz standen. Wenn ein Unternehmen heutzutage Umsatz machen wollte, dann war es besser, kurzlebigen Schrott zu produzieren, der nach außen hin schön glänzte und möglichst schnell den Geist aufgab. *Außen hui, innen pfui!* Könnte vielleicht das Motto der modernen Marktwirtschaft sein. Klotz ließ den Wagen an.

Irgendwie ärgerte es ihn, dass Haevernick die Beleidigte mimte. Bei Licht betrachtet mochte das ja sogar ein wenig berechtigt sein, aber irgendwann musste auch mal wieder Schluss sein mit diesem Prinzessin-auf-der-Erbse-Gehabe.

Sie waren gerade in die Pillenreuther Straße gebogen. Auf der rechten Seite sah Klotz einen Schreibwarenladen auftauchen. Über einem gelb-roten Lottoschild klebte ein schwarz-weißer Fußball. Klotz stellte sich vor, wie er in diesen Fußball treten würde, um seinem Ärger Luft zu machen. Doch statt diesem maskulinen Impuls nachzuhängen, suchte er nach Worten, die weder zu anbiedernd noch zu brachial klingen durften.

»Du brauchst gar nicht eingeschnappt zu sein!«

Haevernick warf ihm einen Blick zu, der ihm ein wenig Angst machte.

»Ach ja?«, hatte Haevernick die Sprache wiedergefunden, »soll ich vielleicht dankbar sein, Herr Chef?«

Klotz sah auf das Heck eines weißen Golf, der vor ihnen fuhr.

»So etwas nennt man Arbeitsteilung, Astrid. Ich habe die Gunst der Stunde ergriffen …«

»Das hast du!«, unterbrach ihn Haevernick und lachte leise und ironisch.

»Du glaubst doch nicht, dass ich zum Spaß …«

»Natürlich nicht!«

»Ich habe ermittelt, verdammt noch mal!«

»Und das soll ich glauben, ja? Wahrscheinlich hast du auf dem Klo eine geraucht.«

Der Golf vor ihnen wurde schneller. Klotz trat aufs Gas.

»Was soll das jetzt? Du weißt ganz genau, dass ich nicht mehr rauche!«

Haevernick stierte demonstrativ auf Klotz' Bauch, der beinahe das Lenkrad berührte, und wartete ab, bis ihr Vorgesetzter ihren Blick bemerkt hatte.

»Stimmt. Da hast du recht. Und weißt du was? Man kann es sogar sehen.«

Der Golf fuhr jetzt fast neunzig. Vor einer Bahnunterführung rauschte er bei Rot über eine Ampel.

»Jetzt reicht's mir! Wirf die Flackerbirne aufs Dach!«

Haevernick reagierte nicht.

»Sag mal, hörst du schlecht? Du sollst das Blaulicht aufs Dach hauen!«, raunzte Klotz seine Kollegin an.

Obwohl sie den Zusammenhang immer noch nicht verstand, gehorchte Haevernick mechanisch. Klotz hatte das Funkgerät in der Hand.

»An alle Einsatzwagen: Ein weißer VW Golf, Ansbacher Kennzeichen, mit überhöhter Geschwindigkeit unterwegs vom Celtisplatz in Richtung Frauentorgraben. Ich wiederhole: Ein weißer VW Golf …«

Der Omega war fast am Ende der Celtisunterführung angekommen. Klotz hatte das Gaspedal durchgetreten, und trotzdem wurde der Wagen immer langsamer. Der Golf war an der Westfassade des Hauptbahnhofs vorbeigefahren. Man sah die Bremsleuchten und eine Ampelanlage rot aufblinken, dann bog der Golf nach links und verschwand.

»So eine Drecksgrütze! Verdammt noch mal! Das ist jetzt nicht wahr!«

Wutentbrannt warf Klotz das Funkgerät auf die Ablage. Während er den Wagen neben einem Werbeplakat am rechten Rand des Tunnels auslaufen ließ, steckte Haevernick das misshandelte Funkgerät in die dafür vorgesehene Aufhängung zurück.

Als der Omega stand, riss Klotz die Tür auf und sprang aus dem Auto. Beinahe wäre ihm ein Fahrradfahrer in die Tür gefahren. Der Radler war abgestiegen und tobte.

Klotz setzte den schlimmsten Gesichtsausdruck auf, zu dem er fähig war, deutete auf das flackernde Blaulicht auf dem Autodach und brüllte so laut er konnte: »Was?«

Der Radler schwang sich schnurstracks wieder auf sein Bike und suchte das Weite. Klotz schmetterte die Tür zu und trat gegen den Kotflügel des Opel. Eine Zierleiste aus Plastik sprang von dem Blech und fiel geräuschlos zu Boden. Der Hauptkommissar sah auf das Plakat, das am Ausgang des Tunnels klebte. Dort war das Gesicht einer hübschen jungen Frau zu sehen, deren sportlicher Körper in einer Polizeiuniform steckte. *Dein Einsatz für die Sicherheit – Ein Beruf auch für Dich?* Klotz wusste nicht, ob er lachen oder weinen sollte.

Es war einfach nur ein Witz, dachte Klotz und sah durch die dreckigen Scheiben des Konferenzraums in den Innenhof des Polizeipräsidiums, wo im Abendsonnenschein zwei Uniformierte miteinander Federball spielten. Es war einfach nur ein Witz, wiederholte er und dachte an den maroden Omega, der jetzt in der Reparatur war.

»Der Verteiler«, hatte der Leiter der Instandsetzung lakonisch verlauten lassen.

Aber es hatte nicht gereicht, dass bloß der Wagen stehen geblieben war. Nein! Zu allem Überfluss hatte sich auch noch das Blaulicht dazu entschieden, seinen Geist aufzugeben, kurz nachdem der Fahrradfahrer verschwunden war. Ganz großes Kino war das gewesen! Klasse! Weiter so! Aber damit hatte der Leiter der Instandsetzung nichts zu tun. Die Sache mit der Flackerbirne sei nicht seine Aufgabe, hatte er gemeint. Ja, wessen Aufgabe denn dann? Das hatte er ihm auch nicht sagen können. Und jetzt stand er hier, mit einem defekten Blaulicht in der Hand, und starrte auf zwei Kollegen, die sich mit mädchenhaften Bewegungen einen Federball durch die schwüle Sommerluft zuspielten. Hätte nur noch gefehlt, dass sie bei jedem Schlag gestöhnt hätten, so wie diese Petkovic. Ach nein, die stöhnte ja gar nicht. Das war diese Navratilova gewesen. Oder Steffi Graf? Er wusste es nicht mehr. *Ach, egal!*

Die Tür wurde geöffnet. Klotz drehte sich um und sah in das geschminkte Gesicht von Leonie Zangenberg.

»Oh! Herr Hauptkommissar! Schön, dass ich Sie treffe.«

Irgendetwas musste mit ihrem Schuh nicht in Ordnung sein. Sie hatte ihren Oberkörper nach vorn geneigt und fingerte jetzt mit einer Hand an einem ihrer dunklen Pumps herum. Ob er wollte oder nicht, Klotz war gezwungen, seinen Blick an den Bereich zu heften, wo die dünnen Träger des Lingeriekleids in die Spitzen übergingen.

»Hallo, Leonie, was gibt's?«

Die Sekretärin hatte sich wieder aufgerichtet und war nun damit beschäftigt, ihr cremefarbenes Kleid im Hüftbereich nach unten auszustreichen. Klotz bemerkte die rosafarbenen Fingernägel. Während sie an sich nach unten schaute, sah er auf ihren Hals, und ihm fiel ein, dass diese Frau ihm einmal ein Angebot gemacht hatte, auf das er bis heute nicht eingegangen war.

»Haben Sie schon die Nachricht gelesen, die ich Ihnen auf den Schreibtisch gelegt habe?«

»Nein, ich war heute noch nicht im Büro.«

Leonie Zangenbergs Gesicht nahm einen besorgten Ausdruck an. Sie sah leicht zur Seite, und ihre großen roten Lippen verzogen sich etwas. Vage begriff Klotz, dass die Sekretärin ihn mochte. Mehr mochte, als es unter Kollegen üblich war.

»Hm«, begann sie unsicher, »also, der Polizeipräsident. Sie sollen sich umgehend beim Polizeipräsidenten melden. Es geht um den Vorfall von heute Morgen.«

Klotz' neutrale, indifferente Stimmung schlug ein wenig in den Negativbereich aus.

»Soso. Der große Huber will mir also den Kopf waschen.«

Er schlenderte in eine dunkle Ecke. Leonie Zangenberg hatte beide Arme nach oben genommen und nestelte an irgendwelchen Haarklammern herum. Klotz bemerkte einen süßlichen Duft, der von der Sekretärin zu ihm herüberströmte und dem irgendwie etwas Billiges anhaftete. Er war überrascht, dass ihn dieses Billige gar nicht störte, im Gegenteil.

»Das soll er mal machen«, stieß Klotz hervor, »bei der Gelegenheit kann ich ihn dann auch gleich mal fragen, wie sich das der Freistaat Bayern so denkt, wie man mit einem Dienstwagen aus der Steinzeit und einer Technik von vor '45 eine halbwegs ordentliche Ermittlungsarbeit zusammenbringen soll!«

Er hatte das defekte Blaulicht auf dem Overheadprojektor abgelegt.

»Bevor ich nicht einen neuen Dienstwagen und ein neues Blaulicht bekomme, werd ich den Teufel tun!«

Klotz hatte den Projektor eingeschaltet. Ein blauer Lichtschein leuchtete ihn von unten an und ließ seine Miene halb drollig, halb bedrohlich erscheinen. Leonie Zangenberg war im ersten Moment von der grotesken Maskenhaftigkeit, die Klotz' Gesicht plötzlich ausstrahlte, ein wenig erschrocken.

»Also, Herr Hauptkommissar«, begann sie vorsichtig, »wegen des Wagens werd ich mal nachfragen. Und das mit dem Blaulicht: Ich glaub, die gibt's inzwischen sogar im Baumarkt. Hab ich neulich bei OBI gesehen, wenn ich mich nicht völlig irre.«

Klotz war gerührt.

Er hatte sein Büro auf der Südseite des Gebäudes aufgesucht. Schon eine ganze Weile saß er regungslos da und bemerkte mit stoischer Ruhe, wie das Schweißwasser zwischen dem Kunstlederbezug des Sessels und Rücken, Gesäß und Oberschenkeln unablässig zunahm. Über dem Rollschrank war eine Dartscheibe angebracht, in der einsam ein Pfeil in der Dreizehn steckte. Daneben, auf einer sonnenbeschienenen Fensterbank, dümpelte ein unrettbar verlorener Ficus

Benjamini vor sich hin, besser gesagt, dessen Gerippe. Um den Übertopf herum lagen vertrocknete Blätter.

Er war aufgestanden. Über den Dächern der Stadt flimmerte es. Unten vor der Jakobskirche stakste auf hochhackigen Schuhen eine dunkelhaarige Frau vorbei. Klotz fiel ihr enganliegendes, fliederfarbenes Bustier auf und dass sie an einem Eis leckte. Plötzlich blieb die Frau unvermittelt stehen. Die Kugel war von der Eiswaffel gefallen, direkt in ihren Ausschnitt hinein. Klotz musste lauthals auflachen, als er sah, wie die schmelzende Kugel zwischen den Brüsten der Frau verschwand. Schnell griff sie an die Unterseite ihres Bustiers. Eine neongrüne Eiskugel klatschte auf das Pflaster. Für einen Moment überlegte Klotz, wie sich die Kugel während der soeben durchlebten Erfahrung wohl gefühlt haben musste, dann drehte er sich um und setzte sich wieder an seinen Schreibtisch. Für heute hatte er von runden Formen und Kugeln genug.

Klotz kramte in seinen Hosentaschen. Die Quittung für Frederiks Handy warf er Lady Gaga ins Gesicht, die auf dem Cover eines »Rolling Stone Magazine« prangte. Dann förderte er die beiden Briefumschläge zutage, die er bei Cordes hatte mitgehen lassen. Er öffnete zunächst den etwas dickeren Umschlag. Der Brief enthielt Kontoauszüge. Klotz staunte ein wenig, als er erkannte, dass eine Studienrätin vom Freistaat wesentlich besser bezahlt wurde als er selbst, konnte aber ansonsten nichts Auffälliges feststellen. Da gab es die üblichen Daueraufträge: Miete, Strom, Wasser, GEZ, Internet und Telefon, die Ratenzahlung an ein schwedisches Möbelhaus, die Abzahlung eines Kleinkredits und zu guter Letzt eine Spende an den SOS-Kinderdorf e.V. Gegen Monatsende war der Kontostand drei Tage lang ein wenig in den Dispo gerutscht, das war's. Irgendwelche verdächtigen Geldbewegungen konnte Klotz nicht entdecken. Er legte die Auszüge beiseite und nahm sich den hellgrünen Umschlag der Privatklinik vor. Er enthielt eine Zahlungserinnerung über einen Betrag von knapp dreitausend Euro. In diesem Zusammenhang wurde lediglich auf eine Rechnungsnummer verwiesen, ein sonstiger Verwendungszweck war nicht angegeben. Klotz sah sich noch einmal den Absender an. Neben dem Foto eines lächelnden Babys prangten in einem geschwungenen Schriftzug die Lettern »Praxis Kinderwunsch«. Gar nicht so weit weg, dachte Klotz, als ihm wieder eingefallen war, wo sich die Stöpselgasse befand.

Kinderwunsch – Kinderpunsch, assoziierte Klotz, dem manchmal sowohl eine gewisse Sensibilität als auch ein funktionsfähiges Über-Ich zu fehlen schienen. Da heute noch hinlaufen? Am Schluss ist keiner da, und überhaupt: Er hatte heute schon genug geschwitzt. Er nahm also den Telefonhörer in die Hand.

Nachdem er die Sprechstundenhilfe von der Wichtigkeit seines Anrufes hatte überzeugen können, landete er schließlich beim Leiter der Klinik.

»Dr. Anton Sibelius«, meldete sich eine näselnde Stimme.

»Klotz hier, Kripo Nürnberg. Sagen Sie, Herr Dr. Sibelius, bei Ihnen war oder ist ein Ehepaar Cordes in Behandlung. Ist das richtig?«

Einige Sekunden Stille, keine Antwort.

»Herr Dr. Sibelius?«

»Ja, ja, äh, entschuldigen Sie. Wie war noch mal der Name?«

Klotz hatte den Eindruck, als hätte er den Klinikleiter bei irgendwelchen tiefschürfenden Reflexionen gestört.

»Cordes. Linda und Paul Cordes.«

»Hm, ja. Also, es tut mir leid, aber ich darf Ihnen da leider keine Auskunft geben.«

»Herr Sibelius«, Klotz bemerkte, dass er den Titel vergessen hatte, »Herr Doktor, es geht um Mord. Linda Cordes wurde heute Morgen Opfer eines Gewaltverbrechens.«

»Das ist ja … schrecklich!«

Die Anteilnahme war so dermaßen offensichtlich geheuchelt, dass es schon wieder verwunderte, wie jemand so unverhohlen falsch sein konnte. Irgendwie ja auch anerkennenswert, seine Scheinheiligkeit mit so viel Ehrlichkeit zu unterlegen, dachte Klotz und führte das Gespräch fort.

»Das ist es wohl. Es würde uns bei den Ermittlungen sehr helfen, wenn wir wüssten, warum das Ehepaar Cordes Ihre Klinik aufgesucht hat.«

»Es tut mir leid, wenn ich mich in diesem Zusammenhang auf meine ärztliche Schweigepflicht berufen muss.«

Dieser Sibelius war nicht nur völlig empathiefrei, sondern auch noch resistent gegen die rein formellen Höflichkeitsbekundungen der Kriminalpolizei. Klotz musste einsehen, dass hier nur die Mit-dem-Kopf-durch-die-Wand-Methode greifen würde.

»Hören Sie! Frau Cordes ist tot. Vielleicht haben Sie das nicht begriffen, oder Ihnen ist das einfach scheißegal. Möglicherweise haben Sie auch nur keine Lust, jetzt um zehn vor acht noch irgendwelche Akten herauszusuchen und mir entsprechende Auskünfte zu erteilen. Das mag ja alles sein. Aber ich schwöre Ihnen, dass meine Kollegen von der Steuerfahndung oder die Beamten von der Abteilung Wirtschaftskriminalität liebend gern mal einen Termin bei Ihnen wahrnehmen würden, sobald sie einen entsprechenden Hinweis erhalten!«

»Wollen Sie mich etwa er–?«

»Die Infos! Jetzt und hier und sofort!«

»Bitte warten Sie einen Moment.«

Klotz vernahm das Klacken eines Telefonhörers, der zur Seite gelegt wurde. Im Hintergrund das metallene Geräusch von Schubladen, die aus einem Rollschrank glitten. Klotz lehnte sich zurück und sah lächelnd in die Sonne. Wenn er noch Raucher gewesen wäre, hätte er sich jetzt eine Siegeszigarette angesteckt.

»Herr Klotz?«

»Ja.«

»Also. Das Ehepaar Cordes hat sich vor einem halben Jahr an unsere Praxis gewandt. Herr und Frau Cordes hatten seit geraumer Zeit vergeblich versucht, ein Kind zu bekommen. Unsere Untersuchungen ergaben, dass bei Frau Cordes lediglich noch ein Eierstock aktiv war, und selbst das nur äußerst mäßig. Daraufhin hat sich Frau Cordes einer entsprechenden Hormonbehandlung unterzogen.«

»Frau Cordes war noch keine dreißig, wie kann es sein, dass …«

»Premature ovarian failure.«

Klotz fühlte sich für einen Moment an die Deutsche Bahn erinnert. *Kiss and Ride. Service Point. McClean.* Erstaunt über seine Gedankengrätsche fragte er sich, was die Deutsche Bahn wohl noch mit schlecht arbeitenden Eierstöcken zu tun haben könnte. Dann besann er sich wieder auf das Telefonat, das er gerade führte.

»Wie bitte?«

»Manchmal kommt es vor, dass die Funktion der Eierstöcke schon sehr früh nachlässt. Solange die Gebärmutter allerdings intakt ist, ist eine Befruchtung immer noch möglich. Notfalls durch eine Eizellspende.«

»Und Frau Cordes hat dann also so eine Eizellspende in Anspruch genommen.«

»Nein. So schlimm war es nicht. Wie gesagt, ein Eierstock war ja noch eingeschränkt funktionsfähig. Die vorgenommene Hormonbehandlung hatte zur Folge, dass dieser Eierstock mehr Eier produzierte. Auf diesem Wege konnte die Wahrscheinlichkeit einer erfolgreichen Befruchtung enorm gesteigert werden.«

»Aha. Und kam es zu einer Schwangerschaft?«

»Das kann ich Ihnen nicht sagen.«

»Das können Sie mir nicht sagen? Wieso das denn?«

»Die Cordes haben die Behandlung vor acht Wochen abgebrochen. Ohne Angabe von Gründen. Entweder ist ihnen das Geld ausgegangen, oder Frau Cordes ist endlich schwanger geworden.«

»Wie jetzt? Sie kümmern sich im Falle einer erfolgreichen Befruchtung nicht weiter um Ihre Patienten?«

»Im Prinzip schon. Aber streng genommen sind wir nur dafür da, dass es zu einer Schwangerschaft kommt. Es steht unseren Patienten jederzeit frei, die Behandlung abzubrechen oder sich anderen Ärzten anzuvertrauen. So ist das nun mal auf dem freien Markt.«

Der freie Markt, aha. Klotz versuchte zu verstehen, was ihm dieser Reproduktionsmediziner hier erzählte. Und er wusste nicht genau, ob er das gut finden sollte, dass die Gesetze des freien Marktes inzwischen offensichtlich in jeden Bereich menschlichen Daseins eingedrungen waren.

Schließlich verabschiedete er sich und beendete das Gespräch.

Er hatte sich zurück in den Konferenzraum begeben. Der Overheadprojektor surrte noch. Klotz erinnerte sich an Escherlich, der ihn regelmäßig darauf aufmerksam machte, dass sich die Zangenberg um rein gar nichts kümmerte. Mag sein, dachte sich Klotz, aber angesichts der grandiosen Optik, die die Sekretärin stets bot, erteilte er ihr großmütig die Absolution. Er nahm das defekte Blaulicht von der Glasfläche und schaltete das Gerät ab.

Wieder sah er hinunter in den Hof. Die beiden Streifenbeamten hatten mit ihrem Federballspiel aufgehört. Neben ihnen stand die Frau mit dem fliederfarbenen Bustier. Einer der Grün-Weißen reichte dem Kollegen seinen Schläger, verabschiedete sich, nahm die Frau bei der Hand. Dann schlenderten die beiden vom Hof. Klotz fiel auf, wie gekonnt sich die Frau in den Hüften wiegte. In dem Moment, als das Paar in der Schlotfegergasse verschwand, gab der glückliche Streifenbeamte seiner Begleitung einen Klaps auf den Hintern. Klotz fragte sich, was der Kollege wohl schmecken würde, wenn er seine Zunge später über eine bestimmte Stelle am Körper seiner Freundin gleiten lassen würde. Waldmeister, Pistazie oder vielleicht doch nur Apfel?

Er dachte an Melanie. Plötzlich spürte er einen leichten Druck auf der Brust. Wieder sah er ihren Blick vor sich. Diesen Blick, den sie Paul Cordes zugeworfen hatte. Diesen Blick, den er nicht hatte greifen können. Der irgendwie gleichzeitig etwas Vorsichtiges und Konspiratives an sich hatte. Und wenn schon, dachte Klotz weiter. Und selbst wenn die beiden was miteinander gehabt hätten. Ob er Melanie darauf ansprechen sollte? Gerade als er im Begriff war, den inneren Raum zu verlassen, in dem diese zerfasernden Gedanken vor sich hin gärten, öffnete sich die Tür.

»Ah!«, rief eine Erstaunen heuchelnde Stimme, der es an einer ordentlichen Portion Ironie nicht fehlte, »der Herr Hauptkommissar! Na, wie fühlt man sich so in Freiheit?«

Klotz schwieg. Das volle, nach hinten fallende Haar verlieh Escherlich etwas beinahe Raubtierhaftes. Er kam ihm vor wie ein Löwe, der stolz von seiner Beutetour nach Hause kam.

»Na gut, just kidding«, fuhr Escherlich fort, der sich inzwischen auf einen Stuhl hatte fallen lassen. »Willst du wissen, was wir herausgefunden haben?«

Klotz sah Escherlich in die Augen.

»Also gut, dann sag ich's dir. Die Tatwaffe. Das ist der Wahnsinn! Dieser Typ, dieser Mörder! Wir wissen jetzt genau –«

»Ich hab jetzt keine Zeit, der Polizeipräsident erwartet mich«, schnitt der Hauptkommissar seinem Kollegen das Wort ab.

Als Klotz das Konferenzzimmer verließ, fiel ihm auf, dass Escherlich wieder eines dieser T-Shirts trug, auf denen irgendein provokanter Spruch zu lesen war: »Keine Auskunft«. Wie alt war der Kerl eigentlich? So langsam sollte der sich mal von seinem Berufsjugendlichentum verabschieden. So würde der nie bei den Frauen landen.

Die Konturen der Stuckdecke waren insgesamt nur wenig betont. Das lag wohl an den vielen Farbschichten, mit denen sie im Laufe der Jahre übermalt worden war, dachte Klotz, nachdem er den Deckenfluter eingeschaltet hatte. Zwischen aufeinandergestapelten Umzugkartons spitzten die dunkelgrünen Blätter eines Gummibaums hervor, die in einem letzten Augenblick noch von einer untergehenden Sonne beschienen worden waren. Klotz setzte sich wieder auf den Boden, um die Rolling-Stone-Hefte zu sortieren, die er unverhofft in seinem Kellerabteil am Norikus gefunden und gleich mit hierher gebracht hatte. Was über die Zeit in einem Keller alles so verschüttgehen konnte. *Unglaublich.*

Aus der Küche drangen Geräusche von klapperndem Besteck und Geschirr. Irgendetwas Metallenes war auf den Boden gefallen. Klotz konzentrierte sich auf seine Hefte. Auf der Dezemberausgabe von 1996 war Pam Anderson im Nikolauskostüm abgebildet. Dieses Kostüm. Irgendwie mahnte es ihn an eine Uniform. Und die beiden unechten Melonen, die Frau Anderson beinahe aus dem Weihnachtsmannkittel fielen, erinnerten ihn an die zwei güldenen Sterne, die auf Hubers Schulterklappen prangten und die er mit seinem Blick fixiert hatte, während ihm der Polizeipräsident die Leviten gelesen hatte. Diesmal war die Situation wirklich ernst, das spürte Klotz. Diese Suspendierung vom Dienst, die ihm Huber da angedroht hatte, konnte durchaus vollzogen werden. Wenn der Beamte, der Klotz heute Morgen festgenommen hatte, seine Anzeige nicht zurückziehen würde, dann könnte das ernsthafte Folgen haben. Polizeimeister Jürgen Bayer bezichtigte Klotz der Beleidigung und des Widerstandes gegen die Staatsgewalt. Pfff, wenn man schon Bayer hieß – warum versah der feine Herr seinen Dienst eigentlich nicht in München und Umgebung? Auf solche Schmierlappen konnte man in Nürnberg gerne verzichten. *Bayer! Du kannst nach Hause gehen!*

Auf einem anderen Cover war Madonna zu sehen. Sie hatte eine dicke Zigarre im Mund. Na ja, irgendwie hatte er das dann auch schon begriffen, dass man sich vielleicht besser bei diesem Polizeimeister Bayer entschuldigen sollte. Huber hatte ihm schnaubend die Karte des »Kollegen« hingeworfen und befohlen, den Vorfall so schnell wie möglich aus der Welt zu schaffen. Klotz hatte nur kleinlaut genickt. Das war's. Hauptsache, er hatte diesen Gang nach Canossa hinter sich gebracht, sonst würde er nicht schlafen können, das wusste er.

Der Dielenboden knarrte. Plötzlich stand Melanie in der Tür. Sie trug immer noch ihr violettes Top und sah darin ziemlich verschwitzt aus. Ihr zu einer Schnute verzogener Mund drückte eindeutig Unmut aus. Klotz bemerkte, dass ihr diese Mischung aus Unzufriedenheit und Verschwitzt-Sein außerordentlich gut stand.

»Sag mal! Ich glaub, dass du nicht ganz frisch bist! Ich racker mir da in der Küche einen ab, und der Herr sortiert seine dämlichen Musikmagazine. Ich glaub, es geht los!«

Klotz schwieg. Gleich würde er aufstehen, würde zu ihr rübergehen, würde sie in die Arme nehmen und küssen. Und dann würden sie das neue Klappsofa einweihen, so wie es sich gehörte. Vorher griff er sich noch dieses Heft, auf dem die Gallagher-Brothers abgedruckt waren, und legte es auf Madonnas anzüglichen Gesichtsausdruck.

Als er schon aufgestanden und beinahe bei Melanie angelangt war, warf er noch einmal einen Blick zurück. War da nicht etwas Grünes gewesen? So ein ganz vertrautes Grün unter dem Heft? Dieses Grün, das genau der Farbe ihrer Ermittlungsakten entsprach? Ganz von ferne her dämmerte es Klotz, dass da zwischen seinen Magazinen vielleicht diese beiden Akten schlummerten, die er vor drei Jahren verloren geglaubt hatte. Aber das war jetzt auch egal. Er packte Melanie an den Hüften.

Tag zwei

»Das mache ich auf keinen Fall!«

»Und wie Sie das machen, Herr Klotz!«

Die Perlenkette im weißen Satinausschnitt ihres Blazers wippte gefährlich hin und her, als Staatsanwältin Gulden einen resoluten Schritt nach vorn tat, um ihrem schwierigsten Beamten kräftig in die Augen zu funkeln. Haevernick und Escherlich blickten betreten zur Seite. Die Demütigung, die ihr Vorgesetzter an diesem strahlend hellen Julimorgen über sich ergehen lassen musste, machte sie beide verlegen. Aber letztendlich war Klotz an seinem Schlamassel ja selber schuld. Da musste er jetzt durch.

»Der Polizeipräsident hat es Ihnen gestern persönlich mitgeteilt, und jetzt sage ich es Ihnen! Und ich sage Ihnen noch etwas: Wenn ich auch nur noch ein einziges kleines Widerwörtchen aus Ihrem Munde hören sollte, werde ich das Dienstverhältnis, welches zwischen Ihnen und dem Freistaat *noch* besteht, augenblicklich auflösen! Haben Sie das verstanden?«

Auf dem Tisch vor ihm landete eine Faust, an der ein silberner Brillantring steckte. Klotz grummelte etwas in seinen nicht vorhandenen Bart hinein.

»Wie war das?«, hakte die Staatsanwältin in scharfem Ton nach.

»Ja! Ich sagte ja! Ja, ja, ja!«

»Gut. Dann wäre das also geklärt.«

Mit einer Geste, die etwas Finales an sich hatte, strich sich Frau Gulden durch ihr kastanienbraun gefärbtes Haar.

»Frau Haevernick, Herr Escherlich.«

»Ja?«

»Also. Sie werden zu dieser Schule fahren, zu diesem Max-Morlock-Gymnasium. Der Schuldirektor, Herr Dr. Löterich, erwartet Sie dort um neun Uhr. Auf meine Bitte hin hat er eine außerordentliche Lehrerratssitzung einberufen. Fordern Sie die Lehrerschaft zur Mitarbeit auf, fragen Sie nach Zeugen. Nach der Versammlung gehen Sie bitte durch die Klassen, die von Frau Cordes unterrichtet wurden. Ach, was erzähl ich Ihnen überhaupt. Ich muss Ihnen nicht erklären, wie Sie Ihre Ermittlungsarbeit zu tun haben.«

Das Schlimmste, dachte Klotz, das Schlimmste war nicht, dass er sich bei diesem Bayer entschuldigen sollte. Das Schlimmste war die öffentliche Herabwürdigung vor den Kollegen. Und dass die Gulden jetzt auch noch seinen Job machte und er im Prinzip so viel wert war wie ein besserer Praktikant. Klotz starrte auf das Gerippe des abgestorbenen Ficus Benjamini und hatte plötzlich den Eindruck, einen Seelenverwandten gefunden zu haben.

»Was ist eigentlich mit dem Dienstwagen?«, fragte er mit gebrochener Stimme, als die Staatsanwältin die Hand schon auf der Türklinke liegen hatte.

»Der Dienstwagen? Ich versteh nicht ganz …«

»Ja, unser Dienstwagen ist seit gestern in Reparatur«, klärte Haevernick auf.

»Ach, nehmen Sie doch einfach einen Streifenwagen.«

Klotz hatte den Eindruck, dass die Tür, die da gerade ins Schloss gefallen war, einen leicht genervten Ton von sich gegeben hatte. Ein fast unmerkliches Lächeln umspielte seine Lippen. Er nahm die Quittung von Frederiks Handy aus Lady Gagas Gesicht und steckte sie in einen abgegriffenen Geldbeutel, den er gestern zufällig in einer Umzugskiste gefunden hatte.

Dann stand er auf, sah Haevernick und Escherlich an und sagte: »Also, los geht's!«

Irgendwie erinnerte ihn der vierstöckige Klinkerbau in der Wallensteinstraße an eine Käsereibe. Ob das an den schmalen, hochgezogenen Fenstern lag? Vielleicht. Vielleicht auch nicht. Auf jeden Fall war er nicht hierher gekommen, um irgendwelche nutzlosen Betrachtungen anzustellen, die niemanden weiterbringen würden. Und trotzdem, als Klotz sich auf den Weg zur Pforte machte, stellte er sich vor, wie sich ein riesiger Käse an dem Gebäude hin und her bewegte. Die Käseraspel würden durch die Fensteröffnungen fallen und die darin arbeitenden Beamten langsam erdrücken und ersticken. Ganz besonders diesen Bayer. Das hätte dieser überambitionierte Straßenpolizist verdient!

Klotz begriff, dass ihn seine destruktiven Phantasien bei der Lösung seiner Probleme nicht wirklich weiterbringen würden. Betont freundlich fragte er an der Pforte, wo denn Polizeimeister Jürgen Bayer anzutreffen wäre.

»Zimmer 234, wenn Sie Glück haben«, antwortete ihm der übellaunige Kollege und fuhr sich mit Daumen und Zeigefinger süffisant über den angegrauten Schnauzbart.

Das Neonlicht in den weiß gestrichenen Gängen erschien ihm kaum aushaltbar. Das einzig Erträgliche hier war die nette Polizistin, die ihn gerade im Vorbeigehen angelächelt hatte, dachte er sich, als er an die Tür von Raum 234 klopfte.

»Herein!«

Klotz machte einen betretenen Eindruck, das wusste er. Und trotzdem fühlte er sich nicht dazu in der Lage, diese Wirkung abzustellen.

»Ist denn der Herr Bayer zu sprechen?«

Der Beamte, der gerade eine Kaffeetasse mit dem großen bayerischen Staatswappen zum Mund führte, sah auf. Klotz beschlich ein ungutes Gefühl. Irgendwie kam es ihm so vor, als hätte er den Kollegen schon einmal irgendwo gesehen.

»Ah, der Herr Hauptkommissar, der sich nicht zu schade dafür ist, auch mal undercover als Penner zu ermitteln!«

Diese hemdsärmelige, halb joviale, halb herrisch anmutende Art war unerträglich. Klotz riss sich im Innersten zusammen. Er durfte jetzt auf keinen Fall einen Fehler machen, komme, was da wolle.

»Wo finde ich den Herrn Bayer?«

»Der Jürgen ist unterwegs. Da kann ich Ihnen … wie war der Name noch mal?«

»Klotz, Hauptkommissar Klotz.«

»Ja, genau, Klotz«, der Beamte lachte höhnisch, »ja, da kann ich Ihnen jetzt auch nicht weiterhelfen. Soll ich dem Jürgen was ausrichten, wenn er wiederkommt?«

Klotz überlegte einen Moment. Sein Gegenüber versenkte ein vielsagendes Lächeln in der Tasse mit dem Wappen. Jetzt hatte Klotz ihn wiedererkannt. Der freundliche Herr, der da ungeniert an seinem Kaffee nippte, hatte ihm gestern ein Paar Handschellen angelegt.

»Ich glaube nicht, dass das nötig sein wird. Ich werde morgen noch einmal vorbeischauen.«

»Gut. Aber passen Sie auf, dass Sie nicht zufällig über eine Flasche Schnaps oder einen Misthaufen stolpern. Oder gehört das zu Ihren Ermittlungsmethoden?«

Klotz atmete tief durch.

»Ich wünsche Ihnen auch einen schönen Tag. Auf Wiederschauen.«

Gerade weil er am liebsten genau das Gegenteil gemacht hätte, schloss Klotz die Tür so sanft wie nur irgend möglich.

Das Erste, was er wahrnahm, als er aus dem Gebäude ins Freie trat, war eine Frau mit einem Kopftuch, die einen Kinderwagen vor sich her schob. Über den Eingang einer U-Bahn-Haltestelle hinweg sah er quer über eine Kreuzung. Da war ein kleines Café neben einer Apotheke. Er überlegte sich, ob er da nicht ein zweites Frühstück einnehmen sollte, bis ihn Escherlich und Haevernick abholen würden. Dann fiel ihm ein, dass er dort schon einmal Kaffee getrunken hatte und ganz mies bedient worden war. Gegenüber befand sich ein Dönerstand.

Döner macht schöner, sagte Melanie immer.

Ob da was dran war? Er hätte schon Lust auf etwas Gutes zu essen gehabt, aber für Döner war es entschieden zu früh.

Er holte seinen Ersatzgeldbeutel aus der Hosentasche. Überprüfte, ob er genügend Geld dabei hatte.

Dann kramte er die Handyquittung hervor. Erinnerte sich wieder daran, was ihm Melanie gestern kurz vor dem Einschlafen über die Identifikationsnummern von Handys erzählt hatte und dass die eigentlich auch auf dem Bon vermerkt sein müsste. Klotz suchte eine Weile auf dem Papier, dann lächelte er. Warum sollten diese armen Leute von der Polizeiinspektion West eigentlich den ganzen Tag lang zum Däumchendrehen verdammt sein, dachte er sich und machte sich erneut Richtung Pforte auf.

Die drei Ermittler hatten den Eingang ihrer Abteilung erreicht.

»Schon ein netter Kerl, dieser Huber«, sagte Haevernick, um endlich das peinliche Schweigen zu brechen.

»Wahnsinnig nett«, antwortete Klotz und wischte sich gleichzeitig irgendeinen imaginären Schmutz von der Schulter, auf die ihm der Polizeipräsident vor zwei Minuten geklopft hatte.

»Fragt der dich tatsächlich, ob du dich auch wirklich bei diesem Polizeimeister entschuldigt hast. Das geht ja gar nicht. Hast du gesehen, wie ihm die Butter am Mundwinkel hing?«

»Königlich Bayerische Polizeipräsidentenbutter«, merkte Escherlich an und lachte kurz auf. »Und dann dieses versöhnliche Getue. ›Ich weiß doch, was ich an Ihnen habe, Herr Klotz! Sie sind einer meiner besten Ermittler. Blablabla.‹ Wenn nicht *er* dein Vorgesetzter wäre, sondern du, dann würd ich sagen: Na, da hat sich jetzt einer aber gerade 'nen schönen braunen Hals geholt!«

»Jetzt sei mal nicht so«, mahnte Klotz seinen Kollegen, dem er im Stillen eigentlich recht gab. »Er hat es doch nur gut gemeint. Und es ist ja nur allzu logisch, dass er sich da noch mal rückversichert, ob ich auch wirklich bei diesem Bayer war.«

Sie hatten die Tür ihres Büros erreicht.

»Warst du doch«, sagte Haevernick und drückte die Klinke, »oder?«

»Was denkst du denn!«, antwortete der Hauptkommissar und bemerkte, dass man auch, ohne explizit die Unwahrheit zu sagen, lügen konnte.

Klotz setzte sich, und während Escherlich die Kaffeemaschine in Gang brachte, berichtete Haevernick von dem Ausflug zum Max-Morlock-Gymnasium. Nachdem sie an der Schule angekommen waren, hatte sie Direktor Löterich dem Kollegium vorgestellt. Leider hatte die versammelte Lehrerschaft so gut wie nichts zur Aufklärung des Falles beizutragen gehabt. Die Grundstimmung war so gelagert, dass sich niemand im Geringsten erklären konnte, wer Linda Cordes umgebracht haben könnte und weshalb. Das vorherrschende Gefühl konnte als eine allgemeine Unsicherheit und Betroffenheit beschrieben werden. Ein Gefühl, das in der Suche nach irgendwelchen diffusen Erklärungsmodellen mündete, an die man sich immer gerne klammerte. Zumindest hatte man ihnen hinter vorgehaltener Hand mitgeteilt, dass es in der letzten Zeit um die Ehe der Cordes nicht besonders gut bestellt gewesen sei, wie um sechzig Prozent aller Ehen. Genaueres hatte man aber nicht zu sagen gewusst.

Klotz überlegte, ob er an dieser Stelle vielleicht die Sache mit dem Kinderwunsch der Cordes anmerken sollte. Ließ es dann aber sein, da Haevernick gerade ziemlich in Fahrt gekommen war.

»Insgesamt muss ich sagen, dass mir das doch recht schwierig erscheint, zu den einzelnen Lehrern durchzudringen. Wir haben denen zwar unsere E-Mail-Adresse und Telefonnummer dagelassen, vielleicht fällt ja dem ein oder anderen noch etwas ein, wer weiß, aber viel Hoffnung hab ich ehrlich gesagt nicht. Ein dröger Haufen war das. Und ich dachte immer, das wären Intellektuelle.«

»Gut. Und dann?«

Escherlich schenkte reihum von dem frisch aufgebrühten Kaffee ein.

»Tja, wir sind dann in die Klassen der Frau Studienrätin Cordes. Eigentlich nur in eine einzige.«

»Warum das denn? Hat sie nur eine Klasse unterrichtet?«

»Das nicht. Aber bei näherer Betrachtung schien uns nur eine Klasse relevant.«

»Die Cordes hatte bis auf eine Ausnahme nur Mittel- und Unterstufenklassen, also die Kleinen«, erläuterte Escherlich die Ausführungen seiner Kollegin.

»Aha. Und ihr seid dann zu den Großen.«

»Genau«, übernahm wieder Haevernick, »wir sind mit diesem Konrektor, wie heißt der noch mal?«

»Spielmann«, half Escherlich seiner Kollegin.

»Spielmann, genau. Also, wir sind dann mit diesem Spielmann in die 11a.«

»Jetzt kommt's«, warnte Escherlich vor und stellte die leere Kaffeekanne mit einem dumpfen Geräusch auf der Fensterbank ab.

»Also«, fuhr die Oberkommissarin nun in bedächtigem Ton fort, »wir erzählen denen, warum, weshalb und überhaupt. Und plötzlich, man glaubt es kaum …«

Haevernick nahm einen Schluck aus ihrer Kaffeetasse.

»Und plötzlich?«

»Und plötzlich steht da einer auf. In der letzten Reihe. Armyklamotten, Basecap. So ein ganz Cooler.«

»Checker nennt man die, glaub ich«, brachte Escherlich sein Fachwissen in puncto Jugendkultur an.

»Der Checker steht also auf, kommt nach vorne, faselt irgendetwas von Rache und dass die kalt serviert wird oder so etwas in der Art.«

»Wie bitte?«, fragte Klotz überrascht.

»Ja, ohne Mist! Und als er dann vorne angekommen ist, tritt er gegen das Pult, aber so, dass die Tischkante diesen Spielmann an der Hüfte erwischt.«

»Und dann?«

»Dann ist er rausgerannt.«

»Und habt ihr ihn danach wenigstens sprechen können, den Checker?«

»No chance! Das ist 'ne Schule mit über tausend Schülern. Überhaupt war da dann Pause oder Stundenwechsel oder so was. Mit einem Mal war alles voll mit schreienden Menschen zwischen zehn und zwanzig. Das musst du dir mal geben, Mann! Also manchmal, da bin ich dann doch ganz froh, dass ich bei der Polizei bin.«

»Zumindest haben wir Namen und Anschrift«, bemerkte Haevernick, »er heißt Maximilian Rausch, ist siebzehn Jahre alt und wohnt in Sankt Leonhard.«

»Na, das ist ja schon mal was«, versuchte Klotz, seine Kollegen aufzumuntern.

Plötzlich klopfte es an der Tür. Kurz, trocken und nur ein einziges Mal.

Noch bevor irgendjemand »herein« hätte rufen können, stand die Gulden im Raum. Nachdem sie ihre schwarze Ledertasche auf Klotz' Schreibtisch gelegt und um einen Kaffee gebeten hatte, verlangte sie nach Aufklärung hinsichtlich der bisherigen Ermittlungsergebnisse.

Während Klotz, der sich inzwischen erhoben und der Frau Staatsanwältin seinen Platz angeboten hatte, an der Kaffeemaschine herumhantierte, brachten Escherlich und Haevernick die Vorgesetzte auf den neuesten Stand.

»Hm. Schwierig«, bemerkte Frau Gulden abschließend und legte den Zeigefinger der rechten Hand auf ihre geschlossenen Lippen. Dann drehte sie sich um und sah zu Klotz, der neben der Kaffeemaschine stand und ziemlich vertieft in die Betrachtung seiner Fingernägel zu sein schien.

»Was meinen Sie, Herr Hauptkommissar?«

Auch wenn sie auf seinem Platz saß und mit ihrer Tasche seinen Schreibtisch in Beschlag genommen hatte: Er war wohl, so hatte er den Eindruck, langsam, aber sicher auf dem Weg der Rehabilitation.

»Wie bitte?«

»Ihre Einschätzung der Sachlage, Herr Klotz.«

»Gut. Wir müssen uns überlegen, wo wir am besten ansetzen.

Meiner Meinung nach gibt es da zwei neuralgische Punkte. Zum einen den Ehemann und zum andern natürlich die Schule. Irgendetwas ist da ja. Diese Sache mit dem Schüler, diesem Maximilian Rausch. Wir könnten jetzt natürlich einen nach dem anderen hier auf dem Präsidium antanzen lassen, Lehrer wie Schüler.«

»Der verwaltungstechnische Aufwand wäre enorm. Und außerdem: Wie lange würde es dauern, eine gesamte Schule zu vernehmen?«, gab Haevernick zu bedenken.

»Eben. Da hat Astrid völlig recht«, sprach Klotz weiter, »und deshalb«, er hob den Zeigefinger seiner rechten Hand, »und deshalb ...« Er wusste, dass seine Augen gerade begonnen hatten zu leuchten.

»Und deshalb?«, wiederholte die Staatsanwältin.

»Und deshalb: undercover!«

Klotz strahlte. Die drei Gesichter ihm gegenüber sahen ratlos aus.

»Undercover? Was meinen Sie damit?«

»Ganz einfach: Wir ermitteln von innen heraus. Einer von uns, am besten die Frau Oberkommissarin, geht in die Schule, getarnt als Lehrerin, als Ersatz für die Verstorbene.«

»Die Frau Oberkommissarin scheidet aus«, brachte Frau Gulden entschieden vor.

»Na, dann macht das eben der Escherlich von mir aus«, korrigierte Klotz seinen Vorschlag.

»Sagen Sie, Herr Klotz, ich frage mich ernsthaft, ob Sie an einer Dementia praecox leiden.«

Klotz wurde rot.

»Also, Frau Staatsanwältin, das ist jetzt aber nicht sehr ...«

»Lass gut sein, Werner. Ich muss Frau Gulden leider recht geben. Wie sollen Astrid und ich in diesem Gymnasium denn undercover ermitteln? Seit heute kennen die doch unser Gesicht!«, schnitt Escherlich seinem Kollegen das Wort ab.

Klotz nahm eine Tasse und schenkte Kaffee ein. Dann sah er verlegen zu Frau Gulden.

»Milch? Zucker?«

»Viel Milch, ein Löffel Zucker.«

Nachdem er der Staatsanwältin den Kaffee gereicht hatte, wurde Klotz wieder gesprächiger.

»Also gut. Dann fällt diese Undercover-Geschichte halt flach.«

Während sie ihren Kaffee umrührte, sah die Gulden Klotz eindringlich an. So ähnlich musste er selbst vorhin auch gestrahlt haben, als er seinen tollen Einfall vorbrachte, fuhr es ihm durch den Kopf.

»Wieso eigentlich?«, fragte sie.

Der Blick seiner Kollegen hatte einen entsprechenden Ausdruck angenommen. Plötzlich waren alle Augen auf Klotz gerichtet und glänzten. Auf Escherlichs unrasiertem Gesicht zeichnete sich ganz langsam ein Grinsen ab, beinahe wie in Zeitlupe.

»Nein, das könnt ihr mit mir nicht machen! Das geht nicht! Auf keinen Fall!«

»Auf keinen Fall! Auf keinen Fall!«, antwortete die Gulden. »Das hab ich heute Morgen schon einmal gehört. Herr Klotz, erstens: Ihre Idee mit dem Undercover-Einsatz ist grandios. Zweitens: Sie werden ab morgen früh als Vertretung von Linda Cordes diese 11a unterrichten. Das ist eine dienstliche Anweisung!«

»Aber ich … Ich bin doch gar kein Lehrer!«

»Aber Beamter. Das wird wohl ausreichen«, konterte die Staatsanwältin.

»Und was soll ich da unterrichten?«

»Frau Cordes unterrichtete Deutsch und Sport.«

»Das kann ich nicht.«

»Was das letztgenannte Fach angeht, da geb ich Ihnen ausnahmsweise sogar einmal recht. Aber Deutsch, das wird doch wohl gehen. Deutsch, das können Sie doch!«

Klotz wusste keine Antwort mehr. Sein verzweifelter Blick suchte Escherlich und Haevernick, doch die beiden schienen seine nonverbalen Hilferufe geflissentlich zu übersehen.

»Also, Herr Klotz.« Die Staatsanwältin war aufgestanden. »Ich werde die Angelegenheit sofort mit Herrn Direktor Löterich besprechen. Ich erwarte, dass Sie sich bei mir heute Abend melden, telefonisch. Sie können mich notfalls auch zu Hause anrufen. Einen schönen Tag noch.«

Bevor die Bürotür ins Schloss gefallen war, hatte die Gulden die Kaffeetasse auf den Drucker gestellt. Klotz las den Spruch, der auf der Tasse stand: »I'm not a slut!«

Als fühlte sie sich angesprochen, stand keine halbe Minute später Leonie Zangenberg in der Tür. Sie informierte die Kommissare darüber, dass das Überwachungsvideo der Sparkassen-Filiale vom Lorenzer Platz jetzt da sei. Sie habe schon alles vorbereitet, und man könne sich das Band drüben im Konferenzraum umgehend ansehen. Das Ermittlerteam begab sich also nach nebenan. Klotz griff sich die Fernbedienung und betrachtete das Standbild auf der Leinwand.

»Ich seh grade, da unten rechts, die Zeitangabe. Wann ist Frau Cordes denn gestorben?«

»Lackner sagt, um vier. Plus minus eine halbe Stunde«, antwortete Escherlich.

»Aha, deshalb ist das also auf drei Uhr dreißig eingestellt.«

Klotz drückte auf Play.

Man sah den typischen Vorraum einer Bank. Rechts an einer Wand mehrere Bankautomaten, gegenüber zwei Kontoauszugsdrucker. An der Stirnseite ein Plakat, das einen glattrasierten, krawattierten Bankangestellten zeigte. Darunter: »Wir freuen uns auf das Gespräch mit Ihnen.« Davor: ein paar schäbig wirkende Kunstpflanzen. Ob das Tarnung sein sollte?, dachte Klotz einen Moment lang, dann hielt er das Band an.

»Und wo geht es jetzt zum Lorenzer Platz? Warum sieht man die Glasfront und die Eingangstür nicht?«

»Keine Ahnung«, sagte Escherlich, »ich nehme mal an, dass sie die Fenster aus rechtlichen Gründen nicht zeigen dürfen.«

»Ist das dein Ernst?«, entgegnete Haevernick verständnislos.

»Ja, natürlich. Was ist, wenn du da vor dieser Front besoffen umhertorkelst und vielleicht sogar pinkelst? Und dann erkennt dich am nächsten Tag der Sachbearbeiter, bei dem du gerade einen Kredit beantragt hast. Na dann, Prost Mahlzeit! Das geht in Deutschland nicht, und das ist auch gut so. So etwas nennt man Datenschutz.«

»Datenschutz?«, schaltete sich Klotz wieder ein. »Und was ist dann mit diesem Google Street View?«

Escherlich räusperte sich: »Das ist nicht die Sparkasse und auch nicht Deutschland. Das sind Amis. Die dürfen das.«

»Na gut. Sei es, wie es sei«, beendete Klotz das Intermezzo und ließ das Band weiterlaufen.

Nach einigen Minuten, in denen nichts geschah, wurde dann doch ein Teil der Eingangstür sichtbar. Und zwar weil ein Kunde die Bank betrat. Eine Flügeltür, die sich zwischen den Kontoauszugsdruckern und einer Kunstpflanze befand, schwang in den Innenraum der Bank hinein. Eine Hand, die die Tür aufdrückte. Dann kam der dazugehörige Mensch. In diesem Fall handelte es sich offensichtlich um ein angetrunkenes und/oder bekifftes Exemplar, vermutlich zwischen zwanzig und fünfundzwanzig. Nachdem der junge Mann schwankend und im Schneckentempo seinen Geldbeutel aus der Gesäßtasche befreit und hieraus wiederum seine Bankkarte hervorgekramt hatte, blickte er geschlagene achteinhalb Minuten zwischen den Kontoauszugsdruckern und den Geldautomaten hin und her, bis er sich endlich für einen der Automaten entschied.

»Müssen wir uns das überhaupt ansehen, Werner? Das ist bestimmt nicht unser Mörder. Kannst du nicht vorspulen?«, wagte Haevernick anzumerken.

Der Hauptkommissar reagierte nicht.

»Werner?«

Klotz schreckte auf. Hoffentlich hatte er nicht geschnarcht.

»Wie bitte? Was meinst du?«

»Kannst du nicht vorspulen?«

»Also Astrid! Jedes Detail kann von höchster Wichtigkeit sein. Wir sollten peinlichst darauf achten, dass uns nichts entgeht.«

»Ja schon, aber …«

»Aber ausnahmsweise gebe ich dir mal recht.«

»Wie gnädig, Herr Hauptkommissar.«

»Bitte nicht mit so einem ironischen Unterton. Du weißt genau, dass ich da empfindlich bin.«

Klotz spulte das Band langsam vor. Der Abhebevorgang beschleunigte sich, und trotzdem kam es einem so vor, als bräuchte der Twen doppelt so lange wie jemand, der in Normaltempo Geld abhob. Es war drei Uhr siebenundfünfzig, als er die Bank verließ.

Fünf Minuten später betrat eine alte Frau, die sich mittels einer Gehhilfe fortbewegte, das Geldinstitut. Um vier Uhr vier hatte die Dame ihre Geldgeschäfte erledigt und war damit um das Zehnfache schneller gewesen als der junge Mann vor ihr.

»Und so was wie der Typ da vorhin soll dann später mal meine Rente bezahlen. Da wünsch ich uns allen viel Spaß«, konnte sich Escherlich nicht mehr zurückhalten.

»Du kriegst keine Rente, Mann. Du kriegst Pension«, korrigierte ihn Klotz.

»Ach ja, stimmt. Das ändert natürlich alles.«

Um vier Uhr sechzehn wurde die Eingangstür erneut geöffnet. Ein mittelgroßer, schlanker Mann trat ein. Er war von oben bis unten schwarz gekleidet, auf dem Kopf trug er eine Sturmhaube, in der Hand eine Harpune.

Mit gemessenem Schritt wanderte er von einem Ende des Raumes zum anderen. Leider hielt er dabei den Kopf gesenkt; man konnte noch nicht mal seine Augenpartie erkennen. Schließlich blieb er zwischen den beiden Kontoauszugsdruckern stehen und ging in die Hocke. Offensichtlich beobachtete er draußen etwas. Dann war er wieder an der Tür, die er jetzt öffnete. Er legte die Harpune an.

»Da, jetzt zuckt er nach hinten! Der Rückstoß«, rief Haevernick aus. Klotz hielt das Band an.

»Vier Uhr neunzehn und dreiundzwanzig Sekunden«, las Klotz die Zeit ab, bevor er das Video wieder weiterlaufen ließ. Der Mörder von Linda Cordes hatte innerhalb der nächsten Sekunde das Bankgebäude verlassen.

Verärgert warf Escherlich die rote Schachtel Gauloises auf das Durcheinander, das sich auf seinem Schreibtisch befand.

»Wir haben alles gesehen und wissen nichts! Gar nichts! Das darf nicht wahr sein!«

Er legte seine Hand auf die Stirn, um sie dann bedächtig bis hinunter zum Kinn gleiten zu lassen. Klotz schenkte kalten Kaffee in seine Tasse und setzte sich.

»Weißt du, was mich wundert, Peter?«

Escherlich war gerade dabei, eine Zigarette aus der roten Schachtel zu kramen, und sah ziemlich genervt aus.

»Was?«

»Wir haben jetzt dieses Video von der Sparkasse, aber was ist mit der HypoVereinsbank? Der Bereich im Eingang unter den Arkaden, der müsste doch auch videoüberwacht sein.«

Escherlich versuchte, seine Zigarette anzuzünden. Das Feuerzeug sprühte Funken, eine Flamme wollte nicht entstehen.

»Wird er auch. Hast du Feuer?«

»Du weißt, dass ich nicht mehr rauche. Und warum haben wir dann kein Video?«

Escherlich schleuderte das defekte Feuerzeug auf die Fensterbank.

»Sparmaßnahmen.«

»Wie bitte? Sparmaßnahmen?«

»Ja, du hast schon richtig gehört. Seit der Bankenkrise observieren die den Eingangsbereich nur noch unter der Woche. Am Wochenende bleiben die Überwachungskameras ausgeschaltet.«

»Ich glaub, ich brech zusammen! Die sparen an der Überwachung ihrer Bank! Dürfen die das überhaupt?«

Escherlich suchte zwischen dem Wust aus Papier, leeren Coladosen, Pizzakartons und Gummibärchentüten nach irgendetwas, das seine Kippe zum Glühen hätte bringen können.

»Ja, weißt du denn nicht, dass unsere Banken notleidend sind? Was dürfen diese Bankster denn bitte schön nicht? Verdammt noch mal! Wo zum Teufel ist hier ein Feuer?«

»Du kannst ja mal drüben in der Teeküche nachschauen.«

»Da hab ich noch nie irgendwelche Streichhölzer oder Feuerzeuge gesehen.«

»Aber da ist ein Herd. In der größten Not hab ich mir früher meine Kippe an der Herdplatte angezündet. Ist zwar ein bisschen umständlich, aber es funktioniert.«

Nachdem Escherlich das Büro verlassen hatte, klingelte das Telefon. Frau Staatsanwältin Gulden war am Apparat. Zu Klotz' Überraschung eröffnete sie ihm, dass er den Rest des Tages frei habe. Klotz fragte sich sofort, wo der Haken an der Sache sei, und wurde auch umgehend aufgeklärt: Morgen um zehn Uhr dreißig würde er in der 11a des Max-Morlock-Gymnasiums eine Deutschstunde über Goethes »Werther« halten. Er dürfe deshalb den heutigen Nachmittag für die Vorbereitung seiner Rolle und seines Unterrichts nutzen.

»Das sind ja prima Aussichten!«, entfuhr es Klotz. Der ironische Unterton war unvermeidlich gewesen und wurde von der Gulden geflissentlich ignoriert.

»Ich möchte, dass Sie morgen pünktlich um acht hier auf dem Präsidium erscheinen. Frau Zangenberg hat sich bereit erklärt, sich um Ihr äußeres Erscheinungsbild zu kümmern. Das heißt nicht, dass

Sie nicht auch selbst ein wenig Einsatz zeigen dürfen. Ein Sakko werden Sie ja wohl haben und eine Krawatte auch. Ich will, dass Sie so seriös wie möglich wirken, wenn Sie morgen in diesem Gymnasium antanzen.«

Klotz schluckte. Er fragte sich, wann er das letzte Mal seriös gewirkt hatte.

Klotz fuhr auf den Bürgersteig und parkte den Streifenwagen vor einer Buchhandlung. Als das Auto stand, wischte er sich mit einem Taschentuch übers Gesicht. Dann stieg er aus.

»Und was soll das jetzt hier?«, fragte Escherlich verwundert, der offenbar noch nicht mitbekommen hatte, dass es sich beim »Werther« um einen Roman handelte. Den bösen Blick eines Punks, der aus Richtung Burger King kam, schien er nicht zu bemerken.

Klotz schaute zum Handwerkerhof hinüber. Bemerkte einen Biergarten, in dem sich mehrheitlich Touristen eine Erfrischung gönnten. Wenn man dieses Münchner Paulaner trinken könnte, dachte er, dann wäre dieses Lokal eine echte Alternative. Er wandte den Kopf, verschob den Buchkauf innerlich auf später und zeigte auf das orange-blaue Schild des Aldi-Supermarkts.

»Du hast doch gesagt, du brauchst Feuer.«

Escherlich starrte sichtlich desinteressiert auf den Backautomaten, vor dem sich ein untersetzter, langhaariger Mann befand und auf einen Knopf drückte. Es ertönte eine monotone Frauenstimme: »Laugenbrezeln werden gerade nachproduziert. Versuchen Sie es in zehn Minuten erneut.« Der Mann schaute erschrocken, und Klotz, der irgendeine Süßigkeit aus einem Regal genommen hatte, kommentierte trocken: »Oh Mann! Ich wünsche mir eine Welt, in der nicht mehr die Menschen miteinander reden, sondern nur noch die Maschinen!«

»Ich auch«, merkte Escherlich ohne jede Ironie an, »die labern wenigstens nicht so viel Unsinn.«

Klotz war erstaunt. Was war nur los mit Escherlich? Der Kerl war schon seit ein paar Tagen ziemlich existentialistisch unterwegs. Vermutlich wieder irgendeine Frauengeschichte, die nicht funktionierte.

»Macht neun Euro sechs.«

Klotz fragte sich, ob der Unterschied zwischen der Stimme des

Backautomaten und der blondierten Kassiererin mit dem ausdruckslosen Gesicht so wahnsinnig groß war, und holte einen Zehn-Euro-Schein aus seinem Geldbeutel hervor. Die Kassenfrau hatte den Betrag schon eingegeben, als Klotz bemerkte, dass sich sechs Cent in dem Fach für das Kleingeld befanden.

»Wollen Sie sechs?«, fragte er freundlich und lächelte.

Die Blondine kniff die Augen zusammen und hob ihre Brauen. Ihre schmalen Lippen pressten sich aufeinander.

»Cent«, präzisierte Klotz schnell.

Als die Kassiererin das Wechselgeld geräuschvoll auf die Stahlfläche vor ihm knallte, begriff er, dass er nicht schnell genug gewesen war.

Über dem Dach der Hauptpost flimmerte die Hitze. Während Klotz die Alditüte in den Kofferraum legte, stierte Escherlich gedankenverloren auf den Kassenzettel. Sie stiegen in das Auto. Escherlich saß neben seinem Chef und glotzte immer noch auf den Kassenbon.

»Was ist los mit dir, Peter? Du bist heute so … komisch.«

Der Kriminalkommissar schien die Frage seines Vorgesetzten überhört zu haben.

»Das gibt's nicht! Das ist unmöglich!«, platzte Escherlich endlich heraus.

»Was? Was gibt's nicht?«

»Soll ich dir mal den Kassenzettel vorlesen?«

»Ich kann mir nicht vorstellen, was daran so interessant sein soll.«

»Ich muss dir das jetzt vorlesen.«

»Tu, was du nicht lassen kannst.« Klotz ließ den Wagen an und seinen Kollegen gewähren.

»Also. Jetzt halt dich fest: Toffifee, Einwegpfand, Früchtetee, Sauerschmand, Meridol, Montepulciano, grüner Kohl, Grana Padano, Joghurtdessert, Backcamembert, Krawatte.«

»Ja und? Was soll da jetzt sein? Willst du mir etwa unter die Nase reiben, dass ich zu fett esse?«

»Mann, hast du Bohnen in den Ohren?«

»Nicht dass ich wüsste.«

Klotz bog gerade nach links auf den Hallplatz.

»Na Mensch, merkst du das denn nicht? Dein Kassenzettel reimt sich fast komplett!«, entrüstete sich Escherlich. »Wenn das kein gutes Omen ist, Herr Deutschlehrer.«

»Ich merk vor allem, dass wir vergessen haben, dein Feuerzeug zu kaufen.«

Meine Güte, was war das nur für ein jämmerlicher, selbstbespiegelnder Schrott? Klotz warf das gelbe Reclamheftchen in die faltige Fresse von Keith Richards, der sich sein schräges Lächeln nicht austreiben ließ, obwohl ihm jetzt »Die Leiden des jungen Werther« im Gesicht lagen. Cover vom Rolling Stone müsste man sein, dachte Klotz und griff resigniert wieder nach dem Büchlein, das er wütend von sich geschleudert hatte. Dieser Mist aus dem 18. Jahrhundert quoll ja nur so über vor Schmalz und Schmiere! Aber da musste er jetzt durch, ob er nun wollte oder nicht.

Aus dem Nebenzimmer vernahm Klotz das Geräusch von Geschirr, das in einen Schrank eingeräumt wurde. Ob ihm Melanie vielleicht helfen könnte? Für einen Augenblick keimte Hoffnung in ihm auf, dann fiel ihm wieder ein, dass seine Freundin ja bloß die mittlere Reife abgelegt und damit eine direkte Konfrontation mit den großen Werken der deutschen Literatur tunlichst vermieden hatte. Welch weiser Entschluss, dachte Klotz bei sich, während er sich zum wiederholten Male an den Brief vom 10. Mai 1771 wagte. *Eine wunderbare Heiterkeit hat meine ganze Seele eingenommen, gleich den süßen Frühlingsmorgen …*

Tag drei

Die Neonröhre an der Betondecke strahlte hell und gleißend, sodass es beinahe in den Augen schmerzte. Klotz hatte seinen Kopf nach hinten in die Aussparung eines Friseurwaschbeckens gelehnt. Dass sie so etwas überhaupt hatten, hier im Präsidium. Wahrscheinlich war das Becken ein ehemaliges Beweisstück aus den frühen sechziger Jahren. Was das wohl für ein Fall gewesen war? Nun ja, egal. Klotz vernahm das Klackern von Leonie Zangenbergs Absätzen, schloss die Augen, gähnte geräuschlos und freute sich auf die bevorstehende Prozedur. Er spürte ihren warmen Atem in seinem Gesicht, dann den Strahl, der sich aus dem Duschkopf auf seine Haare ergoss.

»Ist es gut so? Passt es von der Temperatur her?«

Leonies freie Hand fuhr sanft durch die feucht gewordene Stelle an seinem Haar.

»Perfekt, Leonie, perfekt!«

Als er seine Augen wieder öffnete, musste er an frisches, saftiges Obst denken. Beinahe hätte er einen unpassenden Spruch gebracht, so etwas wie: »Auch mal schön, die Auslage von unten anzugucken.«

Dann erinnerte er sich an die Aldi-Kassiererin von gestern und daran, dass er in den letzten Tagen viel zu oft schon sein Talent unter Beweis gestellt hatte, zur falschen Zeit am falschen Ort das Falsche zu sagen, und er beschloss zu schweigen.

Leonies Oberkörper bewegte sich im Takt, während sie ihm die Haare wusch. Wieder wanderte sein Blick zu der Neonröhre, deren eines Ende nun verdeckt war. Wahlweise befand sich das Ende der Leuchtstoffröhre am Mund der Sekretärin oder an dem Punkt, wo ein purpurfarbenes Bustier durch die Schleife eines schwarzen, seidenen Bandes zusammengehalten wurde. Klotz schloss die Augen und lächelte.

»Da haben Sie sich aber eine schöne Krawatte herausgesucht, Herr Hauptkommissar.«

Der Klang ihrer Stimme schien verändert. Irgendwie hauchiger, beinahe lasziv. Das musste wohl an der körperlichen Arbeit liegen. Haare waschen, das war schon anstrengend, ja.

»Blau ist meine Lieblingsfarbe«, erklärte er.

»Blau ist schön, ja. Aber vor allem gefällt mir das Motiv, dieses Zeichen da.«

»Die Bourbonenlilie?«

»Ja.«

Mit kreisenden Bewegungen massierten die Fingerspitzen der Sekretärin das Shampoo in die Spitzen. Klotz genoss das Gefühl und entspannte sich.

»Diese Lilie«, schnurrte Leonie, »hat etwas sehr Männliches an sich.«

Klotz blinzelte. Er nahm die zwei wogenden Bogen wahr, die in dem Bustier steckten. Als er bemerkte, dass da in seiner Hose gewaltig etwas im Gange war, stellte er sich schnell das Gesicht von Angela Merkel vor. *Gerettet!*

»Willst du mich verarschen, Albert? Was ist denn *das*?«

Klotz fuhr sich über seine neue Fönfrisur, denn er hatte den Eindruck, dass da vor Aufregung gerade etwas verrutscht war.

»Dein neuer Dienstwagen.«

Der Mitarbeiter der Instandsetzung lächelte so breit, dass seine schlechten Zähne sichtbar wurden. Klotz nippte an dem Kaffeeautomatenbecher und schwieg.

»Ein Camaro Baujahr '79, rost- und unfallfrei. Was will man mehr?«

»Steht da auf meiner Stirn etwa ›Freddy Schenk‹ geschrieben, oder was? Ich glaub's nicht!«

Albert sah demonstrativ auf den Bauch des Hauptkommissars, der durch das hellbeige Sakko nicht gerade schlank wirkte.

»Wie passt denn das zusammen? Ich soll undercover als *Lehrer* ermitteln und nicht als Zuhälter oder Tunte! Mein Gott, wenn ich diese Farbe sehe! Hättet ihr den nicht wenigstens umspritzen können?«

»Wieso? Gefällt dir die Farbe nicht?«

»Das ist Rosa, Mann! Rosa!«

Klotz war kurz davor, sich die Haare zu raufen, konnte im letzten Moment aber noch an sich halten. Eine so füllige Haarpracht hatte er das letzte Mal vielleicht mit Anfang zwanzig gehabt.

»Das ist nicht Rosa.«

»Was denn dann? Bin ich etwa seit heute Morgen plötzlich farbenblind, oder was?«

»Pink. Das ist Pink.«

Klotz nahm einen letzten Schluck Kaffee. Schleuderte wutentbrannt den leeren Plastikbecher gegen den Kühlergrill.

»Sogar ein ganz außergewöhnliches Pink«, führte Albert genauer aus, »man nennt es auch *cool down pink.*«

»Wie bitte?«, brüllte Klotz aufgebracht. »Das ist doch jetzt alles nicht wahr!«

»*Cool down pink.* Mit dieser Farbe streichen sie in der Schweiz die Gefängniszellen. Macht aus Knackis mit besonders hohem Gewaltpotenzial die reinsten Lämmer. Diese Farbe knallt echt rein.«

»Ich werde diesen Wagen nicht fahren. Auf keinen Fall!«

Der Mechaniker ließ Klotz einige Sekunden auf die Motorhaube des Camaros starren. Dann hob er den Becher auf, der bis zur Metallkappe seines Sicherheitsschuhs gerollt war.

»Soll ich dir noch einen Kaffee holen?«

»Ja, bitte.«

In die gereizte Stimme des Hauptkommissars hatte sich ein weicher Unterton geschlichen.

»Milch? Zucker?«

»Normalerweise trink ich ihn immer schwarz.«

»Also schwarz.«

»Nein. Heute ausnahmsweise mit Milch und Zucker, bitte.«

Klotz war in die Hocke gegangen. Mit beiden Händen strich er sanft über Kotflügel und Kühlergrill.

Cool down pink! Sanft lächelnd ging der Mechaniker davon. Auf Zehenspitzen, wäre das mit Stahlkappen an den Schuhen möglich gewesen.

Dieses Schnurren und Schnauben hatte schon was, dachte Klotz, als er den V8-Motor des Camaro abschaltete. Aber welchen Sinn machte diese dämliche Heizdecke im Sommer? Wahrscheinlich hatte Albert die mit Absicht eingesteckt, um ihn zu ärgern. Klotz riss den Zigarettenanzünder-Stecker heraus und klemmte ihn zwischen Fahrersitz und Mittelkonsole. Dann löste er den Anschnallgurt, drehte den Rückspiegel zur Fahrerseite hin und kontrollierte ein letztes Mal Frisur und Krawattenknoten. Sitzt, passt und hat Luft, beruhigte er sich selbst, öffnete die Tür und trat auf den Lehrerparkplatz hinaus.

Rechts erkannte er den gestreiften Kachelbau des Theater Mumpitz, das sich durch seine großen Bullaugen auszeichnete. Links, über dem glänzenden Stahldach der Schule, stach die Spitze des Fernsehturms in einen wolkenlosen Julihimmel. Er drehte sich um und betrachtete eine Litfaßsäule, die unweit des U-Bahnhofs Rothenburger Straße aufgestellt war.

»Und das vor einer Schule«, sagte Klotz vor sich hin. Auf dem Plakat konnte man das pralle Dekolleté einer Frau im gelben Top sehen, die an einer Bierflasche saugte. »Keine Haare auf der Brust, aber Astra trinken!«, schrie der Werbespruch auf ihren Brüsten.

»So also wollen sich die Fischköpfe bei uns in Franken einschmeicheln. Das hätten die wohl gern, dass wir auf so was reinfallen!«

Die gespielte Empörung, die er einem Lehrer für angemessen hielt, erschien ihm als eine gute Übung für das, was in den nächsten Tagen auf ihn zukommen würde. Insgeheim nahm er sich vor, dieses Astra vielleicht doch mal zu probieren.

»Ich habe das auch schon moniert. Aber den Chef scheint das anscheinend nicht sonderlich zu interessieren«, ertönte es hinter ihm. Klotz, der sich im ersten Moment etwas erschreckt hatte, drehte sich um und sah einen mittelgroßen Mann, der ein violettes Hemd trug.

»Schittkowski, mein Name, Willibald Schittkowski. Geografie, Geschichte, Wirtschaft.«

Klotz sah kurz zum Klinkerbau der Villa Leon hinüber. Vor der Kneipe des Bürgerzentrums waren Stühle, Tische und Sonnenschirme aufgebaut.

»Keine Angst«, fuhr der Kollege lachend fort, »nomen non est omen.«

Auch noch Latein, dachte Klotz und antwortete: »Bieringer. Werner Bieringer. Oberstudienrat für Deutsch und ...«

Ja, für was überhaupt noch? »... und nomen definitiv est –«

»Aha. Dann sind Sie die Vertretung für Frau Cordes«, unterbrach ihn Schittkowski glücklicherweise und strich sich dabei verlegen durch das spärliche Haar. Er begleitete Klotz auf seinem Weg in das Schulgebäude und gab den Fremdenführer.

Das städtische Gymnasium sei vor sechs Jahren im Rahmen der

Neugestaltung des ehemaligen Schlachthofgeländes in Sankt Leonhard gebaut worden. Sport werde hier auch als Hauptfach unterrichtet. Abgesehen von der Stadt Nürnberg sei der 1. FC Nürnberg Schirmherr der Schule. Deshalb trage die Einrichtung auch den Namen des größten Nürnberger Fußballers. Ob er, Bieringer, gewusst habe, dass es Max Morlock gewesen war, der damals 1954 in Bern den eins zu zwei Anschlusstreffer im Endspiel gegen die Ungarn geschossen und somit der Mannschaft den entscheidenden Auftrieb gegeben habe?

Klotz war neben dem Eingang vor einer Sandsteinsäule stehen geblieben. Auf ihr thronte ein stählerner Fußball. Irgendwie sah das nach den frühen siebziger Jahren aus, mittlere Verschandelungsphase.

»Natürlich habe ich das gewusst«, log Klotz ohne schlechtes Gewissen, da er der Meinung war, dass seine Undercover-Identität dies wissen sollte. »Wer wüsste das denn nicht?«, setzte er bestimmt hinzu.

Nachdem sie die Aula betreten hatten, erkundigte er sich nach dem Büro des Schulleiters und wünschte dem Kollegen Schittkowski noch einen schönen Tag.

Wo war er hier eigentlich? In einem China-Restaurant oder in einem Direktorat? Klotz starrte fasziniert auf die blaue Beleuchtung eines Aquariums, das sich komplett über eine Längsseite des Zimmers zog und in die Wand eingelassen war. Er nahm verschiedene Pflanzen wahr, die in ihrem wirbelhaften Schweben beinahe ätherisch wirkten. Dazwischen Fische in allerlei Formen und Farben.

»Setzen Sie sich doch bitte, Herr Klotz. Oder soll ich Sie Bieringer nennen?«

»Wäre sicher besser. Am besten, wir vergessen diesen Klotz, solange ich hier ermittlungstechnisch unterwegs bin.«

»Da haben Sie wohl recht. Also, Herr Oberstudienrat Bieringer …«

Der Schulleiter zeigte auf einen Sessel, der neben einem mahagonifarbenen Holztisch stand, und Klotz setzte sich.

Obwohl er einen Anzug am Körper und im Gesicht einen Henriquatre trug, hatte dieser Herr Dr. Löterich doch irgendwie etwas

Landwirtschaftliches an sich. Ob es daran lag, dass er beim Gehen ein Bein nachzog, also quasi hinkte? Klotz wusste es nicht. Er saß angespannt an dem Tisch, auf dem neben einer Espressotasse ein Tellerchen mit bunten Keksen stand. Bunte Kekse! Was war das denn? Sollte das ein Scherz sein, oder war Löterich vielleicht ein Ästhet, der die Süßspeisen, die er anbot, farblich auf seine Aquariumsfische abstimmte? Klotz musste an dieses *cool down pink* denken und beruhigte sich. Der Schulleiter war inzwischen näher gehumpelt und schenkte Klotz in die Tasse ein.

»Wissen Sie, bevor ich hierherkam, war ich acht Jahre lang stellvertretender Direktor in Bamberg. Am E.T.A.-Hoffmann-Gymnasium. E.T.A. Hoffmann, das sagt Ihnen was, ja?«

Klotz nahm einen Schluck aus der Espressotasse und fixierte einen orange-weißen Fisch, der in seine Richtung schwamm.

»Selbstverständlich.«

Selbstverständlich wusste Oberstudienrat Bieringer, wer dieser E.T.A. Hoffmann war. Klotz hingegen assoziierte E.T.A. mit diesem kleinen Außerirdischen E.T. und dem BKA, dem Bundeskriminalamt. Musste irgendwie eine Kreuzung zwischen den beiden sein. Wenn man ehrlich darüber nachdachte, dann musste man zugeben, dass Klotz mit dieser Überlegung im Prinzip gar nicht so Unrecht hatte.

»Ein grandioser Bamberger!«, präzisierte Klotz euphorisch, und in einer Art, die er für lehrertypisch hielt, reckte er seinen rechten Zeigefinger in die Luft.

Oberstudiendirektor Dr. Löterich räusperte sich und setzte sich Klotz gegenüber.

»Nun gut. Da haben Sie sicher nicht ganz unrecht. Sei es, wie es sei. Kommen wir auf Ihre Tätigkeit hier an unserer Schule zu sprechen. Über den Unterrichtsstoff wurden Sie informiert?«

»Frau Staatsanwältin Gulden sagte, die 11a würde Goethes ›Werther‹ lesen.«

»Ja, das stimmt. Frau Cordes hatte die Lektüre noch bestellen können. Gelesen wurde da aber noch nichts. Den Karton mit den Büchern für die Schüler finden Sie im Lehrerzimmer.«

»Gut. Dann werd ich mal los.«

Er spürte Löterichs Hand auf seinem Unterarm, als er Anstalten machte, sich zu erheben, und ließ sich zurück in den Sessel sinken.

Der orangefarbene Fisch mit den weißen Streifen und der schwarzen Bordüre an den Flossen befand sich nun auf Augenhöhe mit Klotz, und er hatte den Eindruck, als blicke ihn der Fisch irgendwie auf eine verschlagene Art und Weise an.

»Wenn ich Ihnen einen guten Rat erteilen darf«, sprach Löterich mit Nachdruck, »versuchen Sie, den Schüler mit Ihren Fragen zu umzingeln. Ziehen Sie immer engere Kreise, bis der Schüler gar nicht anders kann, als die richtige Antwort zu geben. Oder eben keine, falls er intellektuell suboptimiert ist.«

Während der Fisch seinen Mund langsam öffnete, fragte sich Klotz, ob der Herr Direktor auch nur im Ansatz irgendeine Ahnung davon hatte, was man als Ermittler bei der Mordkommission so zu tun hatte. Ob es sinnvoll wäre, den Schulbeamten darüber aufzuklären, dass er über mehrere Jahre hinweg in diversen Vernehmungs- und Fragetechniken nachhaltig ausgebildet worden war?

»Keine Sorge, Herr Dr. Löterich. Ich bin bestens vorbereitet. Sagen Sie, wie heißt denn dieser Fisch hier?«

»Das ist ein Amphiprion percula. Im Volksmund nennt man ihn auch Clownfisch, wegen seiner lustigen Farbgebung und dem schelmischen Gesichtsausdruck.«

»Aha.«

»Zurück zum Thema, Bieringer. Auch wenn Sie hier undercover arbeiten. Sie sollten versuchen, so gut wie möglich den Lehrer zu mimen. Und das geht nur, wenn Sie Druck machen. Ohne Druck, wissen Sie, geht hier gar nichts«, Dr. Löterichs Wangen hatten sich rot gefärbt, »ohne Druck, da tanzen die Ihnen auf der Nase herum! Geben Sie ruhig Hausaufgaben auf, und nicht zu knapp! Vergessen Sie nicht: In wenigen Wochen ist das Schuljahr zu Ende. Viele von denen meinen, sie könnten sich jetzt alles erlauben.«

Klotz sah dem Clownfisch in das listige Gesicht.

»Ich fordere Sie ausdrücklich dazu auf, Ordnungs- und Disziplinarmaßnahmen zu verhängen, wenn Sie es für nötig erachten.«

»Sagen Sie, Herr Dr. Löterich. Diesen Clownfisch, nennt man den nicht auch Doktorfisch?«

Der Direktor kratzte an seinem Kriegerbart.

»Bieringer! Sie sind hier an einer Schule, an einem Gymnasium. Ein seriöses, ernsthaftes Auftreten ist da unabdingbar und gehört zu den Grundfesten unseres Berufes. Seien Sie sich dessen bitte stets bewusst.«

Löterich griff sich das Tellerchen mit den bunten Keksen, erhob sich und legte es auf seinem Schreibtisch ab. Dann warf er einen Blick auf die Uhr.

Klotz stand auf und begab sich zur Tür. Plötzlich drehte sich Löterich in einem Ruck zu ihm um.

»Und vergessen Sie nicht, Bieringer, Sie unterrichten hier Deutsch, nicht Biologie!«

Da war es wieder, dieses Landwirtschaftliche. Er hatte die Worte in einem Duktus hervorgebracht, der an den eines Bauern erinnerte, welcher seinen Knecht anwies, wann und womit er die Schweine zu füttern habe. Klotz hätte dem promovierten Schulleiter am liebsten eine Mistgabel in die Hand gedrückt. Stattdessen drückte er die Klinke, dachte *cool down pink* und verabschiedete sich freundlich.

Sie trug ein froschgrünes T-Shirt und schwarze Jeans. Ihre Hosen waren beinahe genauso schwarz wie das halblange Haar, unter dem ein längliches Gesicht hervorschaute, das an ein Pferd erinnerte. Dieses Pferdige, dachte Klotz, das kommt bestimmt von dem starken Überbiss. Damit man seinen Gedanken nicht erriet, ließ er den Blick auf ihre Hakennase wandern.

»D'Abottiglia-Müller«, quäkte sein Gegenüber und vertrieb damit den Eindruck des Pferdehaften, »Ursula d'Abottiglia-Müller.«

Klotz, der sich kurz zuvor unter seinem Decknamen vorgestellt hatte, fragte die Mittdreißigerin, wo sich denn Raum 205 befinde. Er habe da jetzt gleich Unterricht.

»Wissen Sie was? Ich begleite Sie. Ich bin nämlich im Klassenzimmer nebenan, in 206. Was ist denn mit dem Karton da?«

»Da ist die Lektüre drin.«

»Ach, geben Sie her. Ich mach das schon.«

Frau d'Abottiglia-Müller, die ihre Unterlagen in einer Umhängetasche trug, klemmte sich den Bücherkarton unter den Arm und ging forschen Schrittes voran. Klotz folgte wie ein treuer Vasall. Während er auf das wuchtige Hinterteil der Studienrätin schaute, musste er an die Frauengestalten der Wagner-Opern denken, und er kam zu dem Schluss, dass die Inszenierung von Frau Ursula d'Abottiglia-Müller perfekt gewesen wäre, hätte man nur den Walkürenritt eingespielt, während sie in den Ostflügel des Schulgebäudes trabte.

Siebenundzwanzig Augenpaare waren auf ihn gerichtet. Er spürte den erwartungsvollen Blick, der in ihnen lag, und bemerkte, dass er feuchte Hände bekam.

»Aufstehen!«

Vielleicht hatte seiner Aufforderung ein klein wenig das nötige pädagogische Einfühlungsvermögen gefehlt, dachte er, als er bemerkte, dass ihn die Mehrzahl der Jugendlichen plötzlich etwas verstört ansah. Zu seiner Schulzeit wären sie jetzt alle gestanden, dachte er weiter. Was war da bloß los?

»Hört ihr schlecht?«

Hie und da schnellte ein kurzes Lachen auf. In der vorletzten Reihe meldete sich ein rothaariger Junge, der eine Brille mit dicken Gläsern trug.

»Ja bitte?«

»Was meinen Sie mit ›aufstehen‹? Wir sind doch schon alle wach.«

Der Saal tobte. Klotz spürte, dass sich ein Schweißtropfen von seiner linken Augenbraue löste. Er senkte seinen Blick, sah aufs Pult, wo der Bücherkarton lag. Gut. Okay. Schule im 21. Jahrhundert unterschied sich offensichtlich doch ein wenig von dem, was er aus den späten Siebzigern kannte. Hätte er auch früher dran denken können. Er würde wohl einen anderen Weg finden müssen, um zu seinen Schülern durchzudringen. Irgendwie musste es doch möglich sein, mit den jungen Leuten zu connecten.

»Also, Sportsfreunde. Gleich klatscht's, aber keinen Beifall! Auf drei steht die Mannschaft! Eins, zwei …«

Klotz bemerkte, dass er ins Klo gegriffen hatte, und zwar ganz tief. Mit der Disziplin war es vorbei. Ein paar Schüler aus den hinteren Reihen waren aufgestanden und auf Stühle und Tische geklettert, standen stramm, hatten die flache Hand an den Kopf gelegt und salutierten. Andere gaben sich konvulsivisch anmutenden Verrenkungen hin, einem Zwischending aus Tanzen und sich Übergeben.

»Herr äh … wir sind hier doch nicht bei der Bundeswehr!«, protestierte der Junge mit den roten Haaren.

»Das wäre gar nicht so schlecht, wenn einige von euch ihren Wehrdienst absolviert hätten, bevor sie einen Fuß in so ein Klassenzimmer setzen durften«, brüllte Klotz die aufgebrachte Menge an.

»Haben Sie gedient?«, rief es aus einer Ecke. Aus einer anderen dröhnte es: »Vorsicht, sonst schmiert er dir gleich eine!«

Die Sache war binnen kürzester Zeit völlig aus dem Ruder gelaufen. Einen Moment lang überlegte er, ob er nicht seine Dienstwaffe herausholen, auf die Glasfläche des Tageslichtprojektors legen und das Gerät einschalten sollte. Dann wäre hier mal Ruhe im Puff! Aber erstens hatte er seine Dienstwaffe nicht dabei, und zweitens dämmerte es ihm, dass sein Konfrontationskurs höchstwahrscheinlich keinerlei Aussicht auf Erfolg haben würde. Deeskalation war jetzt angesagt, so viel hatte er schon kapiert. Mit einem Taschentuch wischte er sich das verschwitzte Gesicht ab und versuchte, sich zu beruhigen. Nach und nach wurde es stiller im Klassenraum.

»Sei's drum«, rief er mit einer sonoren Stimme, die inzwischen etwas Resigniertes an sich hatte, »dann lassen wir das eben mit dem Aufstehen.«

Er unterstrich seine Worte durch eine majestätische Geste, die eines römischen Imperators würdig gewesen wäre. Jemand hatte zu husten begonnen, und Klotz schien es, als hätte dieser Jemand seinen Hustenanfall mit dem Wort »Schmalzlocke« unterlegt. Geflissentlich ignorierte er den Zwischenruf und konzentrierte sich ganz auf seinen Neuanfang.

»Mein Name ist Bieringer«, sagte er und drehte sich zur Tafel, an der er zu schreiben begann: Herr Bier- … Mist! Das Tafelbrett war zu Ende. Er hätte wohl weiter links ansetzen müssen. Schnell kritzelte er ein unleserliches »inger« unter das »Bier«. Noch bevor die Klasse in allgemeines Gelächter hätte ausbrechen können, störte das Läuten eines Handys das Unterrichtsgeschehen.

»Verweis!«, grölte jemand aus der letzten Reihe.

Das Läuten nahm in seiner Lautstärke zu. Klotz sah sich unbeholfen um. Schließlich erkannte er die Melodie von »Unknown Caller« von U2 und wurde im Gesicht noch etwas roter, als er eh schon war.

»Herr Bier, ich glaube, das ist Ihr …«, sprach ihn ein schmales, blondes Mädchen an, das gegenüber dem Pult saß.

Schnell holte Klotz das immer lauter werdende Handy hervor

und stellte es ab. Die Klasse lachte. Allerdings erschien ihm das Gelächter jetzt verändert, etwas weniger hämisch als zuvor. Eine besondere Note hatte sich eingemischt. Etwas, das sich zwischen Mitgefühl und komplizenhafter Sympathie verorten ließ. Vielleicht war dieses Komplizenhafte ja darin begründet, dass unterdessen die Tür geöffnet worden war. Klotz folgte der geänderten Blickrichtung seiner Schüler und erkannte Frau d'Abottiglia-Müller, deren gewaltige Erscheinung im Türrahmen stand. Klotz, dessen Gefühlslage sich mit einem Mal zwischen ängstlicher Bewunderung und uneingestandenem Neid bewegte, registrierte, wie die einschüchternde Aura der Studienrätin in das Klassenzimmer geschwappt war. Es war mucksmäuschenstill geworden.

»Bei Ihnen alles in Ordnung? Ich schreibe gerade einen Test.«

Ohne eine Antwort abzuwarten, hatte die Kollegin die Tür wieder geschlossen. Während Klotz seinen Krawattenknoten lockerte, erkannte er in den Augen seiner Schüler, dass sie das blanke Entsetzen gepackt hatte. Er profitierte von dem Schock, indem er den Bücherkarton öffnete und die gelben Reclambändchen schweigend an die Schüler ausgab. Dem schüchternen Mädchen aus der ersten Reihe reichte er eine Klassenliste und forderte sie auf, von jedem Schüler bis zum Ende der Woche einen Betrag von drei Euro einzusammeln. Dann gab er die Anweisung, den Text selbsttätig zu lesen bis zum Brief vom 17. Mai.

»Als Hausaufgabe?«

»Nein, jetzt, im Unterricht.«

»Allein oder mit dem Nachbarn?«

»Jeder liest für sich allein. Bei Verständnisschwierigkeiten dürft ihr euch gerne mit dem Banknachbarn beraten. Aber leise, im Flüsterton! Ich werde jetzt durch die Reihen gehen. Wenn ich bei euch bin, könnt ihr eventuelle Fragen stellen.«

Es gab da durchaus einige Passagen, die Klotz in diesem »Werther« selber nicht so recht verstand. Was er allerdings ganz gut verstand, war, sich irgendwie herauszureden mit Sätzen wie »Denk noch mal genau darüber nach, vielleicht kommst du ja drauf!« oder »Guck mal in den Anhang, da findest du ganz bestimmt was zu der Textstelle!« Das Ergebnis war, dass sich die Schüler entweder nicht mehr trauten, weiter nachzufragen, oder damit beschäftigt waren, unkoordiniert in der Lektüre herumzublättern, um nach etwas zu suchen, das es nicht gab. Für ein paar Minuten beobachtete Klotz, was er mit seinen diffusen Direktiven angerichtet hatte, und er gewann den Eindruck, dass – wenn auch die Lernenden von ihm scheinbar in die Sackgasse geführt worden waren – dieses Szenario, das sich da unter seinen Augen abspielte, in seinem Wie und Was nicht wesentlich absurder war als das Leben selbst. Insofern würden seine Schüler auf jeden Fall etwas dazulernen, wenn auch nicht etwas, das einem besseren Textverständnis von Herrn Goethes Geschreibsel entgegenkam.

Letztlich ging es ja auch gar nicht darum, in diesen letzten Juliwochen irgendwelche Sechzehnjährigen mit den selbstmitleidigen Ergüssen eines jämmerlichen Suizidenten zu nerven, der ganz offensichtlich unter einer narzisstischen Persönlichkeitsstörung litt. Nein, es ging vielmehr darum, dass er, Klotz, in seiner Funktion als verdeckter Ermittler so viel wie möglich über den Mord an Linda Cordes herausfinden sollte. Er war überzeugt, dass er früher oder später durch seinen Undercover-Einsatz zu entscheidenden Hinweisen gelangen würde.

Nachdem er die Hausaufgabe gestellt und die Schüler entlassen hatte, ließ er sich am Pult nieder. Im Geiste fragte er seine Eindrücke ab, die er gewonnen hatte, als er durch die Reihen gegangen war. Wer war ihm da besonders aufgefallen? Da war ein Schüler namens Cem Bülent, der dadurch geglänzt hatte, dass er kategorisch verweigerte, diese »Leiden des jungen Werther« überhaupt anzufassen. Stattdessen hatte er an irgendwelchen Songtexten herumlaboriert und etwas davon gefaselt, dass doch morgen Bandabend sei und er unbedingt noch die Lyrics fertig machen müsse. Nachdem Klotz dem Leistungsverweigerer einen Verweis angedroht hatte, hatte dieser Cem wenigstens den Buchdeckel aufgeschlagen. Klotz war schnell weitergegangen, um nicht in die Verlegenheit zu geraten, die Verwarnung in die Tat umsetzen zu müssen.

Ihm fiel Anja Löterich auf. Offenbar die Tochter des Direktors. Im Gegensatz zu Herrn Dr. Löterich ging ihr das Akademische allerdings völlig ab. Übrig blieb das rein Landwirtschaftliche, das ja auch der Herr Vater nicht ganz verbergen konnte. Es war nicht unbedingt so, dass sich Klotz von den abgeranschten Cowboystiefeln, den löchrigen Jeans und dem farbenfrohen Oberteil abgeschreckt gefühlt hätte. Aber wenn man schon einen neongrünen Stringtanga trug und seine Brust durch einen Push-up zur Geltung bringen musste, dann wäre zumindest ein Minimum an verbaler Ausdrucksfähigkeit oder eine angenehme Stimme vonnöten gewesen, um in Klotz ansatzweise so etwas wie Sympathie zu erwecken. Doch dieses Weib schnatterte nicht nur unsinniges Zeug, sondern kicherte in regelmäßigen Abständen auf eine Weise, die Klotz an eine meckernde Ziege erinnerte.

Neben der rustikalen Maid hatte Maximilian Rausch seinen Platz. Fragen hatte er keine gehabt, seine Kommentare waren einsilbig ausgefallen. *Ja. Nein. Keine Ahnung.* Klotz hatte dem verschlossenen Jungen lange in die Augen gesehen. Und was er da gesehen hatte, hatte ihn stutzig gemacht. Da war Fanatismus, da war unterdrückte Wut. Und eine tiefe Resignation und Traurigkeit. Da war etwas, was raus wollte und nicht konnte. Ganz tief im Verborgenen war da etwas, was er, Klotz, zu Tage fördern musste. Dieser Maximilian Rausch, ahnte Klotz, dieser Maximilian Rausch wusste etwas. Etwas Entscheidendes. Das hatte er in seinen Augen gesehen.

Klotz stand auf, nahm seine Tasche und ging.

Eigentlich hatte er zum Parkplatz gewollt, aber in dem allgemeinen Trubel, den die Kinder und Jugendlichen auf den Gängen veranstalteten, hatte er wohl die Orientierung verloren und war schließlich auf dem Pausenhof gelandet. Kreischende Unterstufenschüler jagten sich um Bäume, Büsche und Mülleimer herum. Hie und da sah man Pärchen, die miteinander knutschten, angestrengt und unbeholfen. Andere spielten auf fest installierten Platten Tischtennis. Hier stand auch Willibald Schittkowski und feuerte die Spielenden an. Er sah kurz auf, als Klotz vorübereilte, erhob die Hand zum Gruß und lächelte. Die Oberstufenschüler und Kollegiaten befanden sich jenseits des allgemeinen Tumults am Ende des Pausenhofs. Dümpelten dort auf dem Gehweg herum und rauchten. Klotz erkannte Maximilian Rausch. Er stand abseits, auf der anderen Straßenseite, und unterhielt sich lebhaft mit Anja Löterich und Cem Bülent. Wie sie da aufgeregt an ihren Zigaretten saugten und wild gestikulierten, gewann man fast den Eindruck, als ob sie sich streiten würden. Klotz überlegte. Vielleicht wäre das jetzt ein guter Moment, um die Jugendlichen anzusprechen. Nicht lehrerhaft, eher so auf die kumpelhafte Tour. Da wäre doch sicher etwas herauszubekommen.

Er war noch nicht einmal ganz über die Straße gelaufen, als sich das Triumvirat auflöste. Wortlos gingen die drei Jugendlichen an ihm vorbei zurück in Richtung Schulgebäude. Nur das Mädchen, Anja Löterich, blickte ihn an. Sie lächelte. Klotz sah in die Weite. Sein Blick war auf die Kuppel des Fernsehturms geheftet, an der das Licht einer prallen Sommersonne feurig reflektierte. Im Hintergrund ertönte der Gong.

Wenn er zum Parkplatz an der Rothenburger Straße wollte, dann musste er zurück, durch die Aula, am Verwaltungstrakt vorbei. Also machte er kehrt. Der Hof war inzwischen wieder zur schülerfreien Zone geworden. An den Türen drängten die Kinder zurück in ihre Klassenzimmer. Komisch, dachte Klotz, irgendwie erinnerte ihn das soeben durchlebte Szenario an das Meer. Dieser Pausenhof. Wie auf Knopfdruck konnte er plötzlich geflutet werden, wurde laut und aufgeregt, klatschend und wild. Und dann, dann kam da dieser Schulgong, und mit einem Mal spülte es die Schülerwogen zurück ins Gebäude. *Ebbe.*

Klotz ging gerade über den hölzernen Boden der Aula, als er aus einer Ecke eine Stimme hörte, die ihm bekannt vorkam.

»Papa!«

Er wusste nicht genau, ob er erschrecken oder den Glücksgefühlen, die sich unweigerlich einstellten, freien Lauf lassen sollte. Unsicher schaute er um sich. Schließlich hatte sein suchender Blick ihn gefunden. Schnell lief er seinem Sohn entgegen, der im Eingang eines Korridors wartete.

»Frederik! Was machst du denn hier?«

Der Junge mit dem strohblonden Haar und den hellen Augen lächelte. Schlagartig wurde sich Klotz der Gefahr bewusst, in die ihn die unvorhergesehene Situation bringen konnte. Er nahm seinen Sohn an der Schulter und schob ihn schnell durch die Tür eines Schülerklos.

»Bitte sei jetzt einfach mal still«, instruierte Klotz und ließ den irritierten Jungen neben dem Pissoir stehen, während er die Kabinen kontrollierte. Schließlich ging er zurück zu Frederik, atmete auf und wischte sich den Schweiß von der Stirn.

»Papa! Wieso bist du denn hier?«

Klotz war in die Hocke gegangen. Er fuhr seinem Jungen durchs Haar.

»Frederik, du musst mir versprechen, dass du niemandem irgendetwas von dem erzählst, was ich dir jetzt verrate.«

Die Augen des Jungen weiteten sich. Klotz griff nach der kleinen Hand seines Sohnes.

»Versprichst du mir das?«

»Ja, Papa. Ich versprech's.«

»Ich bin hier im Einsatz, ich ermittle hier. Und niemand darf wissen, dass ich bei der Polizei bin und wie ich in Wirklichkeit heiße. Hast du das verstanden?«

»Na klar. Ich bin doch nicht blöd. Ich bin schon zwölf. Hast du das etwa vergessen?«

»Nein. Das habe ich nicht vergessen.« Klotz spürte ein Stechen in der Brustgegend. »Also, mein Junge. Zu niemandem irgendein Wort. Auch nicht zu deiner Mutter oder ihrem neuen Freund.«

»Dem«, Frederik machte eine wegwerfende Geste, »dem werde ich ganz bestimmt nichts erzählen. Das kannst du mir glauben.«

Endlich hatte Klotz' Aufregung nachgelassen. Während er sich von einer Klorolle eine Papierschlange abriss, stellte er fest, wie sehr es auf dieser Toilette stank. Er sah zum Fenster und wunderte sich, dass hier niemand auf die Idee kam zu lüften.

»Frederik, wie kommt es eigentlich, dass du hier an dieser Schule …«

»Das war Mamas Idee.«

»Ich dachte immer, du wärst auf dem Steiner Gymnasium.«

Klotz wischte sich mit dem Klopapier übers Gesicht.

»War ich ja auch. Aber irgendwie war's da blöd. Außerdem hatte ich an dem tollen Gymi *Ein*stein lauter schlechte Noten.«

Klotz wunderte sich über den ironischen Unterton, der in der Stimme seines Sohnes mitschwang. Früher war das nicht der Fall gewesen. Na, er war jetzt ja schon zwölf. Da fing das dann wohl an mit der Ironie.

»In welcher Klasse bist du überhaupt?«

»6b … Du, Papa.«

Frederik machte ein verkniffenes Gesicht.

»Ja?«

»Ich muss in den Unterricht, sonst krieg ich Ärger.«

»Na klar.«

Klotz nahm seinen Sohn in den Arm, und irgendwie, er wusste selbst nicht warum, gesellte sich zu den Schweißtropfen in seinem Gesicht ein klein wenig Tränenflüssigkeit.

»Dann mach's mal gut, mein Junge. Und vergiss nicht, was wir besprochen haben.«

»Tschüss, Papa!«

Wenige Minuten später, kurz nachdem sein Sohn die Schülertoilette verlassen hatte, trat Klotz auf den Gang hinaus. Aus einem Pferdegesicht, das ihm inzwischen bekannt war, funkelten ihn zwei dunkle Augen an. Klotz wischte sich über Stirn und Nase, und Frau d'Abottiglia-Müller drehte sich, ohne ein Wort zu sagen, um und entfernte sich. Klotz' Blick folgte ihrem froschgrünen Rücken und den kräftigen Beinen, die sich nun die Treppe hoch bewegten. Als die Studienrätin die Galerie erreicht hatte, blieb sie an einer Tür stehen, die sich zwischen Sekretariat und Lehrertoilette befand. Sie blickte sich verstohlen um, bevor sie klopfte.

Frau d'Abottiglia-Müllers Gang in den Verwaltungstrakt hatte Klotz auf eine Idee gebracht. Er rückte seine Krawatte zurecht und begab sich auf die Empore. Klopfte aber nicht wie seine Vorgängerin an der Tür des Direktorats, sondern an der Tür daneben, auf der groß »Administration« zu lesen war.

Nachdem er sich bei den Sekretärinnen als Oberstudienrat Bieringer vorgestellt hatte, brachte er sein Anliegen vor: Die Schülerakten der Klasse 11a. Eine der Schreibkräfte zeigte auf einen Rollschrank. Klotz ging in die Knie und öffnete das unterste Fach. Suchte. Zog schließlich die ersehnte Schülerakte hervor.

Maximilian Rausch, Jahrgang 1992, lebte mit seiner Mutter in der Kreutzerstraße in Sankt Leonhard. Seine Eltern hatten sich vor zwei Jahren getrennt. Klotz sah sich die Zeugnisse der letzten Jahre an und stellte fest, dass es mit Maximilians Leistungen ab dem neunten Schuljahr massiv bergab gegangen war. Das Zwischenzeugnis für das laufende Schuljahr enthielt den Vermerk, dass sein Vorrücken sehr gefährdet war. Überall, wo man hinsah, Vierer und Fünfer. In Religion und Kunst sogar eine Sechs. Da konnte doch nur Auflehnung und Rebellion dahinterstecken. Gegen die Eltern, die ihre Ehe hatten zerbrechen lassen. Die über ihrer Wut, ihrem Frust und die eigene Resignation den Sohn und dessen Bedürfnisse einfach ausgeblendet hatten. So oder so ähnlich wird das gewesen sein, dachte Klotz und erinnerte sich einen Moment lang an seine eigene Scheidung. Seltsam, dachte er, als ihm die Zwei ins Auge fiel, die hinter dem Wort »Deutsch« in dem Zwischenzeugnis abgedruckt war. Seltsam, wirklich wahr. Da verweigert einer durch die Bank weg ganz offensichtlich jegliche Leistung, und im Deutschen dann plötzlich die Bewertung »gut«. Was war da los? Linda Cordes und Maxi Rausch, fuhr es Klotz durch den Kopf, und wenn zwischen den beiden etwas gewesen wäre?

Er war aufgestanden. Während er durch eine schlierige Scheibe nach draußen auf das Pflaster des Schulhofs blickte, zupfte er eine Fluse von seinem Sakko. Ließ sie los und sah ihr dabei zu, wie sie im Licht langsam auf den Boden sank.

»Frau äh …«

»Kruschke.«

»Frau Kruschke, ich würde gerne diese Schülerakte mit nach Hause …«

»Das geht nicht. Schülerakten dürfen das Schulgebäude grundsätzlich nicht verlassen. Sie dürfen das Dossier gerne im Lehrerzimmer studieren und danach wieder zurückbringen.«

»Gut. Alles klar. Dann machen wir das so. Einen schönen Tag noch.«

»Wiedersehen, Herr Bier äh …«

»Bieringer.«

Klotz lächelte verbindlich und verließ den Raum. Als er in der Aula angekommen war, steckte er die Schülerakte in seine Tasche und begab sich auf den Parkplatz.

Die Hitze schien lotrecht nach unten zu fallen. Klotz sah auf die Uhr. Es war kurz nach zwölf. Ob von Leonies schöner Fönfrisur noch etwas übrig war, fragte sich der Hauptkommissar, als er sich mit einem schweißgetränkten Klopapier, das langsam zerfledderte, zum wiederholten Male über die Schläfen fuhr. Er schlüpfte aus dem Sakko, warf es sich über die Schulter. Lockerte seine Krawatte, öffnete die beiden obersten Hemdknöpfe.

»Scheiße! Verdammt noch mal!«

Klotz sah auf und ließ seinen Blick über die reflektierenden Autodächer schweifen. Ein paar Meter neben der Fußballsäule stand ein untersetzter, kahlköpfiger Mann, der seinen Schuh an der Kante einer steinernen Einfassung abstreifte.

»Dass die ihre Scheißköter immer vor mein Auto kacken lassen! Es ist zum Kotzen! Wenn ich den erwische, der …«

Klotz schlug die Richtung zu seinem Wagen ein. Der wütende Mann grummelte etwas Unverständliches in seinen nicht vorhandenen Bart. Als Klotz auf der Höhe der Säule angekommen war, drehte sich der Glatzkopf unvermittelt um und lief ohne aufzuschauen los. Fast wäre er mit Klotz zusammengestoßen.

»Oh, entschuldigen Sie«, der Kahlschädel blickte Klotz erschrocken ins Gesicht.

»Das war aber knapp!«

Die Gesichtszüge des Mannes erschienen traurig, und doch hatten sie gleichzeitig etwas Unbeherrschtes und Verlebtes an sich.

»Wissen Sie«, begann der Unbekannte, »das müssen irgendwelche Schüler sein.«

»Was sein?«

»Na ja, die da immer vor mein Auto scheißen!«

»Schüler, die sich vor Ihrem Wagen erleichtern?«

»Nein, das ist natürlich Quatsch. Ich meine natürlich deren Hunde.«

»Ja, aber wie soll das gehen? Haben die Schüler etwa ihre Haustiere dabei, wenn sie in die Schule kommen?«

»Ach, ich weiß auch nicht!«, rief der Mann zornig aus. »Aber irgendwie ist die Sache doch nicht ganz koscher. Das ist jetzt schon das dritte Mal innerhalb von zwei Wochen, dass so was passiert. Und immer trete ich … Ich bin ja auch dämlich. Langsam sollte ich es wissen.«

Klotz schwieg und sah dem Mann dabei zu, wie er die Beifahrertür eines weißen Golfs öffnete und aus der Seitenablage eine Packung Taschentücher holte. Nachdem er die Packung geöffnet hatte, schaute er Klotz einen Moment lang ins Gesicht und fragte dann, ob er vielleicht auch eines wolle. Klotz nahm dankend an.

Da standen sie nun und wischten sich wortlos den Schweiß aus ihren Gesichtern. Als Klotz fertig war, sah er hinüber zum Biergarten der Villa Leon und spürte einen feierabendlichen Wunsch in sich aufkeimen.

»Barkhoff. Theo Barkhoff. Sport, Religion.«

Oberstudienrat Bieringer stellte sich vor.

»Aha. Die Vertretung für die Cordes. Dass die so schnell noch jemanden gefunden haben.«

Barkhoff holte eine Schachtel Zigaretten hervor und zündete sich eine an.

»Wollen Sie vielleicht auch?«

»Nein danke. Ich rauche schon seit Längerem nicht mehr.«

»Glückwunsch.«

Klotz bemerkte, dass Barkhoffs Wagen ein Ansbacher Kennzeichen hatte. Eine unangenehme Assoziation drängte sich ihm auf. Gerade als er sich verabschieden wollte, nahm er wahr, wie Barkhoffs Blick angestrengt etwas fokussierte, was sich hinter ihm befand. Klotz wandte sich um und erkannte d'Abottiglia-Müller, die das Schulgebäude verließ.

»Schauen Sie sich die ruhig an, die Trampelsau.« Barkhoff kniff die Augen zusammen, während er den Rauch aus dem Mund blies.

»Wieso Trampelsau?«

»Die freut sich jetzt, wo die Cordes weg ist.«

»Aha.« Klotz machte ein fragendes Gesicht.

»Jetzt ist der Spielmann wieder zu haben.«

»Studiendirektor Spielmann, der stellvertretende Direktor?«

»Genau der. Die Cordes und der Spielmann.«

Barkhoff machte mit Hilfe seiner Zigarette eine Geste, wie sie eindeutiger nicht hätte sein können.

»Kapiert?«

»War die Cordes nicht verheiratet? Und Spielmann, hat der keine Frau?«

»Spielmann mag wohl irgendwo eine Frau haben, aber ich bin mir nicht sicher, ob er sich dessen noch bewusst ist. Und ob der Mann von der Cordes was weiß? Mit seinem Job als Rundfunkreporter ist der doch nie zu Hause. Außerdem kannten sich der Spielmann und die Cordes schon, da war ihr trauter Gatte noch nicht mal in Sichtweite. Die Cordes war nämlich mal die Schülerin von Spielmann.«

Barkhoff schnippte die Asche ab und nahm einen Zug.

Klotz sah hinüber zu der Litfaßsäule, auf der diese anzügliche Werbung für ein nordisches Bier prangte. Unweigerlich lief ihm das

Wasser im Mund zusammen. Inzwischen war er so weit, dass er jedes Bier getrunken hätte. Plötzlich spürte er ein Tippen auf seiner rechten Schulter.

»Herr Bieringer?«

Die meckernde Ziege. Klotz wusste Bescheid.

»Anja«, rief er mit gespielter Freundlichkeit aus, »was gibt's?«

Die junge Frau lächelte ihn an und ließ dabei ihre dick in Tusche getränkten Wimpern klimpern. Klotz fiel auf, dass die Schminkpaste in ihrem Gesicht stellenweise verlaufen war.

»Sie haben sich ja schon meinen Namen gemerkt«, blökte Fräulein Löterich in einem Tonfall, der wohl Koketterie und lolitahafte Weiblichkeit vermitteln wollte. Klotz fiel auf, wie sehr ihn der Sexappeal junger Frauen nervte. Wie ermüdend und einschläfernd er so etwas fand. Komisch, dass das mit Melanie so gut klappte, dachte er.

»Wollen Sie vielleicht morgen zu unserem Band-Abend kommen?«

Sie drückte ihm einen Flyer in die Hand.

»Da wird echt tolle Musik gespielt, und so alt sind Sie ja auch noch nicht.«

Anja Löterichs Hand hatte ihn an seinem Unterarm berührt.

»Mal sehen. Vielleicht.«

Vorsichtig zog Klotz seinen Arm an den Körper. Die junge Frau verabschiedete sich. Als sie sich in einiger Entfernung befand, meldete sich Barkhoff wieder zu Wort:

»Meine Güte, sind das ausgebuffte Biester! Passen Sie da bloß auf, Bieringer, sonst kommen Sie noch in Teufels Küche.«

Barkhoffs Blick war auf den Hintern der Schülerin geheftet und funkelte vor Begehren. Klotz wandte sich angeekelt ab. Wieder fiel ihm Barkhoffs Autokennzeichen auf.

»Sie kommen aus Ansbach?«

»Ja. Wie der Chef auch.«

AN–TB 69 – offensichtlich ein Wunschkennzeichen.

»Also, Bieringer«, Barkhoff schnippte seine Kippe weg, »ich muss jetzt los. Wir sehen uns.«

Der Kollege legte einen Kavalierstart hin und rauschte mit heulendem Motor vom Platz. Wenn das da neulich in der Nähe des Bahnhofs dieser Barkhoff gewesen sein sollte, dann würde er ihn kriegen, schwor sich Klotz.

Von Ferne sah er Anja Löterich, die in einen neuen Mini einstieg. Ob sie auch ein Wunschkennzeichen hatte, konnte er nicht erkennen.

»Das darf doch nicht wahr sein!«

Klotz ließ seine Tasche fallen und lief zu seinem Wagen.

»Diesem Barkhoff scheißen sie vors Auto, und mir sprühen sie die Motorhaube voll! Was ist das überhaupt für ein Drecksladen hier?«

Fassungslos starrte er auf die Aufschrift: »Pussy Wagon« stand da in großen Lettern, mit schwarzer Sprühlackfarbe aufgetragen.

»Scheiße, ich brauch jetzt unbedingt ein Bier.«

»Noch so ein Pyraser, bitte«, rief Klotz der Bedienung zu, die gerade an seinem Tisch vorbeiging. Wischte sich den Schaum vom Mund und trank mit drei tiefen Zügen aus. Vor ihm lag ein grünliches Gewässer, das in seiner Trübheit Klotz' momentaner Verfassung entsprach.

Als das zweite Bier eingetroffen war, kramte er diesen Flyer aus seiner Sakkotasche. »Moloch Morlock rockt – Bandabend im coolsten Gymnasium der Stadt – Mittwoch achter Juli – Einlass ab neunzehn Uhr dreißig.« Also, wenn er da hingehen sollte, dann bestimmt nicht wegen dieser Löterich. Klotz fiel die Zangenberg ein, und er fragte sich, warum Leonies Aufgemascheltheit anders war als die von dieser Anja. Nach ein paar Schlucken kam er drauf. Leonie war nicht ordinär, sie hatte Niveau. Diese Pumps, diese Lingeriekleider, diese Spitzenbustiers, in denen sich eine ansprechende Auslage befand. Das war einfach eine andere Kategorie. Und es war deshalb eine andere Kategorie, weil Leonie Herz besaß. Genau, das war es. Das war ausschlaggebend für Niveau und Klasse. Letztendlich kam es nur darauf an, ob jemand Herz hatte, ob jemand gütig, ehrlich und echt war. Und was dieses Fräulein Löterich anging, da musste man ganz eindeutig feststellen, dass da nichts von alldem vorhanden war. Dieses Mädchen, dieser Teenager, strahlte eine Falschheit und Kälte aus, wie sie Klotz bei einem jungen Menschen bisher nur sehr selten angetroffen hatte. Das Handy klingelte.

»Klotz … Grüß dich, Peter, … in die Gerichtsmedizin? Jetzt gleich? … Okay, ich bin unterwegs.«

»Sag mal, gibt's jetzt in der Schule schon Bier als Pausenbrot?«

Escherlich wedelte mit einer Zeitung, um den Geruch zu vertreiben.

»Das war ein Dienstbier. Dienstlich absolut notwendig und ansonsten auch. Und außerdem: Noch ein Wort, und ich verbiete dir das Rauchen.«

»Oh, oh, da ist aber einer heute total humorfrei.«

»Komm, hör auf jetzt. Ich bin wirklich nicht zu Scherzen aufgelegt. Mach endlich deine Kippe aus, damit wir reingehen können.«

Escherlich machte noch zwei schnelle Züge und warf die Zigarette in den Aschenbecher.

Dann öffnete er die Tür des gerichtsmedizinischen Instituts.

»Nach dir. Alter vor Schönheit.«

»Bringen wir's hinter uns.«

Nein, er wollte da nicht hinsehen, auf diesen Sektionstisch. Er wollte sie nicht sehen. Ihr blondes, fülliges Haar. Ihre schweren, wunderschönen Brüste. Ihre perfekte Figur. Und diese Nähte, die jetzt ihren Körper durchzogen. Aufgeschlitzt von oben nach unten, von rechts nach links. Nein, er wollte das nicht. Und deswegen sah er Ron Lackner fest in das müde Alkoholikergesicht.

»Todesursächlich war eindeutig der Pfeil. Nachdem er den Brustkorb hinter sich gelassen hatte, drang er in die rechte Herzkammer ein. Man kann also davon ausgehen, dass der Herzmuskel schlagartig zum Erliegen kam. Beim Austritt aus dem Herzen hat's auch noch die Aorta erwischt. Durch den Sauerstoffmangel im Gehirn kam es dann zu einem –«

»Es reicht, Lackner, es reicht«, unterbrach ihn Klotz.

Lackner sah ihn überrascht an.

»Geht es dir nicht gut, Werner?«

»Nein, nein. Sag einfach nur, gibt es irgendetwas Ungewöhnliches? Etwas, was wir wissen müssten?«

»Hm.«

Und plötzlich war es da. Dieses feixende Spitzbubenlächeln, das für Lackner so typisch war. Klotz hätte ihm am liebsten eine Ohrfeige gegeben.

»Nun mach's mal nicht so spannend«, schaltete sich Escherlich ein, ohne aufzusehen.

»Also gut. Es gibt da tatsächlich eine Sache, die merkwürdig erscheint. Linda Cordes war schwanger.«

»Wie bitte?«

»Sie war schwanger gewesen, müsste man wahrscheinlich genauer sagen. Denn schon bevor sie starb, hatte sie den Embryo verloren.«

»Das heißt, dass sie kurz vor ihrem Tod einen Abgang hatte?«

»Nein. Das muss schon vor einigen Wochen geschehen sein. Und ein natürlicher Abgang scheint mir auch wenig wahrscheinlich. Schaut mal hier, ihre linke Seite, hier in Hüfthöhe.«

Klotz neigte den Kopf nach unten und versuchte, die Kacheln des Sektionssaals zu fixieren.

»Seht ihr die kleinen Narben? Da und da die Blutunterlaufungen?«

»Und? Was bedeutet das?«

»Ich tippe auf Gewalteinwirkung. Dürfte so zwischen sechs und acht Wochen her sein.«

»Sie wurde also geschlagen, meinst du?«

»Entweder das oder ein Unfall.«

»Und dabei hat sie den Embryo verloren.«

»Genau. So ist es.«

Klotz war erleichtert, als sie die Pathologie endlich wieder verlassen durften. Escherlich hatte sich gleich eine Zigarette angezündet, und der Hauptkommissar legte seine rechte flache Hand an die Stirn, um seinen Kollegen durch das Gegenlicht besser sehen zu können.

»Ob diese abgebrochene Schwangerschaft etwas mit Linda Cordes' Ermordung zu tun hat?«

»Also, auf jeden Fall müssen wir ihren Mann noch einmal zu diesem Umstand befragen«, antwortete Klotz, »es ist schon merkwürdig, dass er das bei unserer ersten Unterredung überhaupt nicht erwähnt hat.«

»Ja, sonderbar. Absolut.«

Escherlich nahm einen tiefen Zug und blies den Rauch genüsslich in die Luft.

»Da gibt es noch was, Werner, was ich dir erzählen wollte.«

»Ja?«

»Ich bin da ja dran wegen der Tatwaffe.«

»Okay.«

»Laanschaf und seine Kriminaltechniker haben inzwischen das genaue Modell ermittelt, zu dem der tödliche Pfeil passt.«

»Und?«

»Für diese Art von Harpune braucht man keinen Waffenschein. Harpunengeräte, die zum Abfeuern ihrer Geschosse keine Munition benötigen, sind nämlich laut Waffengesetz frei verkäuflich.«

»Und wie wird dann so ein Harpunenpfeil abgeschossen?«

»Mit Pressluft. Und Pressluft ist keine Munition.«

»Was ist das bloß für ein Wahnsinn? Wenn ich mit dem Flugzeug nach Hamburg fliege, darf ich noch nicht mal ein Brotmesser im Handgepäck mit mir führen, aber Mordwaffen kann ich mir im lustigen Gunshop an der Ecke einfach so kaufen.«

»Ja, Werner. Was ich dir aber eigentlich sagen will: So abstrus und exklusiv diese Mordwaffe erscheint, sie wird uns nicht zum Täter führen.«

»Sind denn die Käufer dieser Harpunen nicht namentlich registriert?«

»Vergiss es! Diese Waffen wechseln bei Ebay täglich den Besitzer. Begreif doch endlich!«

Escherlich drückte seinen Zigarettenstummel in den Aschenbecher.

»Komm, lass uns gehen, Werner.«

»Ja, los geht's. Schauen wir bei Paul Cordes vorbei.«

»Ich will dir wirklich nicht zu nahe treten, aber du siehst müde aus, Werner. Lass das mit diesem Cordes mal meine Sorge sein. Ich kann das auch mit der Astrid machen. Die wird froh sein, wenn ich sie vom Berichteschreiben erlöse. Ruh du dich mal aus. Oder bereite deinen Unterricht vor.«

Schweigend trottete Klotz neben Escherlich her. Als sie dessen Wagen erreicht hatten, verabschiedeten sie sich. Zuvor hatte der Hauptkommissar seinem Kollegen noch das Versprechen abgenommen, ihn über die Ermittlungsergebnisse hinsichtlich Paul Cordes' Befragung so schnell wie möglich zu informieren.

Er hatte sein Gefährt unter einer schattigen Kastanie auf einem Grünstreifen abgestellt. Eigentlich war hier das Parken strengstens untersagt. Klotz hatte das Polizei-im-Einsatz-Schild in der Hand und zögerte. Würde ein Polizeiangestellter im Verkehrsdienst tatsächlich glauben können, dass diese pinkfarbene Zuhälterkarre, auf deren Motorhaube »Pussy Wagon« stand, zu polizeilichen Zwecken gebraucht wurde? Obwohl er dies sehr bezweifelte, rang er sich doch dazu durch, das Schild gut einsehbar hinter der Windschutzscheibe zu positionieren.

Während er den Neutorgraben überquerte, sah er in der Ferne das verwitterte Kuppeldach von Sankt Elisabeth. Er wandte seine Aufmerksamkeit der gegenüberliegenden Seite zu. Dort spitzte das Dach des massigen Neutorturms hervor. Schließlich fiel sein Blick auf den Spitzhelm des Schlayerturms, der inmitten der Stadtmauer bescheiden zwischen Sankt Elisabeth und Neutorturm in den blauen Himmel ragte. Der goldene Mittelweg. Klotz wusste wieder, wo er hinwollte.

Er schritt durch das Hallertor, vorbei an dem schwarz-weiß-grünen Wappen der Studentenverbindung Saxonia Prag zu Nürnberg. In der Nähe eines graffitibeschmierten Stromkastens bog er nach rechts und ging einen Treppenabgang hinunter. Er sog die Luft ein. Sie duftete nach Fluss. Und nach dem Efeu, der sich um die Baumstämme des Biergartens wand. Als er eine Bank erreicht hatte, ließ er sich nieder, blickte hinüber zum Kettensteg. Vor der frei schwebenden Brücke befand sich eine Absperrung. Sanierungsarbeiten. Normalerweise konnte man hier Touristen oder Einheimische sehen, die vereinzelt ihrer Wege gingen. Von irgendwoher läutete eine Glocke. Halb drei. Um diese Uhrzeit war das Lokal relativ leer. Klotz genoss die Stille. Er schloss die Augen und lauschte dem Rauschen der Pegnitz, das von einem unweit gelegenen Wehr an sein Ohr drang.

»Was darf ich Ihnen bringen?«

Klotz schreckte auf. Vor der ockergelben Fassade des Wirtshauses stand eine junge Frau.

»Einen Sauerbraten, bitte. Was habt ihr denn an Bier da?«

Er bemerkte die Geranien an den Scheiben, die von rot-weiß gestrichenen Fensterläden flankiert wurden.

»Tucher, Zirndorfer, Lederer, alles da.«

»Vom Fass?«

»Nur Tucher.«

»Auch das Urfränkisch dunkel?«

»Leider nur Helles.«

»Hm. Dann ein Zirndorfer Kellerbier, bitte.«

»Gut. Einen Sauerbraten und ein Kellerbier.«

Die Bedienung entfernte sich. Klotz schloss erneut die Augen und nickte ein. Das Hupen eines Autos, dessen Fahrer sich über ein vor ihm plötzlich abbremsendes Mountainbike ärgerte, riss ihn aus seinen kaum begonnenen Träumen. Wenige Sekunden später landete ein Bierkrug auf seinem Tisch.

Klotz nahm einen kräftigen Zug. Linda Cordes war verheiratet gewesen. Doch möglicherweise hatte sie nebenbei die eine oder andere Liebschaft unterhalten. Möglicherweise zu ihrem ehemaligen Lehrer, dem aktuell stellvertretenden Direktor, diesem Daniel Spielmann. Möglicherweise auch zu einem ihrer Schüler, zu Maximilian Rausch. Zumindest bestand da ein ganz besonderes Vertrauensverhältnis. Davon konnte man wohl mit einiger Sicherheit ausgehen. Alle drei Männer waren in ihrer Statur dem Mann auf dem Überwachungsvideo der Sparkasse nicht gerade unähnlich. Wenn es da irgendwelche Amouren gab, dann würde für alle drei ein Eifersuchtsmotiv in Frage kommen, das war klar. Was allerdings nicht ganz so klar war, war diese Geschichte mit der Schwangerschaft. Paul und Linda Cordes hatten verzweifelt versucht, ein Kind zu bekommen. Dafür hatten sie weder Kosten noch Mühen gescheut und sogar fachmedizinische Unterstützung in Anspruch genommen. Und es gelang ja auch. Linda Cordes wurde schwanger, aber durch irgendeine Gewalteinwirkung verlor sie den Fötus.

Eigentlich war der Fall gar nicht besonders schwierig zu lösen, dachte Klotz, dem plötzlich etwas Entscheidendes einfiel. Als ihm die Bedienung den Sauerbraten vorsetzte und einen guten Appetit wünschte, holte er sein Handy aus der Tasche und tippte Laanschafs Nummer ein.

»Hallo, Rudi, grüß dich. Ich hätte da mal eine Frage. Wenn ich dir einen Tatverdächtigen vorbeibringe, dann könntest du doch anhand von dessen biometrischen Daten einen Vergleich mit dem Täter auf unserem Überwachungsvideo durchführen. Das geht doch, oder? … Wie bitte?« Klotz' Miene hellte zusehends auf, euphorisch nahm er einen Schluck von dem Bier. »So was ist möglich? Das ist ja, phänomenal ist das! … In Ordnung. Dann schick ich's dir morgen.« Das breite Grinsen war einem ernsthafteren Gesichtsausdruck gewichen. »Na gut, also, wenn so viel zu tun ist, dann eben erst am Donnerstag. Kein Problem … Ja, dir auch. Tschüss.«

Überlastung war wohl an allen Ecken und Enden ein Thema. Je weniger Mittel, desto eingeschränkter die Ermittlungsmöglichkeiten und das Tempo. Aber das machte ja nichts. Die Treffergenauigkeit bezüglich der von Laanschaf angewandten Methode lag bei fast hundert Prozent. Man würde nicht nur die biometrischen Daten der Tatverdächtigen abgleichen, sondern man würde sie auch abfilmen und danach mit Hilfe modernster Computertechnik die Bewegungsmuster vom Tätervideo über die der Verdächtigen legen. Auf diese Weise bekäme man dann Gewissheit, und ein anschließendes Geständnis bei entsprechend erdrückender Beweislast wäre dann vermutlich kaum mehr das Problem. Der Untersuchungsrichter würde umgehend U-Haft anordnen, die Katze wäre also im Sack. Beschwingt nahm Klotz Messer und Gabel in die Hand und schnitt sich ein saftiges Stück von dem Braten ab.

»Kommst du mal?«

»Gleich!«

Er legte »Die Leiden des jungen Werther« aus der Hand und schlurfte in Richtung Schlafzimmer.

»Geht's auch etwas schneller, bitte? Ich kann das Brett kaum noch halten.«

Seine Schrittgeschwindigkeit nahm zu. Als er im Schlafzimmer angekommen war, sah er, wie Melanie in einem unfertigen Schrankgehäuse stand. Mit einer Hand drückte sie das über sich befindliche Brett nach oben. Die andere Hand streckte sie angestrengt nach einer seitlichen Schrankwand aus, die unten zwar noch am Sockel lehnte, aber oben an eine gegenüberliegende Mauer gefallen war. Um die Schrankwand greifen zu können, hätte sie in die Hocke gehen müssen, doch das ging nicht, da sonst das obere Brett des Schrankrahmens höchstwahrscheinlich nach unten gekippt wäre und sich in der Folge das ganze Arrangement in seine Einzelteile aufgelöst hätte. Klotz sprang fix auf die Schrankwand zu, kippte sie zur Seite, sodass Melanie endlich das obere Brett auf ihr ablegen konnte.

»Puh! Ganz schön anstrengend ist das. Mit vier Händen geht das bestimmt besser.«

Klotz' Mimik nahm plötzlich einen leidenden Ausdruck an.

»Du weißt doch, mein Unterricht.«

»Vorhin hast du noch gesagt, dass du morgen eh nicht mehr in die Schule musst. Was bereitest du da denn noch vor?«

»Dass ich *vermutlich* nicht mehr in die Schule muss, hab ich gesagt.«

»Vermutlich, vermutlich! Vermutlich guckst du dir wieder irgendwelche Zeitschriftencovers an, auf denen wahlweise die Titten von Pamela Anderson oder Madonna prangen.«

»Das sind *Musik*zeitschriften! Wertvolle Sammlerstücke.«

»Ach was!« Melanie wischte sich mit dem Handrücken unter die Nase und machte ein schnaubendes Geräusch. »Kannst du mir mal den Schraubenzieher reichen?«

Klotz fiel auf, wie hübsch sie doch war. Die Art, wie ihr die pechschwarzen Haarsträhnen ins Gesicht fielen. Dass sie jetzt eingeschnappt war, machte sie auf eine besondere Weise noch schöner. Diese aufrichtige, feminine Wut, von der er wusste, dass sie bald wieder in Nachsicht umschlagen würde, zumindest hoffte er das. Während er Melanie dabei beobachtete, wie sie an der Schrankwand herumschraubte, fiel ein Schatten auf sein Gemüt. Wieder musste er an diese Begegnung vor ein paar Tagen denken. Diesmal würde er sich endlich dazu durchringen. Diesmal würde er fragen. Er nahm ein paar Schrauben von einem Umzugskarton und hielt sie Melanie hin.

»Danke«, murmelte sie und fügte nach einer Weile hinzu: »Irgendwie bist du komisch.«

»Ich bin komisch?«

»Ja, seit ein paar Tagen schon.«

»Vielleicht.«

»Hat das was mit deinem Fall zu tun? Dieser Undercover-Aktion?«

»Eher nicht.«

»Gut.«

Angestrengt drehte sie eine Schraube fest. Dann nahm sie sich aus seiner Hand eine neue. Dabei sah sie ihm für einen kurzen Augenblick fest in die Augen. Ihre Verstimmtheit hatte schon etwas nachgelassen.

»Du, Melanie. Ich möchte dich etwas fragen.«

»Bitte.«

»Es geht um diesen Paul Cordes.«

»Um wen?«

»Cordes. Der Rundfunkreporter. Da, als wir uns zufällig getroffen haben. Am Sonntag. In der Wölckernstraße.«

»Ach so, ja. Ich erinnere mich.«

»Ich hatte da so ein komisches Gefühl.«

»Sag ich doch, dass du komisch bist.«

Das war wieder einmal typisch. Wenn ihm mal etwas wichtig war, dann nahm sie ihn nicht ernst. Er entschied sich dafür, nicht weiter auf ihr halbironisches Statement einzugehen.

»Also, ich frag dich jetzt. Du und dieser Cordes, hattet ihr mal etwas miteinander?«

Entgeistert blickte sie ihm ins Gesicht.

»Wie bitte? Kannst du das noch mal wiederholen?« Sie setzte den Schraubenzieher ab und ließ ihn auf den Boden fallen.

»Sag mal«, hub sie an, »unsere Ex-Beziehungen hatten wir doch schon durch. Ein Peter Cordes war da nicht dabei. Das müsstest du eigentlich wissen. Du und dein Ermittlergehirn, das sich doch sonst alles so prima merkt.«

»*Paul* Cordes. Der Mann heißt Paul mit Vornamen. Nein, jetzt mal ohne Scherz. Ich habe mir das doch nicht eingebildet. Irgendetwas war da doch zwischen euch beiden. Und wenn es nichts mit einer Ex-Beziehung zu tun hatte, was war es dann? Sprich mit mir!«

Melanie senkte den Blick.

»Du hast recht. Da ist etwas. Etwas Komisches.«

»Komisch, aha.«

»Irgendwie kam mir dieser Cordes bekannt vor. Irgendwo hab ich den schon einmal gesehen, und ich weiß nicht mehr, wo. Da war etwas, aber ich komm einfach nicht drauf. Wahrscheinlich war das der Grund dafür, dass du da etwas gespürt hast. Als ich ihm gegenüberstand, wusste ich, dass ich ihn kenne.«

»Und dir fällt nicht mehr ein, in welchem Zusammenhang du ihn gesehen hast?«

»Nein, da ist nichts.«

Sie hob den Schraubenzieher auf und begann, eine herausstehende Schraube festzudrehen.

»Lass uns ins Bett gehen, Schatz.« Sie gähnte. »Dass du nicht müde bist!«

Mit einem Mal wurde ihm bewusst, wie schlapp er sich fühlte. Er nahm Melanie in seine Arme und gab ihr einen Kuss auf die Stirn. Dann nahm er sie bei der Hand und führte sie ins Badezimmer.

Melanie war sofort eingeschlafen, als sie sich auf das Klappsofa gelegt hatten. Klotz lauschte ihren tiefen Atemzügen. Kurz bevor er ins Reich der Träume hinüberglitt, fiel ihm ein, dass er vergessen hatte, die Staatsanwältin anzurufen und ihr zu sagen, dass der Fall im Prinzip gelöst war.

Tag vier

»Papperlapapp! Nichts da! Sie ermitteln weiter wie gehabt!«

Staatsanwältin Gulden zerrte nervös an ihrer Perlenkette herum. Das geflochtene Band an der Unterbrustnaht ihres Kleides ließ ihre spitzen Brüste noch etwas spitzer erscheinen. Aber nicht nur dieser Umstand war für die militärische Wirkung, die sie heute ausstrahlte, verantwortlich. An den hochhackigen Pumps der Staatsdienerin blitzten auf einem Halteband immer wieder metallene Nieten auf, wenn Frau Gulden das Ende des Raumes erreichte und kehrtmachte. Das Klackern ihrer Absätze hämmerte auf Klotz' steinzeitliches, männliches Selbstbewusstsein ein. Mit jedem Schritt wurden die darin bereits gerissenen Löcher ein wenig größer. Am liebsten wäre er geflüchtet. Doch es blieb ihm nichts anderes übrig, als sich mit seinen eskapistischen Phantasien zufriedenzugeben. Die ließen Erinnerungen an einen Winter wach werden, in dem die Staatsanwältin ein Kostüm getragen hatte, das an die Kleidung von Flakhelferinnen der Wehrmacht erinnerte. Im Vergleich zu dem, was sie heute trug, erinnerte ihn die Aufmachung von damals an Friedenszeiten, oder zumindest doch an eine Art Waffenstillstand.

»Aber die Sache ist doch sonnenklar!«

»Herr Klotz! Ich stelle doch gar nicht in Abrede, dass Ihre Theorie richtig ist. Und ich bin ja auch dafür, dass die Tatverdächtigen erkennungsdienstlich behandelt werden und anschließend ein Abgleich der biometrischen Daten zwischen den Verdächtigen und dem Täter in dem Video erfolgt. Aber für eine Anordnung dieser Maßnahmen brauche ich schon noch ein wenig mehr, was den Verdacht gegen die drei erhärtet.«

»Was soll ich denn da noch bringen?«

»Was Sie bis jetzt vorweisen können, sind beinahe ausschließlich irgendwelche vagen Andeutungen, die sich aus mehr oder weniger ernst zu nehmenden Gesprächen mit Ihren Lehrerkollegen ergeben haben. Da spielen doch Sympathie und Antipathie mit hinein, da geht es um Seilschaften und Animositäten. Da bestehen doch deutliche Zweifel an der Seriosität der Aussagen, die Sie mir zitiert haben. Das ist kein verwertbares Material, zumal die Aussagen ja unter vorgespiegelten Umständen zustande gekommen sind. Da brauchen Sie schon was Konkretes. Am besten wäre ein handfestes Geständnis. Gehen Sie weiter in diese Schule und versehen Sie Ihren Dienst!«

Klotz grauste es bei dem Gedanken, wieder in diesem Klassenzimmer stehen zu müssen. Gerade heute, wo er seinen Unterricht so schlampig vorbereitet hatte.

»Wann beginnt eigentlich Ihr Einsatz am Morlock?«

»In einer Dreiviertelstunde.«

»Dann machen Sie mal hin! Gehen Sie in den Keller und lassen Sie sich von Frau Zangenberg die Haare richten.«

Wenigstens *eine* schöne Aussicht, dachte Klotz, aber auch die war leider immer nur von kurzer Dauer. Er hatte längst kapiert, dass sein Gesuch kein Gehör bei der Gulden finden würde. Und insgeheim musste er ihr sogar recht geben. Die Indizien waren einfach viel zu dünn, als dass sie die Anweisung von erkennungsdienstlichen Anordnungen seitens der Staatsanwaltschaft gerechtfertigt hätten. Er wünschte seiner Oberbefehlshaberin noch einen schönen Tag und verließ den Raum.

»Deine Haare sahen aber auch schon mal besser aus.«

»Das sagt der Richtige. Nur weil du jetzt jeden Tag von der Zangenberg frisiert wirst, ist das noch lange kein Grund, deine Kollegen zu diskriminieren!«

Escherlich wartete ab, bis sich das Geldstück, das er gerade in den Automaten geworfen hatte, ausgeklappert hatte. Dann drückte er auf einen Knopf.

»Mal was anderes. Was ist eigentlich bei der Befragung mit diesem Cordes rausgekommen? Ihr wart doch da, du und Astrid, oder?«

»Ja, ja. Sorry, dass ich dich nicht mehr angerufen habe.«

Escherlich machte einen Buckel, um den Kaffeebecher aus der Aussparung des Automaten zu nehmen. Sieht echt aus wie Kraut und Rüben, dachte Klotz, als er das Gestrüpp auf Escherlichs Kopf nun genauer betrachtete. Ob diese Haare wissen, was ein Kamm ist?

»Guck bitte nicht so. ›Out-of-bed-look‹ heißt das. Da kann der Schmalzlocken-Opa noch was lernen!«

Out-of-bed-look. Soso. Das war natürlich eine prima Ausrede.

Klotz war fest davon überzeugt, dass Escherlich morgens einfach zu faul war, sich zu kämmen. Lieber blieb der doch fünf Minuten länger im Bett liegen, der alte Morgenmuffel.

»Also, was ist jetzt mit Paul Cordes?«

»Ein Unfall.«

»Was meinst du? Bitte der Reihe nach.«

»Linda Cordes hatte einen Autounfall. Am Donnerstag, dem 21. Mai. Sie wollte nach dem Elternsprechtag nach Hause, und kurz vor ihrer Wohnung hat's dann gekracht. Rechts vor links. *Batz!*«

»Und da hat sie dann den Fötus verloren.«

»Ja.«

»Und warum kommt der Cordes damit erst jetzt?«

»Er sagt, er hätte das ganz vergessen, als du und Astrid da gewesen wart. Er schien außerdem etwas irritiert. Wusste nicht, was die Schwangerschaft mit dem Mord an seiner Frau zu tun haben sollte.«

»Hm. Na gut«, Klotz kratzte sich nachdenklich an seinem Kinn, »und was macht eigentlich *ihr* heute so?«

Escherlich nippte an seinem Heißgetränk.

»Tatortbefundbericht fertig machen. Akten sortieren. Eis essen.«

»Dann mach's mal gut. Ich muss los. Leonie wartet schon.«

Als Klotz die Aula betrat und einen kurzen Blick auf die Schuluhr warf, bemerkte er, dass er neun Minuten zu früh dran war. Was für ein Glück. Wo man doch wusste, dass es kaum einen Berufsstand gab, für den Pünktlichkeit wichtiger war, als für den der Lehrer. Er blieb stehen, atmete kurz durch und tupfte sich das Gesicht.

»Hallo, Herr Bieringer!«

Die mit gebrochener Stimme vorgebrachte Begrüßung ließ Klotz aufsehen. Auf der Galerie lehnte Willibald Schittkowski. Seine Leibesfülle quoll aus einem Spalt hervor, der sich zwischen einem Handlauf und der darunter befindlichen Brüstung auftat. Irgendwie hatte das etwas Verletzliches an sich, fand Klotz, diese Masse, die sich da so hilflos ihrer Umgebung anpassen musste.

»Hallo, Herr Schittkowski. Wie geht es Ihnen?«

Statt zu antworten, machte der Angesprochene ein gequältes Gesicht. Klotz beschloss, die wenigen Minuten bis zum Stundenbeginn für eine Plauderei mit dem unglücklichen Kollegen zu nutzen, und begab sich auf die Empore.

Schittkowski begann ohne Umschweife. »Angst und Verlogenheit, Herr Bieringer. Das sage ich Ihnen.«

»Wie bitte?«

»Angst und Verlogenheit. Das ist der Kitt, der dieses Schulsystem im Innersten zusammenhält.«

Klotz fühlte sich dem pathetischen Tonfall nicht ganz gewachsen.

»Wie meinen Sie das?«

»Das Problem ist doch nicht, dass die Menschen dumm sind. Das Problem ist, dass sie ihre Dummheit nicht erkennen *wollen. Das* ist doch das wirklich Dumme an der Geschichte.«

»Entschuldigen Sie, aber ich kann nicht ganz folgen.«

»Wissen Sie was? Dieses System hier ist doch ein Überwachungs- und Spitzelsystem ähnlich dem in der DDR.«

Offensichtlich hatte man Schittkowski irgendwie übel mitgespielt, so viel begriff Klotz.

»Was ist denn passiert?«

Schittkowski neigte den Kopf nach vorn und verbarg sein Gesicht mit den Händen.

»Ich war zu spät heute Morgen.«

»Na, wenn das alles ist«, lachte Klotz.

Der gequälte Ausdruck in Schittkowskis Miene war einer mit Trotz durchmischten Fassungslosigkeit gewichen.

»Wissen Sie denn nicht, was das bedeutet? *Zu spät kommen.* Kann es eine größere Verfehlung, eine größere Sünde für einen Lehrer geben, als zu spät zu kommen?«

»Steigern Sie sich da gerade nicht ein bisschen in etwas hinein?«

»Lieber Herr Bieringer. Es spielt keine Rolle, wenn ein Schwerenöter wie dieser Barkhoff Filmaufnahmen von seinen Schülerinnen aus dem Leistungskurs macht, um – wie er behauptet – die Technik beim Weitsprung besser studieren zu können. Ebenso wenig interessiert es, dass achtzig Prozent der Personalratsmitglieder hier Funktionsstellen innehaben, die direkt vom *Goodwill* der Schulleitung abhängen. Und wen sollte es schon stören, wenn sich diese d'Abottiglia-Müller auf der Klassenfahrt abends im Hotelzimmer die Drogen reinpfeift, die sie vorher bei den Schülern konfisziert hat? Nein! Das ist doch alles unerheblich! Das sind doch *Peanuts*, sind das! Ich werde jetzt hier auch nicht anfangen, über Verstorbene etwas Schlechtes zu sagen. Aber lustig ist es schon, dass ich letztes Jahr die Kollegin Cordes ganze acht Wochen lang wegen Krankheit vertreten durfte, sie aber vorgezogen wurde, als es darum ging, die frei gewordene Stelle des Mittelstufenbetreuers zu vergeben. Die Funktionsstelle hat sie dann ja auch dankend angenommen. Auf einen Dank ihrerseits für meine Vertretungsstunden warte ich heute noch.«

Klotz begriff, dass dieser Mann sich durch und durch gedemütigt fühlte. Es wäre ihm allerdings lieber gewesen, wenn Schittkowski endlich kapiert hätte, dass Selbstmitleid in seiner Situation zu nichts führte.

»Wissen Sie, Herr Bieringer«, Schittkowski lächelte plötzlich verschlagen und senkte die Stimme, »wissen Sie, dass Löterich seinen Doktortitel gekauft hat? Haben Sie das mitbekommen mit diesem Skandal an der Uni Bayreuth vor fünf Jahren? Ja, ja. Das war genau die Zeit, als Herr *Doktor* Löterich seine Promotion bei diesem umstrittenen Professor, wie heißt er doch gleich? …«

Schittkowski hielt inne. In seinem Rücken hatte sich die Tür des Direktorats geöffnet.

»Herr Bieringer«, Schittkowskis Mund verzog sich zu einem müden Lächeln, »es hat mich sehr gefreut. Eine Sache möchte ich Ihnen noch sagen: Wenn man begriffen hat, dass das Gesetz falsch ist, dann ist es das größte Verbrechen überhaupt, sich nach diesem Gesetz zu richten. Ich wünsche Ihnen alles Gute.«

»Herr Schittkowski! Kommen Sie nun endlich«, tönte es aus dem Direktorat, »oder wollen Sie mich warten lassen wie Ihre Schüler?«

Dieser Schittkowski sollte seinen Dienst quittieren, dachte Klotz, und trotzdem hatte er irgendwie Mitleid mit dem armen Tropf, dem das alles so an die Nieren ging. Für den Job des Lehrers war aber nun halt mal ein dickes Fell unabdingbar. Das war ja bei der Polizei nicht anders.

Es läutete. Klotz machte sich zum Klassenzimmer der 11a auf.

Als er die Schwelle von Raum 205 überschritt, wusste er, wie er die Stunde beginnen würde. Sinnigerweise nannte man so etwas Schwellenpädagogik, fiel ihm wieder ein, als er die Tür schloss und sich zum Pult begab.

»Einen wunderschönen guten Morgen, liebe Schüler!«

»Guten Morgen, Herr Bier!«, schallte es im Chor zurück.

Klotz drehte sich zur Tafel und schrieb groß seinen Alias-Namen an. Dann wandte er sich wieder der Klasse zu, machte eine Kunstpause und setzte einen ernsten Gesichtsausdruck auf.

»*Bieringer* ist mein Name.«

Klotz ließ einen strengen, aber beherrschten Blick über seine Schüler schweifen. Und jubilierte dabei innerlich. Alle waren ruhig geblieben, keiner hatte gelacht oder eine dämliche Bemerkung gemacht. Selbst dieser neunmalkluge Junge mit den roten Haaren und den dicken Brillengläsern verzog keine Miene.

»Nun«, Klotz zog aus der Innentasche seines Jacketts einen Sparkassen-Lehrerkalender, »wen fragen wir denn heute ab?«

Diesen Moment musste man auskosten. So eine Stille wie jetzt würde während der ganzen restlichen Stunde nicht mehr eintreten.

»Wie wäre es mit der Anja? Anja Löterich, kommst du bitte nach vorne?«

Durch die hinteren Ränge ging ein Raunen, stellenweise wurden Laute der Erleichterung hörbar. Anja erhob sich und kam nach vorn.

»So, Anja. Ihr solltet ja bis zum Brief vom 19. Junius lesen.«

»Kann sein.«

Zwischen den Zähnen der jungen Frau wurde ein rosa Kaugummi sichtbar, das sie bis jetzt nur in der Dunkelheit ihrer Mundhöhle wiedergekäut hatte. Klotz schlug seine Lektüre auf und sah hinein.

»Was sagt Werther im Brief vom 30. Mai über die Kunst?«

Anja Löterich wollte es nicht einfallen, das Kaugummikauen einzustellen. Im Gegenteil. Jetzt gab sie zu allem Überfluss noch nervöse Schmatzgeräusche von sich. Klotz fragte sich, ob er sie nicht auffordern sollte, das Kaugummi in den Mülleimer zu werfen. Aber das Fräulein war ja immerhin die Tochter des Direktors, da durfte man nicht allzu streng sein.

»Kunst? Stand da was von Kunst in dem Text?«, meckerte das Mädchen aus seinem unförmigen Mund.

Klotz versuchte, sich seine Verunsicherung nicht anmerken zu lassen. Wieder blickte er in sein Reclambändchen.

»Gut. Wenn das nicht funktioniert, probieren wir es mit einer anderen Frage. Welche Rolle spielen Einfachheit und Schlichtheit für Werther?«

Er sah in zwei geweitete Augen. Abrupt hatte sie mit dem Gekaue aufgehört.

»Ich will mal nicht so sein und etwas nachhelfen. Ich zitiere: ›Ein Bauernbursch kam aus einem benachbarten Hause und beschäftigte sich, an dem Pfluge, den ich neulich gezeichnet hatte, etwas zurechtzumachen.‹«

Anja Löterich stierte ihren Lehrer perplex an. Dann spielte plötzlich ein Lächeln um ihre Lippen. Das sollte wohl kokett wirken, dachte Klotz. Vor seinem inneren Auge sah er Fräulein Löterich hilflos in einer Ziegenherde stehen. Im Hintergrund der Vater neben einem Pflug, eine Mistgabel in der Hand.

Er wartete etwa eine halbe Minute, dann klappte er die Lektüre zu.

»Anja. Hast du den Text überhaupt gelesen?«

Eine dicke Träne rollte über die Wange der bäuerlichen Maid.

»Hast du oder hast du nicht?«

Noch eine Träne, ein verhaltener Schluchzer. Klotz wurde wütend.

»Das war Hausaufgabe! Meinst du, ich gebe das zum Spaß auf?«

Geräuschvoll knallte das gelbe Reclamheft aufs Pult.

»Diese letzten Schultage sind keine Entschuldigung dafür, die Hände in den Schoß zu legen! Wir sind hier auf dem Gymnasium und nicht auf einem Ponyhof!«

Auch wenn ihm die Situation irgendwie unangenehm war, steigerte sich Klotz in die ihm unversehens übertragene Rolle des Maßreglers hinein. Normalerweise war *er* es ja immer, der von seinen Vorgesetzten sein Fett abbekam. Jetzt war das mal andersherum. Jetzt konnte er mal vom Leder ziehen. *Komm Werner, lass es raus!*

»Wo kommen wir denn da hin, wenn jeder macht, was er will?«, brüllte er ungehalten. »Da kann ich dich ja gleich an die Hauptschule überweisen!«

Das Mädchen brach vollends in Tränen aus. Klotz kannte das aus unzähligen Vernehmungen, die er mit weiblichen Tatverdächtigen geführt hatte. *Jetzt nur nicht weich werden! Jetzt unbedingt nachlegen, dann hast du sie so weit. Dann gesteht sie!*

»Wenn du so weitermachst, dann ist dir dein Platz in der nächsten Ausgabe der Schülerzeitung sicher! *Heulsuse des Monats*!«

Anja Löterich drehte sich jäh um, riss die Tür des Klassenraums auf und lief davon. Irritiert sah Klotz ihr nach. Dann schloss er die Tür und wandte sich der Klasse zu. Totenstille. Hie und da ein offen stehender Mund. Konnte es sein, dass er etwas übertrieben hatte?

Für einen Moment war er hilflos. Um den Anschein zu erwecken, die Dinge voll unter Kontrolle zu haben, griff er sich die Lektüre vom Pult. Öffnete sie. Starrte hinein. Vielleicht sollte er jemand anderen über den Inhalt des zu lesenden Textes befragen, überlegte er kurz, ließ dann aber das angedachte Unternehmen sein. Er wollte keine weiteren Kollateralschäden riskieren. Die ungeteilte Aufmerksamkeit der Klasse hatte er jetzt ja. Am besten wäre es, den leichten Schock seiner Schüler zu nutzen, um etwas Konstruktives zu Wege zu bringen.

»Nun, Freunde«, sprach er mit dem Unterton einer leichten Resignation, »holt doch mal eure Schulhefte raus ... Ich diktiere. Überschrift. Fragen zum Brief vom 30. Mai 1771. Eine Zeile frei lassen. Erstens. Warum ist für Werther die Schlichtheit in der Kunst ein Ideal? Nächste Zeile. Zweitens. Inwiefern sieht Werther ...«

Es klopfte.

»Herein!«

Willibald Schittkowski erschien in der Tür. Sein dürftiges Haar war verrauft und stand nach allen Seiten ab. Irgendwie machte er insgesamt einen recht abgekämpften Eindruck. Die Kapitulation war ihm deutlich ins Gesicht geschrieben.

»Werner.«

Klotz fiel auf, dass der Kollege ihn zum ersten Mal mit Vornamen ansprach, und er ahnte, dass dies kein gutes Zeichen war.

»Werner, du sollst sofort ins Direktorat kommen.«

Die Klasse war von einem gefährlichen Gemurmel ergriffen worden. Schittkowski war inzwischen an Klotz herangetreten und hatte ihm eine Hand auf die Schulter gelegt. Aus müden Augen sah er seinen Leidensgenossen an.

»Ich mach hier so lange die Vertretung für dich. Alles Gute, mein Freund.«

Mein Freund? Hatte er sich da gerade verhört? Wie schnell man hier Freunde fand, wunderte sich Klotz. Nahm sein Reclamheftchen. Griff seine Tasche. Verließ das Klassenzimmer, ohne sich zu verabschieden.

Am Ende eines Ganges sah er Frederik vor der geschlossenen Tür eines Klassenzimmers stehen.

»Papa!«

»Pscht. Nicht so laut!«

Vater und Sohn blickten sich an. Klotz konnte die Wehmut, die er empfand, nur schwer verbergen. Am liebsten hätte er Frederik in seine Arme geschlossen. Aber das ging nicht. Er war ja im Einsatz, zudem noch undercover.

»Was machst du hier?«

»Der Spielmann braucht noch eine mündliche Note von mir. Gerade fragt er den Axel ab. Dann komm ich an die Reihe.«

Klotz näherte sich leise der Tür des Klassenraums und lauschte.

»Papa! Das macht man aber nicht!«

Frederik zupfte seinen Vater entrüstet am Sakkoärmel.

»Pscht.«

In der Rechenschaftsablage ging es um das Reichsparteitagsgelände, so viel hatte Klotz verstanden. Spielmann war gerade dabei, einem Schüler die Leviten zu lesen. Die Kongresshalle sei nicht von Albert Speer, sondern von einem gewissen Ruff erbaut worden. Und der Platz vor der Zeppelintribüne hieß auch nicht Marsfeld.

Klotz zuckte zusammen. Ein leichter Schauer überfiel ihn. Er erinnerte sich an Silvester vor zweieinhalb Jahren. Und daran, was er damals auf dem Reichsparteitagsgelände durchlebt hatte. Und dass es ihm völlig egal gewesen war, ob das Gelände vor dieser Tribüne Mars-, Mond- oder Was-weiß-ich-Feld geheißen hatte und welcher von diesen Naziarchitekten nun die Kongresshalle erbaut hatte oder nicht. Um sein nacktes Leben war es damals gegangen. Die unselige Historie eines Dritten Reiches hatte ihn einen Scheißdreck interessiert.

»Dass ihr dieses Nazi-Zeug schon in der sechsten Klasse lernen müsst.«

»Ja.« Frederik verzog das Gesicht. »Der Spielmann steht auf diesen Schrott.«

Einen Moment noch sah er seinem Sohn ins Gesicht. Wischte

ihm die blonden Strähnen aus der Stirn. Er konnte sich nun doch nicht zurückhalten, seinen Sohn zu umarmen.

»Viel Glück, mein Kleiner!«

»Mach's gut, Papa.«

Kaum war er um die nächste Ecke gebogen, erkannte er den Pferdekopf von Studienrätin d'Abottiglia-Müller.

»Herr Bieringer!«, brachte sein Gegenüber mit gespielter Verschämtheit hervor. »Schön, Sie zu sehen.«

»Die Freude ist ganz auf meiner Seite«, heuchelte Klotz.

D'Abottiglia-Müller hatte begonnen, in ihrer Umhängetasche herumzukramen.

»Ich habe da übrigens was für Sie.«

»Ach ja?«

Sie reichte ihm ein Papier.

»Bitte kopieren Sie das und teilen Sie es in Ihrer Klasse aus.«

Der pseudofreundliche Ton war gewichen, stattdessen brach etwas massiv Dominantes in ihrer Stimme durch, das irgendwie was von unbefriedigter Frau an sich hatte, fand Klotz.

Er fing an, sich das Blatt durchzulesen.

»Hände weg von mir!« Aha, da ging es also offensichtlich um sexuellen Missbrauch an Minderjährigen und Schutzbefohlenen. Wieder fiel ihm dieser Anwalt ein, dieser Dr. Höderlein, der neue Lebensgefährte seiner Ex-Frau. Klotz erstickte den Groll, der drauf und dran war, ungebremst in ihm nach oben zu steigen. Ein ernstes Thema, dachte er, ernst und überaus wichtig. Diesen Wichsern, die so etwas wirklich taten, die sich an wehrlosen Kindern vergriffen, denen sollte man am besten … Er brachte seinen Gedanken nicht zu Ende. Stattdessen sah er auf. D'Abottiglia-Müller war verschwunden. Er faltete das Papier zusammen und steckte es ein. Dann stieg er die Treppe hinauf in Richtung Direktorat.

»Bieringer! Sind Sie eigentlich noch ganz bei Trost?«

Mit hektischen Bewegungen zappelte ein blauer Guppy im direktörlichen Aquarium herum.

»Ich verlange ja nicht viel«, Löterich hielt sich an dem Bart in seinem hochroten Gesicht fest, »aber *das*! Mir fehlen die Worte.«

»Aber Herr Dr. Löterich, Sie haben doch selbst –«

»Wagen Sie es nicht, den Versuch zu unternehmen, mich hier in dieser Angelegenheit mit Zitaten zu überführen, die Sie irgendwann einmal von mir gehört haben wollen!«, stieß der Schulleiter in einer Schärfe hervor, die keinerlei Einwand zuließ.

Klotz' Blick hatte sich dazu entschlossen, den fahrigen Zuckungen des Guppys zu folgen, auch wenn das etwas anstrengend war.

»Sie, Sie …!« Löterich tobte. »Sie sind kein Elefant im Porzellanladen, nein! Sie sind ein Mammut! Grob und laut und trampelnd und im Prinzip schon ausgestorben. Sie sind ein Fehler, im System und überhaupt. Man sollte Sie mit einem blutroten Korrekturstift ausmerzen. Aber aus irgendwelchen Gründen sind Sie der Müllhalde der Evolution entkommen.«

Nur nicht diskriminierend werden, dachte Klotz und sah dem Guppy dabei zu, wie er an etwas Essbarem knabberte.

»Mammuts sind doch auch nur Menschen.«

»Wenn Sie sich auch nur im Entferntesten noch einmal so eine Vorstellung leisten sollten …«

Da, da war er ja wieder. Der lustige Clownfisch!

»An welcher Uni haben Sie eigentlich studiert?«, entfuhr es Klotz plötzlich. Er wusste selbst nicht, warum er diese Frage so unvermittelt in den Raum stellte.

Löterich war mit einem Mal so aus dem Konzept geraten, dass seine Wut wie weggeblasen schien.

»An der Universität Bayreuth. Wieso?«

»Ach, nur so.«

Plötzlich wurde ein seltsamer Ton hörbar, der immer lauter wurde. »The Unknown Caller«. Klotz sah dem Doktorfisch in die tiefschwarzen Augen. *Ob der wenigstens einen richtigen Doktor hat? Aber das kann ich ja gar nicht beurteilen. Ich unterrichte ja nicht Biologie.*

»Schalten Sie gefälligst Ihr Handy ab! Das schlägt jetzt nun wirklich dem Fass den Boden aus!«

»Klotz hier.«

Er war aufgestanden. Während er telefonierte, verließ er das Direktorat. Und einen Schulleiter, der sich verzweifelt fragte, wohin sich seine unumstößliche Autorität nur verflüchtigt haben konnte.

Das waren ja mal gute Nachrichten! Man hatte doch tatsächlich das Handy gefunden, das ihm in dieser Nacht hinter der Lorenzkirche abhandengekommen war. Bei einer Razzia im Asylantenheim sei das Mobiltelefon aufgetaucht. Im Spind eines aus Pakistan stammenden Mannes. Routinemäßig habe man die Identifikationsnummer überprüft, und siehe da, ein Treffer! Das hatte ihn nicht sehr erfreut, als man ihn des Diebstahls überführt hatte, diesen armen Rosenverkäufer.

Klotz blieb stehen und sah in die Sonne.

»Können Sie das noch mal wiederholen?«

»Also, das hat ihn nicht sehr erfreut …«

»Nein, das andere. Das ganz am Schluss.«

»Ja, was jetzt?«

»Das letzte Wort.«

»Rosenverkäufer.«

Der Mann hieß Wasim Ashkani und fristete sein Dasein in einem Asylbewerberheim in der Industriestraße. Klotz bedankte sich bei dem Kollegen für die Auskünfte. Versprach, so bald wie möglich in der Polizeidirektion West vorbeizuschauen, um das Handy abzuholen.

Als er die S-Bahn-Unterführung Sandreuth passiert hatte, fiel ihm rechter Hand eine riesige Waschanlage auf. Für nur fünf Euro wurde heute der Wagenputz im »Super-Center« angeboten. Er überlegte einen Moment. Dann kam er zu dem Schluss, dass eine simple Autowäsche wohl kaum die gesprayte Aufschrift auf seiner Karre würde entfernen können. Er bog nach links. Fuhr an Lager- und Werkshallen vorbei. Hörte Maschinengeräusche von Förderbändern, Gabelstaplern, Lkws, die ihre Laderampen hoch- oder runterfuhren. Ab und zu ein lautes Rufen. Ein Metalltor, das sich automatisch öffnete und wieder schloss, nachdem ein Kranwagen entwichen war. Auf der gegenüberliegenden Straßenseite sah Klotz eine weiße Achtzehn auf türkisem Grund. Er parkte und stieg aus.

Die einstmals weiße Fassade sah durch die grauen schmierigen Schlieren ziemlich heruntergekommen aus. Vor den Fenstern hingen heruntergelassene Jalousien. Klotz klingelte.

»Klotz, Kripo Nürnberg.«

Der Türöffner summte.

Der Mann saß auf der Kante eines Bettes, dessen Gestell an nicht wenigen Stellen rostig war. Auf einem Metallschränkchen, von dem der hellbeige Lack abblätterte, dampfte eine Tasse Kaffee. Klotz griff sich einen Plastikstuhl und setzte sich dem Mann gegenüber.

»Hallo. Wasim Ashkani? Mein Name ist Klotz. Werner Klotz.«

Der Mann sah auf. Seine Augen waren gerötet.

»Nur wenig Deutsch. English?«

»Yes. My name is Klotz. I am a German police officer.«

»Can you help me? They want me to go back to Pakistan. Abschiebung, Pakistan. Because of this mobile phone I took.

»Sie haben das Handy gestohlen, ja.«

»And because of my work. I sell roses, you know. Ich Rosen verkaufen. It's not legal, I know. But when you do nothing, you will die. Look at this place! Look around you! You can't stay here all day long and do nothing! You die! Nix tun, du tot! Tot!«

»I understand.«

Klotz schob Ashkani die Tasse hin. Mit zitternden Händen griff er danach und nahm einen Schluck.

»Can you help me?«

»Yes. I can help you and I will help you. But first, you have to help me. Okay?«

»You promise?«

Klotz stand auf und ging zu einem Fenster.

»You promise?«

Er blickte auf einen Hinterhof, der offensichtlich als Lagerfläche diente. Etwa fünfzig Toilettenboxen standen dort herum. Eine fein säuberlich neben der anderen. Irgendwie machten diese Boxen in Lila, Blau und Grün einen fröhlichen Eindruck. Er fühlte sich an Kaugummi erinnert. Klotz legte den Fensteröffner um. Frischluft!

»Stop! Don't do this! The smell is pretty awful, you can't imagine.« Wasim hielt sich demonstrativ die Nase zu.

Klotz brachte den Griff wieder in die Ausgangsposition zurück und ließ los.

»Tell me, wo haben Sie das Handy gefunden? I mean, where did you find the mobile phone?«

»You promise to help me?«

Er setzte sich wieder und starrte in die rot unterlaufenen Augen von Wasim Ashkani. Der Blick, der darin lag, war schlimmer als der eines bettelnden Hundes.

»I promise.«

»Give me your hand.«

Klotz reichte ihm seine Rechte.

»I promise to help you.Versprochen«, wiederholte Klotz seine Zusicherung.

Ashkani lehnte sich zurück.

»Next to you.«

»What?«

»I found the mobile phone next to you.You were sleeping. On a bench.«

»Bei mir auf der Bank? Why did you take it?«

Ashkani blickte zur Seite. Neigte den Kopf nach unten.

»I had to do it.«

»Warum mussten Sie das Handy stehlen? Ich begreife nicht.Why?«

»Because, because …«

»Because of what?«

»Because I had lost my flowers.« Ashkani öffnete die Hand, als fielen ihm die Blumen heraus.

»Lost?«

»Yes. Lost. In the blood.«

Sie unterhielten sich lange und ausgiebig. Irgendwann hatte Klotz sogar einen Notizblock hervorgeholt. Er misstraute seinem Englisch und dem seines Gegenübers auch ein wenig. Und deshalb fragte er immer wieder nach, bis er Gewissheit hatte.

Wasim Ashkani war am frühen Sonntagmorgen von der Nonnengasse kommend in Richtung Lorenzer Platz abgebogen. Er hatte sich für halb fünf in einem Nachtlokal in der Nähe des Hallplatzes mit einem Leidensgenossen verabredet. Man wollte noch einen kleinen Kaffee trinken, um danach den gemeinsamen Heimweg anzutreten.

In Höhe des Restaurants Café Lorenz – er hatte den Platz beinahe erreicht – kam ihm ein Mann entgegengelaufen. Hatte ihn so heftig angerempelt, dass ihm die Blumen auf den Boden gefallen waren. Der Mann war einfach weitergerannt, ohne sich umzusehen. Nachdem der kopfschüttelnde Wasim die Rosen vom Boden aufgeklaubt hatte, setzte er seinen Weg fort.

Als er in der Mitte des Lorenzer Platzes angekommen war, bemerkte er einen Mann, der auf einer Bank schlief.Vorsichtig näherte er sich ihm.Wasim bemerkte eine blaue Karstadt-Tüte, die neben dem schnarchenden Mann auf dem Kopfsteinpflaster lag. Gerade in dem Moment, in dem er in die Tüte hineinsehen wollte, hörte er einen schrecklichen Laut in seinem Rücken. Er kannte dieses Geräusch. Es war das Keuchen eines sterbenden Menschen.

Wie betäubt ließ er die Tüte fallen. Drehte sich um. Ging dorthin, wo das Röcheln herkam. Sah diese wunderschöne Frau. Sah das Blut. Sah zwei Augen, die langsam brachen. Wasim kam zu spät. Er musste feststellen, dass er vor einer Toten kniete. Neben ihr lag jetzt sein Rosenstrauß. Er hatte ihn fallen lassen. Ins Blut.

Wasim stand auf und begann zu laufen. Als er an der Bank mit dem schlafenden Mann vorbeikam, schnappte er sich geistesgegenwärtig die blaue Einkaufstüte, in der Hoffnung, sie möge etwas Wertvolles enthalten, was seinen Verlust wieder wettmachen würde.

Nun, das war ja dann auch so, dachte Klotz und überlegte.

»And you didn't take a rose and put it on the corps of the woman?«

»No.«

»Are you sure?«

»No, I *didn't* put a rose on this angel. I swear you.«

This angel. Linda Cordes mochte ja durchaus wie ein Engel ausgesehen haben, aber ob sie tatsächlich einer gewesen war, das stand auf einem anderen Blatt. Klotz hatte da inzwischen so seine Zweifel.

»And the man you saw before you reached the Lorenz place? Can you describe him?«

Wasim blickte kurz in seine leere Kaffeetasse hinein. Dann stierte er auf Klotz' Notizblock.

»You know what? Before I came to Germany, I was a caricaturist.«

Ein Karikaturist? Klotz ahnte, welche Art von Karikaturen Wasim angefertigt haben musste und dass er vermutlich deshalb hier und heute in Deutschland war. Klotz reichte seinem Gegenüber Block und Kugelschreiber, und Wasim fing an zu zeichnen.

»Should I make some coffee for us while you are drawing the picture?«

»Yes please«, Wasim sah auf und blickte Klotz fest in die Augen, »and you promise to help me?«

»Yes, I do. I promise to help you.«

Klotz warf die Schlüssel für den Camaro auf den Bürotisch und die Tür hinter sich zu. Die Schultasche landete neben dem Stuhl. Dann trat er ans Fenster. Ein Himmel, der von ausflockenden Zirruswolken durchzogen wurde. Das Rascheln der Bäume im Wind. Vor der Jakobskirche ein Schwarm Tauben, der aufstob, als sich ein quietschendes Fahrrad näherte. Ein Blick zur Seite auf die Fensterbank. Das Gerippe des Ficus. Endlich hatte jemand die verwelkten Blätter entsorgt. Von draußen das Klappern hochhackiger Schuhe. Die gleiche Dame wie neulich. Das Bustier diesmal nicht flieder-, sondern himbeerfarben. Kein Eis. In seinem Rücken klopfte es.

»Herein.«

»Herr Hauptkommissar …«

»Was gibt's, Leonie?«

»Was macht denn der Mann da drüben im Konferenzraum? Der reagiert gar nicht, wenn man ihn anspricht. Kann der überhaupt sprechen oder –?«

»Englisch, Leonie. Mit Herrn Ashkani müssen Sie Englisch sprechen.«

»Wissen Sie, was der gemacht hat? Der wollte mir doch tatsächlich in den Aus…«

Klotz hatte die Nase voll von prallen Dekolletés.

»Was ist los, Leonie? Was wollen Sie mir mitteilen?«, erwiderte er in ungewöhnlich scharfem Ton.

Etwas verdattert stand sie da mit ihrem roten Mund. Erinnerte ihn für einen Moment an eine Schülerin, die drauf und dran war, an einer Abfrage zu verzweifeln.

»Ja, äh … Herr Rechtsmediziner Lackner hat versucht, Sie zu erreichen. Es ist wichtig, hat er gesagt.«

»Wichtig, soso«, Klotz machte eine unbestimmte Geste, »werde ihn gleich anrufen.«

Mit einem Mal machte die Sekretärin einen unbeholfenen Eindruck. Wie bestellt und nicht abgeholt, dachte Klotz.

»Ist noch was?«

»Nein, das war's schon.«

»Ja, dann. Noch einen schönen Tag, Leonie.«

Als sie bereits die Türklinke in der Hand hatte, drehte sie sich noch einmal um.

»Der Mann da drüben, dieser Armani …«

»Ein wichtiger Zeuge. Keine Sorge, ich kümmer mich drum.«

»Gut. Auf Wiedersehen.«

»Wiedersehen.«

Klotz setzte sich. Aus der Innentasche seines Jacketts holte er den Notizblock. Schlug ihn auf. Sah auf Wasim Ashkanis Zeichnung. Wahnsinn, wie dieser Typ zeichnen konnte. Dieses Gesicht da vor ihm. Es bestand kein Zweifel.

Das Telefon läutete.

»Klotz.«

»Ron Lackner hier.«

»Grüß dich.«

»Also, da ist noch was. Könnte wichtig sein.«

»Ich höre.«

»Die Freigabe der Leiche Cordes war ja für heute angeordnet.«

»Und?«

»Diese Cordes. Ich seh sie also da so auf dem Seziertisch liegen. Guck mir an, wie der Obduktionshelfer die letzten Vorbereitungen trifft. Den Corpus abspritzt. Das Gesicht abschminkt. Und plötzlich habe ich eine Eingebung.«

»Das Gesicht abschminkt? Warum zum Teufel hast du denn das Gesicht nicht abgeschminkt, *bevor* du sie aufgemacht hast?«

Lackner schwieg ganze drei Sekunden lang. Klotz lehnte sich zurück und legte die Füße auf den Schreibtisch.

»Ja äh … das ist doch jetzt egal, oder?«

Ihm schwante, warum sich Lackner nicht an das Gesicht der Toten gewagt hatte. *This angel …*

»Also, Ron. Dann mal los«, half er dem Mediziner aus seiner Verlegenheit.

»Okay. Kurz und knapp: Ich hab einen Abstrich genommen. Von den Lippen und der Mundhöhle. Und was finde ich da?«

»Spermaspuren?«

»Nein. Speichel. Irgendjemand muss sie kurz vor ihrem Tod oder danach geküsst haben. Und zwar ausgiebig. Mit Zunge und so. Ziemlich heftiger French Kiss.«

Klotz hielt dem verstorbenen Ficus Benjamini den Hörer hin. So genau wollte er das gar nicht wissen.

»Bist du noch da? Werner?«

»Bah! Das ist ja widerlich!«

»Ja, nicht wahr?«

Klotz hatte den Eindruck, als finde Lackner das überhaupt nicht ekelhaft. Im Gegenteil. Pervers war der doch, dieser Gerichtsmediziner. Ein pathologischer Fall, dieser Alkoholikerpathologe.

»Um ehrlich zu sein, ich tippe sogar eher darauf, dass man Linda Cordes *post mortem* diesen saftigen Kuss verpasst hat.«

»Und warum?«

»Hätte Sie zum Zeitpunkt des Kusses noch gelebt, dann wären da weniger Spuren gewesen. Der Speichel hätte sich verflüchtigt, wäre heruntergeschluckt oder von körpereigenen Sekreten überlagert worden.«

Was für eine herrliche Vorstellung.

»Schön. Und wie sieht's sonst aus? Habt ihr die Fremd-DNA schon verifiziert?«

»Ja. Wir haben einen Abgleich mit der zentralen Datenbank des Bundeskriminalamts vorgenommen. Aber leider war kein Treffer dabei.«

»Schade. Aber trotzdem danke für die Mitteilung, Ron.«

»Keine Ursache.«

»Bis dann.«

»Einen schönen Abend noch.«

Nachdem er aufgelegt hatte, sah er unbestimmt auf die Wurfscheibe an der Wand gegenüber. Im Bullseye steckte ein Dartpfeil. Er überlegte, ob man jetzt, wo man eine DNA-Spur hatte, nicht alle verdächtigen Lehrer und Schüler des Morlock-Gymnasiums zu einer Vergleichsprobe bitten sollte. »Erst im äußersten Notfall«, würde ihm die Gulden wahrscheinlich antworten. »Wissen Sie überhaupt, wie viel so etwas den Steuerzahler kostet?« Er sah die giftgrünen Augen der Staatsanwältin vor sich, und sein Blick wanderte zu dem geöffneten Notizblock, der neben seinen Füßen lag, und blieb hängen. Kein Zweifel, dachte er wieder. Das Gesicht auf dem Papier war das von Theo Barkhoff.

Er schloss die Tür des Konferenzraums und fuhr sich durch das verschwitzte Haar. Ashkani saß unbeweglich da. Starrte auf das Laminat zwischen seinen Sportschuhen, die mit ihren Streifen so taten, als könnten sie von Adidas sein.

»Wasim. I have to talk to you.«

»What's up, officer?«

Klotz wusste nicht, wie er anfangen sollte.

Während er in den Taschen seines Sakkos herumkramte, blickte er müde aus dem Fenster. Dann bemerkte er die CD des Sparkassen-Überwachungsvideos, das auf der Medienstation abgelegt worden war. Er bat Wasim, die Vorhänge zu schließen. Er selbst schaltete Computer und Beamer ein. Fütterte den PC mit der CD. Mit der Fernbedienung bewaffnet nahm er neben Wasim Platz, der seine Aufmerksamkeit auf die Projektionsfläche richtete.

Der Vorraum der Bank. Die Abhebeautomaten, die Auszugsdrucker, das Werbeplakat und die Kunstpflanzen. Dann, irgendwann, der benebelte Jugendliche, der eine halbe Ewigkeit brauchte, um sich sein Geld zu ziehen. Minutenlang wieder der leere Vorraum. Es folgte die alte Dame mit dem Rollator. Klotz fiel auf, dass Ashkani nervös wurde.

»Please sit down and stay here. That's important.«

»Why do I have to watch this?«

»Because I say so.«

Wasim nickte kurz.

»Okay, officer.«

Um vier Uhr sechzehn betrat der Mann mit der Sturmhaube und der Harpune das Bankgebäude.

»That's the killer!«

»I know. Please be quiet.«

Klotz begriff sofort, dass es sich nicht um Barkhoff handeln konnte. Der Sportlehrer war viel breiter gebaut und außerdem kleiner als die Person, die da in dem Video jetzt auf und ab stolzierte. *Mist!*

Resigniert ließ er das Band weiterlaufen. Der Täter öffnete die Tür und legte an. Dann, um vier Uhr neunzehn und dreiundzwanzig Sekunden, zuckte er. Unmittelbar danach gab es einen zweiten Ruck. Diesmal heftiger. Der Schütze wurde ein ganzes Stück nach hinten geschleudert, sodass man die Harpune, die bisher vom Bild abgeschnitten war, wieder sehen konnte. Klotz war hellwach.

»You saw this, Wasim?«, rief er aufgeregt aus.

»Yes, yes!«

Klotz spulte zurück. Ließ die Szene wieder und wieder abspielen. Schließlich glaubte er, den Ablauf begriffen zu haben. An dem ersten, leichteren Zucken des Mörders war die Tür schuld gewesen.

Offensichtlich hatte sie sich aus ihrer Halterung gelöst und den Täter, der sein Ziel gerade anvisierte, an der Schulter getroffen. Deshalb verriss er auch die Waffe, kurz bevor er abdrückte. Der zweite, heftige Ruck kam zweifellos vom Rückstoß der Harpune.

»Das darf doch nicht wahr sein! Warum, verdammt noch mal, haben wir das denn nicht schon beim ersten Mal bemerkt?«

Ärgerlich knallte Klotz die Fernbedienung auf die Medienstation. Das Bild ruckelte, doch diesmal waren kein Rückstoß oder irgendeine Tür dafür verantwortlich.

»Sorry. I can't understand what you were saying. But I'm hungry.«

»Wie bitte?«

In seiner Rage hatte Klotz Wasim Ashkani ganz vergessen.

Eigentlich ging Klotz nicht so wahnsinnig gern in die Kantine. Nicht, dass er ein Snob gewesen wäre, der Spaghetti Bolognese, Currywurst oder Suppe mit Weckla verachtet hätte. Ganz und gar nicht, aber neben den gängigen Gerichten, die die Kantine so anbot, gab es da ein Büfett, auf dem sich Frittiertes und Gebratenes tummelte. Unter einer roten Wärmelampe stapelten sich Berge von Leberkäse, Roastbeef, Cordon Bleu, Frikadellen und andere undefinierbare Fleischwaren, die vor Fett nur so trieften, und deren Geruch den gesamten Speisesaal ausfüllte. Klotz fühlte sich durch dieses schmierige Arrangement an das Rotlichtmilieu erinnert. Und es ließ ihn darüber nachdenken, ob er nicht lieber Vegetarier werden sollte. Ein fürchterliches Hirngespinst, das ihn regelmäßig dazu brachte, vor dem Eingang der Kantine stante pede kehrtzumachen und sich an einer nahe gelegenen Würstchenbude hastig drei Nürnberger im Weckla zwischen die Kiemen zu pressen.

Doch heute Abend hatte Klotz weder Hunger noch irgendwelche Gedanken, die an öligen Steaks klebten. Insofern war es für ihn ein Leichtes, das vermaledeite Büfett und dessen unselige Fleischberge zu ignorieren. Rein äußerlich war er auch einfach zu beschäftigt. War gezwungen, sich auf die englische Sprache und seine exotische Begleitung zu konzentrieren.

Nachdem er Wasim Ashkanis Rindsroulade bezahlt und sich einen Fensterplatz gesucht hatte, machte sich Klotz an die Arbeit. Griff sich Salz- und Pfefferstreuer, eine Serviette und einen runden Plastikbehälter, der hölzerne Zahnstocher enthielt. Er war gerade dabei, mit den Utensilien eine Tatortskizze der besonderen Art zu konstruieren, als sich Haevernick und Escherlich zu ihnen gesellten. Klotz machte Wasim mit der Oberkommissarin und seinem Kollegen bekannt, erklärte in wenigen Worten, weshalb der asylsuchende Mann aus Pakistan für den aktuellen Fall so wichtig war, und versprach den beiden, die Skizze, auf der der Sportlehrer Theo Barkhoff abgebildet war, sofort nach dem Essen zu kopieren. Dann kam er auf das Video zu sprechen. Erzählte, was er gesehen hatte und welche Schlüsse aus der veränderten Lage gezogen werden konnten.

»Also. Das hier ist Linda Cordes.«

Er nahm den Salzstreuer und positionierte ihn neben der ausgebreiteten Serviette.

»Hier steht sie am frühen Sonntagmorgen unter den Arkaden der Hypobank. Und das hier«, Klotz schwenkte den Zahnstocherbehälter vor den Gesichtern seiner Ermittlerkollegen, »das hier ist unser Täter. Zum Zeitpunkt des Mordes befindet er sich im Vorraum der Sparkasse.«

Er stellte die Plastikdose an das andere Ende der Serviette, dem Salzstreuer gegenüber.

»So. Unser Mörder öffnet die Tür der Bank. Er geht davon aus, dass die Scharniere eingerastet sind. In dem Moment, wo er sein Ziel anvisiert hat – er hat den Finger schon am Abzug –, rastet die Tür aus und verpasst ihm einen Stoß. Im beinahe selben Augenblick drückt er ab, und der Pfeil der Harpune …«, Klotz nahm einen Zahnstocher, den er über die Serviette fliegen ließ, »… trifft unser Opfer. Linda Cordes.«

Die Spitze des Zahnstochers berührte den Salzstreuer. Klotz schnippte den Glasbehälter um. Ein dumpfes Geräusch. Der Hauptkommissar machte eine Kunstpause. Blickte in die verdutzten Gesichter von Escherlich und Haevernick, die vergessen hatten, die Fleischstücke auf ihren Gabeln zum Mund zu führen.

»Und welchen logischen Schluss müssen wir daraus ziehen, frage ich euch?«

Für einen Moment kam er sich vor wie ein Lehrer. Aber wenigstens wie einer, der es verstand, seine Schüler zu faszinieren, dachte er schmunzelnd.

»Also, wenn das so ist«, begann Haevernick, »dann kann das eigentlich nur eines bedeuten.«

»Und zwar?«, stieß Escherlich ratlos hervor.

»Na, ganz klar, nicht Linda Cordes war gemeint, sondern jemand anderes. Jemand, der sich ganz in ihrer Nähe befand.«

»Bingo!« Klotz schnippte mit dem Finger und knallte im selben Moment den Pfefferstreuer neben den ermordeten Salzstreuer.

»Möglicherweise war ja Barkhoff das eigentliche Ziel«, versuchte Escherlich den Anschluss.

»Möglich«, brachte Klotz in gewichtigem Ton hervor, »möglich und auch ziemlich wahrscheinlich, würde ich meinen. Immerhin kannten sich Cordes und Barkhoff. Und Barkhoff kann von der Statur her unmöglich der Täter sein, das sagte ich ja schon.«

»Und was ist, wenn die eigentliche Zielperson nichts mit der Cordes zu tun hat? Wer sagt uns denn, dass Barkhoff und Cordes sich nicht rein zufällig auf dem Lorenzer Platz getroffen haben? Vielleicht waren beide ja völlig unabhängig voneinander unterwegs«, wandte Haevernick ein.

»Daran habe ich auch schon gedacht«, sagte Klotz, »aber ich glaube das nicht.«

»Und warum nicht?«, fragte Escherlich nach.

»Na, weshalb hat sich Barkhoff nicht als Zeuge gemeldet? Was denkt ihr?«

»Der hängt da mit drin, na klar«, rief Haevernick aus, »wenn er unbeteiligt wäre, dann hätte er nichts zu verschweigen. Logisch.«

»So ist es. Festzuhalten bleibt: Wir müssen von einer ganz neuen Situation ausgehen. Mit an Sicherheit grenzender Wahrscheinlichkeit war Linda Cordes so etwas wie ein Kollateralschaden. Sicher ist aber auch, dass sie irgendwie in die Sache involviert war. Die Motivlage stellt sich dennoch vollkommen anders dar. Bisher sind wir von einer Beziehungstat ausgegangen, von Eifersucht. Das sieht jetzt ganz anders aus. Damit haben wir natürlich ein Problem.«

»Die Tatverdächtigen«, warf Escherlich ein und schob sich endlich das erkaltete Fleischbällchen von der Gabel in den Mund.

»Danke, Peter.«

Gestern noch hatte Klotz sich gefreut. Hatte gemeint, der Fall sei im Prinzip aufgeklärt. Man müsse lediglich die drei Tatverdächtigen mit dem Mann auf dem Überwachungsvideo vergleichen. Das war wohl nichts. *Alles für die Katz!*

Und doch würden sie nicht ganz von vorn anfangen müssen. Schließlich konnte man davon ausgehen, dass der Täter im Umfeld von Linda Cordes und Theo Barkhoff zu suchen war. Klotz' Undercover-Einsatz war also wertvolle Ermittlungsarbeit, die es weiter zu verfolgen galt. Escherlich und Haevernick erklärten sich bereit, sich diesen Barkhoff vorzunehmen. Eine Observierung wäre vielleicht sinnvoll. Abchecken von Bankdaten, Kreditkartenbewegungen, möglicherweise polizeiliche Einträge, obwohl dies bei einem verbeamteten Lehrer wohl eher unwahrscheinlich wäre.

»Ja, macht das«, ermunterte Klotz die beiden, »irgendwas ist da. Da bin ich mir sicher.«

Sie waren schon aufgestanden, als Escherlich die Runde noch einmal auf Klotz' Tatortszenario hinwies.

»Leute! Fällt euch eigentlich nichts auf?«, rief er erschrocken aus.

»Was? Was soll uns da auffallen?«

»Na, hier!«

Escherlich nahm ein mit Soße beschmiertes Fleischbällchen von seinem Teller und legte es in die Mitte der Serviette.

»Was ist, wenn *der* gemeint war?«

Er sah Klotz eindringlich an. Einige Sekunden herrschte Stille zwischen ihnen.

»Ach! So ein Schmarrn! Jetzt geht's aber los. *Der*«, Klotz hatte sich das Fleischbällchen gegriffen, »*der* war nun wirklich nur ganz zufällig da!«

Das Fleischbällchen war in seinem Mund verschwunden.

»Und *der*«, legte Escherlich nach, indem er auf Klotz deutete, »*der* scheint heute ziemlich auf Diät zu sein.«

»Tut ihm auch mal ganz gut«, setzte Haevernick noch einen drauf und lachte.

»Das sind wahre Freunde«, brummelte Klotz in sich hinein und schluckte das zerkaute Bällchen hinunter.

Es war kurz nach neunzehn Uhr, als Klotz zusammen mit Wasim das Büro betrat. Klotz starrte auf das Glas der Kaffeekanne, durch das der Sonnenstrahl brannte und die klebrigen braunen Flecken darin in ein romantisches Licht tauchte. Er dachte nach. Darüber, wie Melanie das finden würde, wenn er Wasim mit nach Hause in die Umzugswohnung brächte. Bestimmt nicht so gut. Nein. Und das musste ja auch nicht sein. Ihm fiel das ausgemusterte Ledersofa ein, das unten im Keller stand. Im gleichen Raum, in dem Leonie ihm morgens immer die Haare machte. Da kam zwar schon an der einen oder anderen Nahtstelle gelblicher Schaumstoff durch, aber genügend weich für einen gesunden Schlaf wäre das Sofa wohl immer noch. Natürlich hätte Klotz ihn zurück in das Asylantenheim fahren können, doch irgendwie hatte er ein schlechtes Gewissen bei diesem Gedanken. Schließlich hatte er dem Mann aus Pakistan versprochen, dass er ihn vor der Abschiebung retten würde. Wenn er ihn jetzt wieder in diesem fürchterlichen Heim abgeben würde, könnte dies von Wasim als schlechtes Zeichen gedeutet werden.

Sie machten sich auf den Weg nach unten. Im Treppenhaus begegneten sie dem Polizeipräsidenten, der nochmals Klotz' vorbildliches Verhalten in der Angelegenheit mit diesem Polizeimeister Bayer hervorhob. Klotz, dem diese Lobhudelei ziemlich auf den Geist ging, verabschiedete sich so schnell wie möglich und war froh, dass ihn Huber nicht zu seinem fremdländischen Begleiter befragt hatte. Diese Vorgesetzten hatten halt immer nur das Wesentliche fest im Blick. Klotz lächelte verschmitzt.

Er hätte vermutet, dass Wasim das Gesicht verziehen würde, als er ihm dessen Schlafgelegenheit zeigte. Aber dem war nicht so. Wasim sah Klotz mit einem Hundeblick an und bedankte sich.

»When I was younger and I had nowhere to go, I slept here«, ermunterte er Wasim, der ein zweites Mal »Thank you« murmelte.

Klotz saß in dem pinkfarbenen Camaro. Ein Observierungswagen verließ gerade den Hof. Erst jetzt bemerkte er, wie müde er war. Der Stress in der Schule am Vormittag. Diese durchgeknallten Schüler, Kollegen und sonstigen Amtsträger. Diese plötzliche Wendung durch Wasim Ashkani. Und zu guter Letzt eine brütende Hitze, die sich über die Stadt gelegt hatte. Das alles machte ihm doch mehr zu schaffen, als er sich selbst gegenüber zugeben wollte. Er erinnerte sich an das kurze Zusammentreffen mit dem Polizeipräsidenten, und er ärgerte sich. Hatte Huber ihn – wenn auch unbewusst – doch auf einen unangenehmen Fleck an seiner bisher halbwegs weißen Weste hingewiesen. So ein Mist aber auch! Dieser Bayer! Ehrlich gesagt hatte er diesen Typen schon vergessen. Aber würde das helfen: vergessen? Leise gestand er sich ein, dass eine Entschuldigung bei dem arroganten Polizeimeister unumgänglich sein würde, wenn er wollte, dass dieser endlich seine dämliche Anzeige zurückzog.

Fünfzehn Minuten hatte er gebraucht, um den Käseraspel-Klinkerbau der Polizeidirektion West zu erreichen. Die Pforte war diesmal mit einer jungen, dunkelhaarigen Kollegin besetzt, die ihre Haare zu einem Zopf geflochten und schwarzen Kajal um die Augen hatte. Klotz sah der Beamtin in das hübsche Gesicht und brachte sein Anliegen vor.

Die junge Frau versuchte per Telefon herauszubekommen, ob Polizeimeister Bayer noch im Hause war, und musste, nachdem sie drei verschiedene Stellen kontaktiert hatte, ihrem Gegenüber mitteilen, dass Bayer vor einer halben Stunde Dienstschluss gehabt hatte und nirgends mehr auffindbar war. Klotz bedankte sich. Blickte der freundlichen Kollegin in die braunen Augen. Irgendwie beschlich ihn das Gefühl, etwas vergessen zu haben. Aber was? Er verabschiedete sich.

Als er den Schlüssel in das Schloss der Fahrertür steckte, klingelte sein Handy. Er lief zurück zur Pforte.

»Ach ja, da ist noch was!«

»Ja bitte?«

»Mir wurde vor drei Tagen ein Handy geklaut. Ihre Kollegen haben mich heute Vormittag angerufen und –«

»Ihr Handy klingelt. Wollen Sie nicht rangehen?«

Wenigstens etwas, das hingehauen hatte, dachte Klotz zehn Minuten später und untersuchte das Handy, das ihm der Beamte aushändigte.

»Außer ein paar unerheblichen Kratzspuren scheint es in Ordnung zu sein«, stellte er zufrieden fest.

»Warten Sie«, sagte der Grün-Weiße hinter dem Tresen, »da ist noch ein Ladegerät und sogar eine Bedienungsanleitung.«

Klotz nahm die Sachen in Empfang.

»Und ich kann die Anzeige wirklich nicht mehr zurückziehen?«

Er erinnerte sich an Wasims Hundeblick und versuchte etwas Ähnliches, während er seinem Gegenüber ins Gesicht sah.

»Das müssten Sie doch selbst am besten wissen. Sie sind doch beim gleichen Verein wie ich.«

Der Uniformierte zwirbelte an seinem Oberlippenbart herum. Ja, und ob er das wusste, dachte Klotz.

»Und da gibt es keine Möglichkeit, dass diese Anzeige vielleicht aus den Akten …«

Das Gesicht des Bartzwirblers versteinerte mit einem Mal. Seine Augenbrauen senkten sich in Richtung Nasenwurzel. Böser Blick.

»Ich weiß ja nicht, wie ihr bei der Mordkommission so arbeitet, aber bei uns …«

Klotz bedankte sich schnell und ging.

Als er bei seinem Wagen angelangt war, zog er sein Diensthandy hervor. Irgendwie interessierte es ihn ja schon, wer ihn da vorhin hatte sprechen wollen. Er las den Namen auf dem Display und drückte die Rückruftaste.

»Grüß dich, Peter. Du hast versucht, mich vor zehn Minuten zu erreichen?«

»Servus. Ja, eigentlich geht's nur um eine Kleinigkeit. Ist vielleicht völlig unwichtig. Betrifft diesen Barkhoff.«

Klotz' Blick wanderte von dem blauen U-Bahn-Schild in die westliche Wallensteinstraße. Ein wunderbares Licht.

»Ich höre.«

»Ich hab mal im Computer nachgeschaut, und tatsächlich, da ist was.«

»Mach's nicht so spannend.«

»Ist nicht spannend. Der Typ hat es doch tatsächlich fertiggebracht, innerhalb der letzten zwei Jahre sechzehn Punkte in Flensburg zu sammeln.«

»Und wieso hat er die gekriegt? Trunkenheit am Steuer?«

»Du solltest nicht von dir auf andere schließen«, feixte Escherlich.

»Also hör mal! Ich hab null Komma null Punkte in Flensburg. Und genauso hoch ist auch mein Alkoholpegel!«, entrüstete sich Klotz.

»Ja, ja. Beruhig dich. War nur 'n Witz. Nee, der Barkhoff fährt einfach zu schnell. Ich zitier mal: zulässige Höchstgeschwindigkeit innerhalb geschlossener Ortschaften überschritten, drei Punkte. Der Abstand zum vorausfahrenden Fahrzeug beträgt weniger als zwei Zehntel des halben Tachowertes, vier Punkte. Zulässige Höchstgeschwindigkeit innerhalb geschlossener Ortschaften überschritten, drei Punkte. Zulässige Höchstgeschwindigkeit …«

»Mann, hör auf, mich zu langweilen!«

»Ist ja schon gut.«

»Was soll dieser Mist? Das Einzige, was wir aus diesen Delikten herauslesen können, ist, dass Barkhoff offensichtlich seine Emotionen nicht so recht unter Kontrolle hat.«

»Da kenn ich noch jemanden.«

»Jetzt reicht's mir aber, du!«

»Ruhig Blut, Mann. War nur 'n –«

Klotz hatte aufgelegt. Diesen Unsinn musste er sich nun wirklich nicht anhören! Da hatte er Besseres zu tun! Er stieg in den Camaro. Schmetterte die Tür zu. Legte einen Kavalierstart hin, der seinesgleichen suchte.

Ob das irgendwie feminin war, dass er nicht gleich nach Hause gefahren, sondern vorher noch bei Aldi einen außerplanmäßigen Stopp eingelegt hatte? Also, feminin in dem Sinne, dass er seine Frustration dadurch zu kompensieren suchte, dass er jetzt einkaufen ging? Sein Blick heftete an einer Frau, die vor dem Weinregal stand, und er negierte die sich selbst gestellte Frage aufs Schärfste. Eigentlich wusste er gar nicht, warum er hier war. Vielleicht, weil er hier abschalten konnte, vielleicht aber auch … was war das da bei den wöchentlichen Angeboten? Sah er da richtig, oder bildete er sich das nur ein? Er trat näher an das Auslagenareal heran. Tatsächlich! Es war nicht zu glauben. Ein Blaulicht! Hatte Leonie nicht neulich erzählt, dass es die Dinger inzwischen schon bei OBI gab? Er nahm das Teil in die Hand. Fünfundzwanzig Euro. Ziemlich günstig. »Made in China«, las er auf der Unterseite der Verpackung. Ob er das von der Steuer würde absetzen können? Müssten die eigentlich anerkennen. Entschlossen griff er das Blaulicht und legte es in den Einkaufswagen.

Als er an der Kasse war, fing plötzlich jemand hinter ihm an zu rufen. Er drehte sich um und sah einer jungen Frau ins Gesicht, die einen Kinderwagen vor sich herschob.

»Scheiße. Ich hab kein Netz!«, wiederholte die Frau.

Klotz ging in die Knie, zog eine Plastiktüte unter dem Laufband hervor und reichte sie der genervten Mutter. Mit einem Blick, der völliges Unverständnis ausdrückte, wandte sie sich von Klotz ab. Dann sah er, wie sie ihre Hand, die sich bis dato an ihrem Ohr befunden hatte, nach unten bewegte. Ein Klappgeräusch. In der Jogginghose der Frau verschwand ein kleines rosafarbenes Handy. Er stopfte die Tüte zurück. Die Dame an der Kasse brach in schallendes Gelächter aus. Bevor er den Laden verließ, bemerkte er das Namensschild an der Bluse der Kassiererin: »Frau Übelmann«. Das passte.

Als er im Hummelsteiner Weg angekommen war, war seine Wut verflogen. Er drehte den Schlüssel um, und das kraftvolle Röhren des Motors verstummte. Kurz bevor er ausstieg, kontrollierte er sich im Rückspiegel. Er sah verschwitzt aus. Von Leonies schöner morgendlicher Frisur war nichts mehr übrig.

»Mann, bist du abgefuckt!«, kommentierte er sich selbst, betrachtete das Blaulicht auf dem Beifahrersitz und verließ das pinkfarbene Gefährt.

Vielleicht war es das schrille Motorgeheul eines Rollers, das ihn dazu inspirierte, die Straßenseite zu wechseln, um durch die Scheibe eines Antiquariats zu blicken. Vielleicht war es aber auch nur eine eingebildete Beflissenheit, von der er meinte, dass man sie als Undercover-Teacher an den Tag zu legen hatte, und die ihn dazu bewog, die Auslage des Büchergeschäftes genauer zu sichten. Mit einer gewissen Verschämtheit begriff er, dass außer den Namen Schillers und Goethes kein einziger Autor oder Titel irgendeine Erinnerung oder Assoziation in ihm auslöste. Angesichts dieser peinlichen Situation, die ihm auf rücksichtsloseste Weise klarmachte, welch ein unbelesener, tumber Tor er doch war, drehte er sich unversehens um.

Er ließ die Fassade des Hauses auf sich wirken, in dem seine Freundin und er seit einer knappen Woche eine Wohnung bezogen hatten. Eine in Sandstein gemeißelte Jahreszahl verriet, dass das Haus 1913 erbaut worden war. Besonders gut gefiel ihm das Grün der Eingangstür. Es war so schön einladend, fand er, nicht schreiend oder aufdringlich wie so viele andere Grüntöne. In der Mitte des Baus befand sich ein Erker, der mit dem ersten Stockwerk begann und nach dem zweiten bereits aufhörte. Den Abschluss des Erkers bildete ein kleiner Balkon. Klotz freute sich schon darauf, sich später einmal dort rauszusetzen und Zeitung zu lesen. Ob der Blick auf das Antiquariat auf der anderen Seite ihm den Spaß an der Lektüre vermiesen würde?

Klotz sah weiter nach oben auf einen geschwungenen Giebel. An einer Metallstange war ein Ring angebracht. Irgendwie erinnerte ihn dieser Ring da oben an ein Fadenkreuz, an eine Zielvorrichtung. Als würde jemand auf den tiefblauen Himmel schießen wollen, auf dass er sich für immer verdunkle.

So ein Unsinn, dachte Klotz und überquerte die Straße.

»Ich muss mit dir reden!«

Er wusste nicht, ob er den Tonfall, in dem Melanie diesen Satz vorgebracht hatte, als bedrohlich oder freudig deuten sollte. Dass das Gute und weniger Gute oft so unmerklich nahe beieinanderlagen, ärgerte er sich und beschloss, einer diffusen Mutmaßung durch klare Worte entgegenzuwirken.

»Schieß los!«

»Ich weiß jetzt wieder, woher ich diesen Cordes kenne.«

Klotz sah seiner Freundin erwartungsvoll in die dunklen Augen.

»Es war am Donnerstag. Vor dem Wochenende von Stefanies Geburtstag.«

»Wer ist Stefanie?«

»Na, du weißt schon. Franks neue Freundin. Die, die letztes Jahr von Hamburg hierhergezogen ist.«

Aha. Diese *Hamburger Deern*. Klotz erinnerte sich dunkel.

»Also, Birgit und ich waren auf jeden Fall im ›Miracles‹ um zu besprechen, was wir Steffi schenken könnten. Sie hatte sich doch ernsthaft eine Körperfettwaage von uns gewünscht.« Melanie machte eine Geste, die vollkommenes Unverständnis ausdrückte. »Also so was, das geht ja gar nicht.«

Klotz hoffte, dass sie jetzt nicht zu allem Überfluss noch auf *sein* Übergewicht zu sprechen kommen würde. »Und?«

»Birgit und ich, wir sind also heftigst im Gespräch, als plötzlich dieser Cordes reinkommt.«

»Da kanntest du ihn also schon?«

»Nein. Eben nicht. Den Namen weiß ich doch von dir, du Schlaubär!«

Klotz brummte.

»Also, dieser Cordes kommt rein. Stürmt an die Bar und bestellt sich einen doppelten Wodka.«

»Hm. Und was ist daran jetzt besonders?«

»Na, der war total durch den Wind irgendwie. Machte einen völlig verwirrten Eindruck. Also, einen Blick hatte der drauf, das hättest du mal sehen sollen! Als ob der grad jemanden um die Ecke gebracht hätte.«

»Okay. Jeder hat vielleicht mal einen schlechten Tag.«

»Gut, aber das war ja nicht alles. Der bestellt sich also den Wodka, schüttet ihn runter. Sagt zum Barkeeper, dass er gleich die ganze Flasche Gorbatschow dalassen kann. Wirft dem verdutzten Barmann einen Hundert-Euro-Schein hin, greift sich die Flasche und verlässt den Laden so schnell, wie er gekommen ist.«

Das erschien Klotz nun doch etwas seltsam. Er überlegte.

»Du, weißt du noch das Datum?«

»Na, das war – wie gesagt – der Donnerstag vor dem Wochenende, an dem Steffi ihren Geburtstag gefeiert hat.«

»Und wann war das?«

»Moment, lass mich nachdenken. Das war das vorletzte Wochenende im Mai. 23., 24. müsste das gewesen sein.«

Klotz hatte inzwischen seinen Kalender hervorgeholt. Die Begebenheit, von der Melanie berichtete, hatte sich also am 21. Mai ereignet. Plötzlich war er hellwach.

»Weißt du vielleicht noch, wie viel Uhr es war, als Cordes in diese Bar kam?«

»Warte. Also, auf jeden Fall schon später, aber auf keinen Fall schon Mitternacht. Ich schätze mal, dass es irgendwann zwischen zehn und elf gewesen sein muss.«

Er drückte sie fest an sich und gab ihr einen Kuss, dass es schmatzte.

»Danke, Melanie!«

Klotz kam frisch geduscht aus dem Bad. Erst jetzt bemerkte er, was für einen Durst er hatte. Ohne Umwege begab er sich in die Küche. Beinahe wäre er über einen Lampenschirm gestolpert. Er war gerade dabei, den Kühlschrank zu durchsuchen, als es klingelte.

»Machst du bitte auf, Schatz? Das ist bestimmt die Pizza, die ich uns bestellt habe. Das Geld liegt auf der Kommode im Flur«, rief Melanie aus dem Wohnzimmer. Klotz schloss den Kühlschrank wieder und ging an die Tür. Nahm einen Pizzakarton in Familiengröße in Empfang, gab dem Pizzafahrer achtzig Cent Trinkgeld und schlappte ins Wohnzimmer. Melanie lag auf dem Sofa und schaute fern.

Als sie ihren Freund in kurzer Sporthose, Glubberer-Shirt und mit Pizza kommen sah, lachte sie laut auf.

»Du spielst also für den Club?«

»Ja klar.«

»Und welche Position hast du da?«

»Na, ich spiele meistens hinter den Linien. Unterstütze den Verein eher moralisch, wenn du verstehst, was ich meine.«

»Ich glaub, ich weiß, was du meinst.«

Melanie nahm sich ein Stück von der Thunfisch-Pizza und biss beherzt hinein.

»Da, guck mal«, sie zeigte auf den Bildschirm, »das wäre auch mal was für dich. Täte deiner Linie bestimmt nicht schlecht.«

Klotz, der es sich inzwischen neben Melanie bequem gemacht hatte, legte das Pizzastück zurück in den Karton. Er wandte seine Aufmerksamkeit der Fernsehshow zu. Dort konnte man gerade einem jungen Mann dabei zusehen, wie er einem Moderator wutentbrannt einen Eishockeyschläger vor die Füße knallte, um im nächsten Moment auf seinem gepolsterten Hintern zu landen.

»Der ist auch Lehrer«, nuschelte Melanie zwischen halbzerkauten Pizzastücken hervor, »kommt sogar hier aus der Gegend. Aus Fürth.«

»Und was unterrichtet der?«

»Ist auf dem Gymnasium. Gibt Italienisch und noch irgendwas.«

Er hörte dem Italienischlehrer aus Fürth dabei zu, wie dieser rechtfertigende Ausführungen über die schlechte Beschaffenheit der Eisfläche und seiner Schlittschuhe machte. Irgendwie schwante es Klotz, warum Deutschlands Schüler in der Pisa-Studie zu solch schlechten Ergebnissen kamen. Er schnappte sich die Fernbedienung und schaltete um. Auf Franken-TV wurde vom kürzlich stattgefundenen Girls-Day berichtet. Während der Kommentator über die dringend notwendige Förderung von Mädchen im heutigen Schulsystem schwadronierte, sprintete im Hintergrund ein zehnjähriges Mädchen mit atemberaubender Geschwindigkeit eine Leiter hoch. Plötzlich fiel Klotz etwas ein.

»Du, Schatz, ich muss noch mal los.«

In Melanies Blick lag eine Mischung aus Vorwurf und Enttäuschung. »Du wirst doch jetzt nicht zu diesem Cordes gehen!«

»Nein. Das hat Zeit bis morgen.«

Klotz war aufgestanden und machte sich auf den Weg ins Schlafzimmer.

»Hat etwas mit der Schule zu tun.«

»Wie bitte? Sagtest du *Schule*? Hast du schon mal auf die Uhr geschaut?«, rief Melanie ihm hinterher.

Doch Klotz, der die Tür zum Wohnzimmer bereits geschlossen hatte und sich gerade umzog, wollte oder konnte seine Freundin nicht mehr hören.

Er hatte Schwierigkeiten gehabt, noch einen freien Parkplatz vor dem Schulgebäude zu ergattern. Vermutlich war alles von der elften bis zur dreizehnten Klasse bei dieser Veranstaltung zugegen, dachte er, und er sah sich im Vorbeigehen die Autos an, mit denen die Pennäler den Weg hierher gefunden hatten. Auf jedem zweiten Wagen prangte ein Stern oder ein blau-weißes Wappen. Von den Alfa Romeos und Mini Coopers ganz zu schweigen. Klotz fiel für einen Moment sein schmales Gehalt ein. Und plötzlich verspürte er so etwas wie Stolz, wenn er an seinen pinkfarbenen Camaro dachte. Zugegeben, ein Dienstwagen nur, aber immerhin. Pussy Wagon, das sollte eigentlich auf den anderen Automobilen hier auf dem Parkplatz stehen. Klotz öffnete die Tür.

Er erkannte die Aula nicht wieder. Die Wände und Treppenaufgänge waren mit Vorhängen aus dickem schwarzem Stoff abgedeckt worden. Vor einer Bühne, auf der verschiedene Bandmitglieder auf ihre Instrumente eindroschen, waberte eine verschwitzte jugendliche Masse vor sich hin und grölte. Wäre ich doch nur zu Hause geblieben und hätte mir diesen athletischen Lehrer im Fernsehen gegeben, dachte Klotz. Dann riss er sich zusammen und bahnte sich den Weg durch die tobenden Schüler. Denn es gab da etwas, das ihn anspornte. Etwas, das ihn an eine Oase inmitten einer schrecklichen Wüstenlandschaft erinnerte. Und dieses Etwas fand seinen Ausdruck in drei rettenden Buchstaben. Die heilige Dreifaltigkeit, dachte er, als er endlich unter dem Schild, auf dem »Bar« geschrieben stand, angekommen war.

Als er die Tropfen, die ihm offenbar aus dem Gesicht gefallen waren, auf der Theke sah, wurde er sich der Affenhitze bewusst, die hier herrschte. Er bemerkte, dass seine Oberarme an manchen Stellen bereits fest an den Sakkoärmeln klebten, und traf Anstalten, sich des Kleidungsstückes zu entledigen. Plötzlich blickte er in ein Gesicht, das ihm bekannt vorkam.

»Herr Bieringer, kann ich Ihnen helfen?«

Klotz, seltsam verdreht in seinem Jackett steckend, antwortete mit einem verlegenen Lachen. Der Junge kam hinter der Theke vor und fasste an den Kragen des Sakkos. Als Klotz von dem Stoff endlich befreit war, atmete er erst mal durch.

»Danke, Cem. Das ist echt nett von dir.«

»Keine Ursache, Chef! Mach ich doch gerne für Sie. Ich kann die Jacke auch hinter die Theke legen. Da ist sie sicher.«

Klotz fuhr sich durch das schweißnasse Haar. »Das wär klasse. Danke dir.«

»Was wollen Sie überhaupt trinken, Chef?«

»Was kannst du mir denn empfehlen?«

»Ein Astra vielleicht?«

»Was bitte? Seit wann kann man Autos denn trinken?«

»Astra, kennen Sie das nicht? Das ist ein Bier aus Hamburg.«

Klotz erinnerte sich wieder an die anzügliche Werbung, die auf der Litfaßsäule vor dem Schulgelände klebte. Diese Jugendlichen heutzutage fielen doch auf alles herein. Nun ja, Sex sells.

»Ich muss jetzt gleich auf die Bühne, Chef. Wär schön, wenn Sie sich mal entscheiden könnten.«

Klotz' Transpiration hatte eigentlich schon nachgelassen.

»Sag mal, Cem, ich bin immer noch dein Lehrer! Überleg dir bitte mal, in welchem Ton –«

»Sorry Chef, aber ich muss jetzt wirklich los.«

Cem Bülent knallte eine geöffnete Flasche Bier auf die Theke, um gleich darauf in der Menge zu verschwinden.

Klotz versuchte sich zu beruhigen. Nahm die nulldreiunddreißiger Flasche Astra in die Hand und schüttete die Plörre in sich hinein. So etwas kann man echt nur zur Abkühlung trinken und zu sonst nichts, dachte er, als er die leere Flasche zurück auf den Tresen stellte.

Er zuckte zusammen, als er aus den übersteuerten Lautsprechern plötzlich eine Stimme hörte, die ihm bekannt vorkam. Dann drehte er sich um und staunte nicht schlecht, als er Willibald Schittkowski auf der Bühne stehen sah. Er trug ein dunkelbraunes Hemd, auf dem sich weiße Kringel und orangefarbene Kreise darum stritten, wer dem Publikum zuerst die Erfahrung eines weit fortgeschrittenen Augenkrebses bescheren durfte. Dazu kam eine verspiegelte Sonnenbrille in goldfarbenem Gestell. Hätten nur noch eine Panzerkette um den Hals und ein paar Klunker an den Wurstfingern gefehlt, um den Zuhälter perfekt zu machen.

»Hallo, Leute! Nach den glorreichen Furious Five darf ich euch jetzt eine Truppe der besonderen Art vorstellen. Ich weiß gar nicht, wie ich das nennen soll, was dieser Haufen so spielt. Indie, Punkrock, Minimal oder von allem etwas? Begrüßt mit mir die einzigartigste und übercoolste Schüler-Band Nürnbergs. Hier ist World Wide Suicide!«

Wo war er hier? War das noch die Realität? Oh Gott, nein! Jetzt winkte Schittkowski auch noch zu ihm rüber.

»Scheint Sie ja mächtig sympathisch zu finden, der Schittkowski. Noch 'n Bier, Meister?«

Erst jetzt bemerkte er, dass ihm der Mund weit offen stand.

»Am besten gleich zwei.«

»Geht klar, Meister.«

Nachdem er zwei, drei Schlucke genommen und die Fassung wieder einigermaßen zurückerlangt hatte, stand er auf, um eine bessere Sicht auf die Bühne zu bekommen. Der rothaarige Junge mit den dicken Brillengläsern saß am Schlagzeug, Cem Bülent bearbeitete den Bass, und zwischen den beiden, am Mikrofon, spielte Maximilian Rausch auf der Gitarre. Was Klotz da hörte, erinnerte ihn an stumpfe Metallteile, die wieder und wieder gegeneinander gedroschen wurden. Der rohe, sperrige Sound, der durch die Boxen hier nach unten schallte, hatte mit Melodie oder Musik etwa so viel gemeinsam wie ein Stapel Holz mit einem Goldbarren. Vielleicht hätte ja ein Barney Geröllheimer dem Ganzen hier irgendwie etwas abgewinnen können. Klotz sehnte sich nach der souligen Stimme von Bono, dem Leadsänger seiner Lieblingsband U2. Nun, dachte er, vielleicht fehlte ihm auch einfach nur das Feingefühl für eine Jugendlichkeit, die er nicht mehr verstand.

Plötzlich spürte er ein Tippen auf seiner Schulter.

»Hallo, Herr Bieringer!«

Klotz drehte sich um und war nicht wenig erstaunt, als er Anja Löterich erkannte. »Hallo, Anja.«

»Ich hoffe, Sie sind nicht sauer auf mich.«

Sie klimperte mit ihren falschen Wimpern, die umgeben waren von den Farben Gold und Grün.

Warum nur sollte er sauer sein? Weil sie ihn bei ihrem Vater angezeigt hatte? Oder etwa weil er mehr oder weniger öffentlich vorgeführt worden war? Weil sich seine Autorität nun in irgendeinem Mülleimer befand? Wer wird schon so kleinlich und nachtragend sein!

Klotz überlegte. Er war hier zum Ermitteln da, und diese Schulsache würde sowieso in ein paar Tagen vorbei sein. Insofern war es scheißegal, ob er nun Autorität hatte oder nicht. Es galt einzig und allein, der Wahrheit ans Licht zu helfen.

»Nun, Anja, sagen wir mal so …«

Sie senkte den Blick. Ihre Finger spielten halb verlegen und halb anzüglich um den Hals seiner offenen Bierflasche. »Das war wohl ein Griff in die Kloschüssel, was ich da heute Morgen gemacht habe, oder?«

Es war das erste Mal, dass Klotz etwas halbwegs Geistvolles von Anja Löterich hörte.

»Aber ein *gaaanz* tiefer«, präzisierte er und hielt dabei den Zeigefinger der rechten Hand in die Höhe. Und wie um der Feststellung noch mehr Gewicht zu verleihen, nahm er ihr die Bierflasche fort und trank sie in einem Zug aus. Schmeckte nach Haaren auf der Brust, irgendwie.

Die Band World Wide Suicide hatte das Lied mit dem gleichnamigen Titel beendet. Wieder erschien Schittkowski, aufgedreht, überkandidelt. Moderierte den nächsten Song an. Eine Coverversion eines Nancy-Sinatra-Stücks. Plötzlich spürte Klotz etwas Weiches an seiner Schulter. Er drehte seinen Kopf. Sein Blick fiel auf Anja Löterichs Dekolleté, und er begriff, dass sie ihn gerade mit ihren Brüsten berührte. Ein Versehen vielleicht? Komisch war nur, dass sie nicht zurückwich. Im Gegenteil.

»Wissen Sie was, Herr Bieringer?«, lispelte das Mädchen in sein Ohr, »ich mag Sie, sehr sogar.«

Klotz wollte zur Seite treten, doch mit einem Mal drehte sich alles. Ihm war wahnsinnig schwindlig. Mit Mühe hielt er sich am Tresen fest, hatte Angst umzukippen. Er wollte etwas erwidern, doch zu seiner Verwunderung brachte er keinen Ton heraus. Stattdessen stellte er erschrocken fest, dass sich seine Hand an Anja Löterichs Hintern befand. *Scheiße! Scheiße! Finger weg!*

Von irgendwoher blitzte es in kurzen Abständen hell auf. Gleißend und weiß. Und mit einem Mal war alles ganz leicht und beschwingt. Reine Euphorie. Als hätte sich in seinem Kopf ein Schalter umgelegt. Eine weiche, sinnliche Melodie ergoss sich in sein Gehirn. Und Anjas rote Lippen kamen auf ihn zu.

Bang bang, he shot me down …
Große, rote, dunkle Lippen.
Bang bang, I hit the ground …
So dunkel und so rot wie Wein.
Bang bang, that awful sound …
Schwerer, dunkler Wein.
Bang bang, my baby shot me down …

Er hatte eine Weinflasche in seiner Hand und saß hinter dem Steuer seines Wagens. Im Rückspiegel zerfledderte eine untergehende Sonne in blutiges Orange, in tiefschwarzes Rot. Er fuhr durch die Stadt, setzte immer wieder die Flasche an und trank. Ein schnulziges Liebeslied lief im Radio, das er abwechselnd mitgrölte, bald wieder vor sich hinbrummte. Und als das Lied aus war, fing es von Neuem an. Immer wieder. Die Straße wurde breiter, und bald waren kaum noch Häuser zu sehen. Er fuhr in eine Fläche hinein. Der Verkehr dünnte aus. Nur noch vereinzelt waren andere Autos zu sehen. Und nach einiger Zeit schien außer ihm niemand mehr auf der Straße zu sein. Der Wagen schnurrte, die Musik lief, und er wusste, dass er die Ausfahrt nicht verpassen durfte. Plötzlich sah er vor sich eine Pyramide auftauchen. An ihrer Spitze glitzerte und blinkte es grün und blau. Er sah nur auf diese Spitze, sang das Lied, trank aus der Flasche. Und dann, irgendwann, kam eine Ausfahrt. Er bog ab. Bog endlich ab. Und in dem Moment, in dem er das tat, begriff er, dass es die falsche Abfahrt war. Aber das ließ sich jetzt nicht mehr ändern, denn es gab nur einen Weg, und der führte geradeaus.

Er fuhr unter einer Brücke hindurch. Dann kam ein zweiter, ein dritter Übergang. Immer dichter wurden die Brücken, die er durchquerte, bis irgendwann der Himmel über ihm nur noch aus grauem Beton bestand. Er hielt an, denn da war eine Schranke, rot und weiß und leuchtend. Jemand sprach ihn an, aus einer Gegensprechanlage. Es war die Automatenstimme einer Frau. Sie verlangte seinen Namen und seinen Dienstgrad, und er wusste nicht, was er antworten sollte. Hieß er nun Bieringer oder Klotz? War er Hauptkommissar oder Oberstudienrat? Er entschloss sich zu schweigen. Nahm erneut einen Schluck aus der Weinflasche und sang das Lied.

I used to shoot you down …

Die Automatenstimme verstummte, und die Schranke ging nach oben. Nach wenigen Metern begriff er, dass er sich in der Tiefgarage des Präsidiums befand. Er schaltete die Scheinwerfer an, doch die Sicht wurde immer schlechter. Er hielt an und betätigte die Scheibenwischanlage. Das Glas vor ihm verwischte. Tropfen aus Blut.

Plötzlich wurde die Beifahrertür aufgerissen. Kurz darauf öffneten sich auch die hinteren Türen. Dann saß Huber neben ihm. Der Polizeipräsident war bester Laune. Lachte, pfiff und sang vor sich hin.

»Mensch Klotz, wissen Sie überhaupt, wie lange wir auf Sie gewartet haben? Schön, dass Sie endlich da sind!«

Er hatte definitiv die falsche Abfahrt genommen.

Im Rückspiegel erkannte er Haevernick, Escherlich und Leonie Zangenberg. Alle trugen sie Uniform. Lachten und feixten. Schrien durcheinander, kniffen sich gegenseitig in die Seite, schlugen sich auf die Schenkel.

»Mensch, Werner! Fahr los, Mann! Fahr endlich los!«

Wie war er nur in diesen Plot geraten?, fragte er sich. Ich bin hier falsch, vollkommen falsch! Lasst mich gehen! Lasst mich in Ruhe! Lasst mich hier raus!, hätte er am liebsten gerufen. Doch er konnte nicht.

Stattdessen fuhr er an. Fuhr durch ein Labyrinth aus Kurven, Schleifen und Serpentinen. Irgendwann waren sie an der Oberfläche angelangt. Er trank, und die anderen lachten. Huber klopfte ihm auf die Schulter.

»Erstklassige Arbeit, Klotz. Ganz großes Kino!«

Er fuhr weiter. Abwechselnd das Lied und die Weinflasche auf den Lippen. Vor ihnen eine schmelzende Sonne, rot und schwarz. Zerrissen von Blitzen und Wolken.

»Halten Sie an, Klotz! Halten Sie an, verdammt noch mal!«

Sie stiegen aus. Erst jetzt bemerkte er, dass außer dem Polizeipräsidenten alle verbundene Augen hatten. Was sollte das? Wollten sie Blinde Kuh spielen? Er begriff nicht, und deshalb trank er erneut und wunderte sich, dass das niemand zu bemerken schien.

»So, Klotz«, wandte sich Huber erneut an ihn, »führen Sie die Truppe! Los, los!«

Eine blinde Truppe führen? Wie sollte das gehen? Und wohin überhaupt? Er selbst war betrunken und irgendwie nüchtern zugleich.

»Kommen Sie, Klotz! Wir wollen Ostereier suchen gehen«, munterte ihn der Polizeipräsident auf, der sich immer mehr von ihnen entfernte. Klotz drehte sich um. Hinter ihm gluckten sie. Haevernick, Escherlich und Leonie Zangenberg. Mit verbundenen Augen stießen sie aneinander. Klotz erhob den Arm und wollte etwas sagen, doch plötzlich hatte er Leonies Brüste in den Händen. Er drehte sich in eine andere Richtung. Huber winkte am Horizont. Was war hier los? Er sah auf seine Hände und auf Leonies Brüste. Wo, zum Teufel, war nur seine Weinflasche abgeblieben? Er musste jetzt trinken, unbedingt trinken. Und alles vergessen. Vergessen. Für immer.

Tag fünf

Er wusste nicht, wo er war. Sein Oberkörper lehnte an einer Wand. Er starrte an weißen Fliesen entlang, die an einer Tür endeten. An dieser Tür hing auch sein Sakko. Das nahm er zumindest an. Denn es gelang ihm nur ansatzweise, seine Augen auf scharf zu stellen. Er wollte seinen Kopf drehen, doch sein Körper reagierte nicht. In seinem Hirn gab er das Kommando zur Bewegung, trotzdem tat sich nichts. Arme, Beine, Hände, Füße. Alles wie taub. Von einer Decke strahlte ein Neonlicht und brummte.

Plötzlich hörte er, wie eine Tür geöffnet wurde. Schritte. Das Öffnen eines Reißverschlusses. Ein kurzer, prägnanter Furz. Flüssigkeit, die sich in ein Becken ergoss. Ein Aufatmen. Spülung. Wieder Reißverschluss. Wieder Schritte. Das Klappen der Tür.

Er hörte auf sich anzustrengen. Schloss die Augen. In seinen Schläfen pulsierte es. Was war geschehen? Ihm war es, als spürte er zwei weiche Brüste in seinen Händen. Dann fiel ihm Anja Löterich ein. Ihre Finger um den Flaschenhals. Anja Löterich und das Bier. Anja Löterich und der Filmriss. Er brauchte ein paar Sekunden. Dann, mit einem Mal, ging ihm ein Licht auf. Sie hatte ihm K.-o.-Tropfen verabreicht. Am liebsten hätte er einen Laut der Erkenntnis von sich gegeben, oder wenigstens seinen Mageninhalt, aber das ging nicht.

Trotz seiner inneren Erregtheit beschloss er, es sei das Beste, wieder einzuschlafen. Denn er ging davon aus, dass es danach besser gehen würde. Sein Körper würde die Droge schon irgendwann abgebaut haben, und dann würde er sich auch wieder bewegen können.

Seine Vermutung war richtig gewesen. Das war das Erste, was er dachte, als er sich mit der Zunge über die trockenen Lippen fuhr und die Schalheit in seinem Mund schmeckte. Leicht drehte er den Kopf und spürte ein Stechen in Schultern und Nacken. Er nahm eine Hand und legte sie an die Stirn. Dann stand er auf und wunderte sich, dass das funktionierte. Das Gefühl einer völlig fremdartigen Benommenheit bemächtigte sich seiner. Da war eine Wolke wie aus Watte, die ihn von der Außenwelt zu trennen versuchte. Er sah seine Hand, wie sie nach dem Jackett griff. Öffnete die Toilettenkabine, trat heraus und hatte endlich eine Antwort.

Eins eins null, dachte er und lächelte ein wenig. Eins eins null, das war die Nummer des Raumes, in dem er sich befand. WC Lehrkräfte. Und ihm fiel wieder ein, dass er Polizist war und warum er sich an diesem Ort befand. *Wie* er allerdings hierhergekommen war, wollte sich ihm nicht erschließen.

Er ging durch die Tür, die in einen Vorraum führte. Sah in den Spiegel über dem Waschbecken. Erkannte sich halbwegs. Öffnete den Wasserhahn und steckte seinen Kopf darunter.

Nachdem er sich mit einer stattlichen Anzahl grauer Papiertücher einigermaßen trocken gerieben hatte, blickte er auf seine Armbanduhr. Es war sieben Uhr fünfundvierzig. In einer Viertelstunde begann sein Unterricht. Die Haupttür des Lehrerklos wurde geöffnet. Klotz drehte sich um und begegnete einem jovialen Grinsen.

»Unser Werner«, rief Willibald Schittkowski, »gerade wollte ich nach dir sehen.«

Klotz, der nicht nachfragen wollte, wischte sich das feuchte Haar nach hinten, während Schittkowski einen Blick in den hinteren Toilettenraum warf.

»Also, da hast du dich ja ganz schön zugelötet gestern, mein Freund«, Schittkowski hatte eine Hand auf Klotz' Schulter gelegt und sah ihm fest in die Augen, »aber mach dir keine Sorgen. Von mir erfährt keiner was.«

Jetzt hätte Klotz etwas sagen sollen, aber ihm fiel nichts ein. Das müde Gefühl in seinen Knochen gab ihm zu verstehen, dass im Moment ein hundertjähriger Schlaf angebrachter wäre als irgendwelche Diskussionen vom Zaun zu brechen.

»Das war ein Abend gestern. Du scheinst dich ja auch gut amüsiert zu haben. Ja, ja. Die Tochter von unserem Häuptling, die hat schon was.«

Schittkowski zwinkerte Klotz auf eine Art an, die etwas Konspiratives an sich hatte.

»Diesem *Doktor* Löterich. Dem wird noch Hören und Sehen vergehen.«

Klotz machte ein fragendes Gesicht.

»Keine Sorge. Hat nichts mit dir zu tun, Werner. Aber du kannst dich sicher noch daran erinnern, als ich dir erzählt habe, dass mit dem Doktortitel von unserem Massa etwas nicht stimmt. Und jetzt ist es so weit. Ich habe lange genug recherchiert und jede Menge Stellen gefunden, die der Herr Schulleiter einfach abgeschrieben hat. Keine Quellenangabe, nichts. Nächste Woche geh ich mit meinen Ergebnissen online. Das gibt einen Knall, das sag ich dir.«

Schittkowski klopfte ihm fest auf die Schulter. Klotz fühlte sich unwohl.

»Da machen wir ein Fest, tausendmal so heftig wie das, was gestern abgelaufen ist. Da *löterichen* wir uns ordentlich zu, ganz ohne Titel und Würden.«

Ein schallendes Lachen brach aus Schittkowskis Mund hervor. Klotz musste gähnen.

»Ich muss dann mal«, entschuldigte sich Klotz und war erstaunt darüber, dass seine Stimme einigermaßen frisch klang. »Bis später, mein Freund.«

Schittkowski hielt ihn fest. »Hast du schon mal an dir heruntergeschaut?«

Klotz stand benommen da und senkte den Blick. Ach du Schande! Was waren das da für Flecken auf seinem Hemd? Und der Ärmel da? War der etwa zerrissen?

»So kannst du unmöglich nach draußen gehen«, schlussfolgerte Schittkowski richtig, »aber mach dir keinen Kopf. Ich hab da was für dich. Ich geh nur schnell um die Ecke ins Lehrerzimmer, bin gleich wieder da. Du rührst dich nicht vom Fleck. Hörst du?«

Irgendwie schwante es Klotz, dass Schittkowski aufrichtig um ihn besorgt war, und er fragte sich, womit er das verdient hatte.

»Ja. Ich bleib schon da, *Willibald*.«

Während Schittkowskis Abwesenheit betrachtete Klotz seine Erscheinung im Spiegel und dachte darüber nach, wie weit er in diesen wenigen Tagen gesunken war. Dieser unselige Auftritt auf dem Lorenzer Platz, die Sache mit diesem Bayer, ein Einsatzwagen, der aussah wie die Karre des größten Zuhälters von ganz Nürnberg, und jetzt das da: ein vollgekotztes Hemd und ein zerfetztes Sakko. Er überlegte, ob er nicht wieder mit dem Rauchen anfangen sollte.

Schittkowski kam zur Tür herein und schwenkte das braune Hemd mit den knalligen Kreisen und Kringeln, das er gestern bei dem Bandabend getragen hatte.

»Muffelt vielleicht ein bisschen, aber immer noch besser als Auswurf am Kittel«, kommentierte Schittkowski.

Klotz zog sich um. Die zerstörten Kleidungsstücke warf er in den Mülleimer.

Als er auf den Gang hinaustrat, war er erstaunt über die Helligkeit des Tageslichts, das durch ein Panorama-Glasdach ins Innere der Schule flutete. Instinktiv fasste er sich an die Brusttasche und bemerkte, dass dort eine Sonnenbrille steckte. Dann wurde er sich der Situation bewusst, und ihm wurde klar, dass es einem Lehrer am Gymnasium wohl nicht besonders gut anstand, wenn er mit verspiegelten Gläsern vor den Augen durch die Gänge huschte.

Für einen Moment fiel ihm Leonie Zangenberg ein, die sich heute Morgen sicherlich darüber gewundert haben dürfte, nicht ihn, sondern Wasim Ashkani im Frisierkeller des Polizeipräsidiums vorgefunden zu haben. Die Arme hatte bestimmt einen ordentlichen Schreck bekommen. Aber das war jetzt auch nicht mehr rückgängig zu machen, wie so vieles.

Während er sich auf den Weg zum Klassenzimmer der 11a machte, stellte er fest, dass er gar keine Schultasche bei sich trug. Er tastete die Taschen seiner Hose ab, in der unsinnigen Hoffnung, dass sich dort irgendetwas Unterrichtverwertbares befinde. Das Einzige, was er zu Tage förderte, waren zwei Handys. Sein eigenes und das, welches er Frederik zu seinem Geburtstag hatte schenken wollen. Frederik.

In seiner Herzgegend spürte er ein leichtes Ziehen, und er beschloss, einen kleinen Umweg zu machen.

»Bist du Frederik Klotz?«, brachte er in gespielt vorwurfsvollem Ton vor, bevor sein Sohn etwas hatte sagen können. »Ich bin Herr Bieringer und hätte da etwas Wichtiges mit dir zu besprechen.«

Frederik hatte verstanden und grinste den Vater für einen kurzen Augenblick geheimnisvoll an. Dann begaben sich die beiden in einen seitlich gelegenen Treppenaufgang. Nachdem Klotz kontrolliert hatte, dass sich außer ihnen dort niemand befand, holte er das neue Handy aus der Tasche.

»Für dich. Ich wollte es dir eigentlich zu deinem Geburtstag schenken.«

Frederiks Augen leuchteten auf, als sie das begehrte Objekt erblickten. Dann fiel er dem Vater in die Arme.

»Mensch, Papa! Genau so eins hab ich mir gewünscht! Danke!«

Dass ein Kind heute noch danke sagte. Und dass dieses Kind sein Sohn war. Klotz drückte Frederik an sich und strich ihm übers Haar.

»Mist. Ich glaub, ich hab da was.«

Er hatte Frederik losgelassen und wischte sich mit den Fingern an den Augenwinkeln herum.

»Meine Nummer hast du ja. Jetzt kannst du mich immer anrufen, wann immer du willst. Dann machen wir was. Gehen aufs Volksfest oder in den Tiergarten, okay?«

»Okay, Papa!«

»So. Jetzt aber los. Der Unterricht fängt gleich an.«

»Ich will da nicht hin.«

Klotz war einigermaßen irritiert. Bisher war ihm sein Sohn immer als ein Kind in Erinnerung, das Spaß an der Schule gehabt hatte.

»Wieso das denn?«

»Wir haben jetzt Sport«, Frederik machte eine wegwerfende Geste, »beim Barkhoff. Widerlich.«

»Warum das denn?«

»Der streichelt den Mädchen immer über den Po.«

»Tatsächlich?«

»Ja. Ekelhaft ist das.«

»Bei euch in der sechsten Klasse?«

»Ja. Und keiner macht den Mund auf. Ich hab ihm vor ein paar Wochen mal gesagt, dass man das nicht macht. Da hat er nur gelacht.«

Klotz runzelte die Stirn und legte einen Zeigefinger auf den Mund.

»Aber die Jungs fasst er nicht an, oder?«

Frederik antwortete nicht. Stattdessen drehte er sich weg.

»Du hast recht, Papa. Die Stunde fängt gleich an. Ich muss zur Turnhalle.«

Als er den Jungen weglaufen sah, spürte Klotz seine Lebensgeister zurückkehren. In Form einer Wut, die es für den Moment zu unterdrücken galt.

Als er die Schwelle zum Klassenzimmer der 11a betrat, fühlte sich Klotz so blank wie ein Schüler, der kurz vor einer Prüfung stand, die darüber entschied, ob er die Klasse wiederholen musste oder nicht. Zwar fühlte er sich körperlich einigermaßen in der Lage, eine Schulstunde zu bestreiten, allein ihm fehlte der Stoff. Hinzu kam, dass er eine tiefe Abneigung gegen denselben empfand. Plötzlich fiel ihm ein Zitat ein, das er im Zuge seiner Vorbereitungen irgendwo gelesen hatte. Er glaubte sich zu erinnern, dass es von Lichtenberg gewesen war.

»Guten Morgen!«

»Guten Morgen, Herr Schmierfinger!«

Hatte er da richtig gehört? Klotz sah in die letzte Reihe und bemerkte, dass Anja Löterich fehlte. Dann räusperte er sich verlegen.

»Hat zufällig jemand von euch eine Kreide einstecken?«

Hie und da lachte jemand auf. In der ersten Reihe öffnete ein rachitisch aussehendes Mädchen ihren Schulranzen und zog eine Metalldose heraus, die sie dem Lehrer reichte. Klotz öffnete den Behälter und entnahm ein Stück Kreide.

»Hefte raus und mitschreiben!«, befahl er lakonisch.

Er war an das linke Ende der Tafel gegangen und hatte das Schreibgerät schon angesetzt. Angestrengt sinnierte er über den genauen Wortlaut des Zitats. Dann begann er zu schreiben: Die schönste Stelle im Werther ist die, wo er den Hasenfuß erschießt. (Georg Christoph Lichtenberg)

Als Klotz sich wieder der Klasse zuwandte, fiel sein Blick auf einen nackten Hintern. Die Schüler brüllten, als sie sahen, wie ihrem Lehrer die Kinnlade herunterfiel. Schnell zog der rothaarige Junge seine Hosen hoch und setzte sich auf seinen Platz. Er hielt seinen Klassenkameraden die ausgestreckte rechte Hand hin, die nacheinander von den benachbarten Jungs abgeklatscht wurde.

»Ganz schön zweideutig!«, rief Maxi Rausch.

»Was meinst du damit?«, fragte Klotz unsicher nach.

»Na, das Zitat. Was denn sonst?«

Wieder brach die Klasse in hämisches Gelächter aus.

»Herr Bieringer?«, meldete sich Cem Bülent.

»Ja bitte?«

»Warum lesen wir eigentlich nicht den ›Faust‹? Wäre das nicht die bessere Lektüre?«

Klotz wusste nicht, was er antworten sollte. Die Situation verwirrte ihn. Statt seiner ergriff Maximilian Rausch die Initiative und antwortete.

»Vielleicht weil es im ›Faust‹ um einen alten Sack geht, der auf ein junges blondes Mädel steht?«

Die Klasse war nicht mehr zu halten. Fassungslos stand Klotz da und musste zusehen, wie Papierschnipsel aus allen Richtungen flogen. Eine Handvoll Schüler hatte begonnen, sich auf dem Boden zu wälzen, andere tanzten auf den Tischen und grölten.

Klotz überlegte kurz. Angesichts der hoffnungslosen Lage gab es nur zwei Möglichkeiten: entweder die Segel streichen und gehen oder einen ultimativen Durchsetzungsversuch anstrengen. Endlich wusste Klotz, wohin mit seiner Wut. Er ballte die Faust und knallte sie, so laut er konnte, auf das Pult. Für einen Moment waren alle Augen auf ihn gerichtet. Cem Bülent, der brav auf seinem Platz saß, versuchte, die Lehrkraft zu beschwichtigen.

»Hey Chef, jetzt bleiben Sie mal schön cremig! Lehnen Sie sich zurück. Das geht schon wieder vorüber.«

Ob das von dem Adrenalinschub kam oder von den Drogen?, dachte er, während seine Hände nach etwas suchten, woran sie sich festhalten konnten. Das Flimmern vor seinen Augen wurde immer stärker, und dann war plötzlich alles schwarz.

Als er wieder zu Bewusstsein kam, steckte er in dem Wagen, in dem normalerweise der Tageslichtprojektor seinen Platz hatte. Mit unverminderter Lautstärke lärmten die Schüler der elften Klasse um ihn herum. Er drehte den Kopf und erkannte das Gesicht von Maxi Rausch. Der Junge lachte. Doch dieses Lachen hatte nichts Befreiendes an sich. Der Urgrund dieses Lachens, so schien es Klotz, war eine tiefe Traurigkeit und eine Wut, die bereit war, alles und jeden vollständig zu vernichten. Das Lachen des Jugendlichen war zu dem Lachen eines alten Mannes geworden, der alle Illusionen und Träume verloren hatte und der bereit war, der Welt Lebewohl zu sagen.

Maxi Rausch schob das Gefährt an. Klotz kam sich vor wie ein Kind in einem Einkaufswagen. Cem Bülent öffnete die Tür des Klassenzimmers und winkte.

»Tüt tüt! Platz für den Lehrerrollator! Freie Fahrt für alte Säcke!«

Die Geschwindigkeit steigerte sich. Klotz begriff, dass er auf den Treppenabgang zuraste.

»Maxi! Halt an! Bitte! Sofort!«

»So, du geiler Bock! Jetzt bekommst du, was du verdienst. Gute Fahrt, Herr Schmierfinger! Oder soll ich Klotz sagen?«

Maximilian Rausch hatte den Projektorwagen losgelassen. Wie über eine Schanze flog das Gefährt über die ersten Stufen hinweg. Dann kam der Aufprall. Warum nur konnte er jetzt nicht ohnmächtig werden, fragte sich Klotz für den Bruchteil einer Sekunde. Um ihn herum splitterte das Holz. Bretter flogen durch die Luft, klatschten gegen Wände, fielen auf die Erde herab. Er lag schon auf dem Boden der Aula, als ihn ein aufgewirbeltes Rädchen am Nacken traf. Dann war alles still.

Klotz versuchte sich aufzurichten. Während seine Hand über den Nacken strich, bemerkte er die Spitzen zweier tadellos geputzter Schuhe, die unter einer Anzughose hervorblitzten. Er hatte die Hand von seinem Hals genommen und konstatierte, dass er Blut an den Fingern hatte. Dann wanderte sein Blick langsam nach oben.

»Herr Dr. Löterich«, begann er verlegen, »was machen *Sie* denn hier?«

Die Antwort fiel nonverbal aus. Und zwar in Form eines puterroten Kopfes, der jeden Augenblick zu explodieren drohte. Zum ersten Mal bekam Klotz wirklich Angst während seines Undercover-Einsatzes.

»Folgen Sie mir, Bieringer! Sofort!«, knurrte der Schulleiter zwischen zwei Zahnreihen hervor, die sich sichtlich beherrschen mussten, nicht herzhaft zuzubeißen.

Klotz stand auf und klopfte sich ab. Außer ein paar Prellungen und der Verletzung am Nacken schien alles ganz geblieben zu sein.

In einer Schnelligkeit, die er ihm gar nicht zugetraut hatte, war Löterich die Treppe hinauf zum Verwaltungstrakt gestürmt. Klotz glaubte beobachtet zu haben, dass der Schulleiter gar nicht mehr hinkte. Ob das die Aufregung war, die ihn vergessen ließ, dass er das Bein nachzuziehen hatte, oder ob so ein Pferdefuß über Nacht abheilen konnte? Klotz wusste es nicht.

Das Erste, was ihm auffiel, nachdem er das Direktorat betreten hatte, war die fehlende Beleuchtung des Aquariums. Dann sah er in die betretenen Mienen von zwei Lehrkräften, die ihm einigermaßen bekannt waren. Sie saßen hinter dem massigen Bürotisch des Direktors und schienen sich sichtlich unwohl zu fühlen. Löterich hatte Klotz den Rücken zugewandt und wies ihm wortlos, mit ausgestreckter Hand, seinen Platz an. Ein einsamer Stuhl gegenüber dem Tisch. Der Schulleiter setzte sich zwischen die beiden Kollegen.

»Herr Oberstudienrat Bieringer. Zu meiner Linken sehen Sie die Vorsitzende des Personalrats und Mitglied des Disziplinarausschusses Frau Studienrätin d'Abottiglia-Müller. Zu meiner Rechten Herrn Oberstudienrat Schittkowski, ebenfalls Mitglied des Disziplinarausschusses.«

Klotz versuchte, in dem verdunkelten Aquarium etwas zu erkennen. Waren das Fische, die da auf dem hellen Sandboden lagen?

»Herr Bieringer. Ich will nicht lange um den heißen Brei herumreden. Das, was Sie sich innerhalb der wenigen Tage, die Sie jetzt bei uns sind, geleistet haben, das schlägt dem Fass den Boden aus. So etwas ist mir in meiner nunmehr fast dreißigjährigen Dienstzeit noch nie untergekommen. Und dabei meine ich noch gar nicht einmal den Vorfall von gerade eben. Das wird noch aufzuklären sein, nein. Ich meine etwas viel Schlimmeres als das.«

Klotz erkannte ein Schiffswrack, das zwischen mäandernden Pflanzen steckte. Er sah einem toten Fisch dabei zu, wie er gerade in den aufgebrochenen Rumpf der Galeere hineinwaberte.

»Es besteht der begründete Verdacht, dass Sie Ihren Status als Lehrkraft ausgenutzt und sich an Schutzbefohlenen und sogar an Minderjährigen vergriffen haben.«

Klotz zuckte zusammen.

»Wie bitte? Können Sie das noch einmal wiederholen?«

Er sprang auf und machte einen Satz nach vorn.

»Ist das Ihr Ernst? Ich soll ein Kinderficker sein?«

»Setzen Sie sich gefälligst wieder hin! Auf der Stelle!«, brüllte Löterich jetzt ungehalten, »wir sind hier nicht im Tollhaus! Und mäßigen Sie Ihre Ausdrucksweise, sonst …«

Klotz begab sich zurück auf seinen Platz. Der Schulleiter wartete einige Sekunden, um in ruhigerem Ton fortzufahren.

»Vor zwei Tagen wurden Sie dabei beobachtet, wie sie mit einem Schüler der sechsten Klasse auf der Toilette verschwunden sind.

Wenig später sollen Sie – offenkundig derangiert – in Begleitung des Jungen die Toilette wieder verlassen haben. Die Zeugin versichert, dass es an der Interpretation der Situation keinen Zweifel gegeben habe. Außerdem …«

Klotz sah d'Abottiglia-Müller wütend an. Doch die hatte schon während der Ausführungen ihres Vorgesetzten den Blick gesenkt. Am liebsten wäre er aufgesprungen und ihr an die Gurgel gegangen, so aufgebracht war er.

»Herr Dr. Löterich, bei dem Schüler handelt es sich um Frederik Klotz aus der 6b, Sie wissen doch selbst, dass …«

»Was fällt Ihnen ein, mir ins Wort zu fallen? Bieringer! Sie wollen die Konfrontation, Sie kriegen die Konfrontation!«

»Ich will keine Konfrontation! Ich will –«

»Ruhe!«

Löterich schickte sich an, seine Ausführungen fortzuführen.

»Außerdem wurden Sie gestern von mehreren Zeugen dabei beobachtet, wie Sie in offensichtlich betrunkenem Zustand eine Schülerin der Jahrgangsstufe elf tätlich belästigt haben.«

Klotz fühlte sich mit einem Mal völlig hilflos und ausgeliefert. Wie war er nur in diese missliche Lage hineingeraten? Er sah hinüber zu Willibald Schittkowski, der ihn mitleidig anblickte.

»Willi! Sag doch auch mal was!«

»Herr Oberstudienrat Schittkowski, der den gestrigen Bandabend hier an der Schule leitete, kann dies bestätigen. Herr Schittkowski, ich erteile Ihnen hiermit das Wort.«

»Ich selber habe von der Angelegenheit leider nichts mitbekommen«, hub Schittkowski an, »aber offensichtlich existiert eine Reihe von Bild- und auch Videomaterial, das den Vorfall dokumentiert.«

»Bieringer!«, stieß Löterich hervor. »Wissen Sie überhaupt, wie lächerlich Sie uns machen? Der Ruf der Schule ist dahin! Ganz Deutschland lacht sich über uns kaputt! Diese Fotos und Filme stehen inzwischen im Netz! Auf einer Seite, wie heißt die noch gleich?«

»www.betrunkene-dekorieren.de«, half Schittkowski dem Chefankläger.

»Danke, Herr Schittkowski.«

Löterich wandte sich wieder dem Angeklagten zu.

»Herr Bieringer. Egal, wie viel nun an diesen Vorwürfen dran ist. Da bleibt immer etwas hängen. Auf jeden Fall habe ich den Disziplinarausschuss dazu aufgefordert, den Fall gründlich zu untersuchen und aufzuklären.«

Untersuchen und aufklären. Klotz brach beinahe zusammen. Wenn die Sache nicht so ernst gewesen wäre, hätte er jetzt lauthals gelacht. Und warum überhaupt veranstaltete Löterich dieses Spiel? Hatte der Direktor vergessen, dass er hier als Undercover-Polizist arbeitete? Oder wollte er den Schein vor dem Rest des Kollegiums möglichst glaubhaft wahren, indem er ihn niedermachte?

»Ein förmliches Disziplinarverfahren habe ich bereits eingeleitet. Bis dahin sind Sie vom Schuldienst freigestellt. Dies gilt mit sofortiger Wirkung.«

»Aber …«, entfuhr es Klotz in verzweifeltem Ton.

»Meine Damen und Herren, hiermit erkläre ich die außerordentliche Sitzung im Fall Bieringer für beendet.«

D'Abottiglia-Müller stand augenblicklich auf. Murmelte eine Abschiedsformel und trabte zur Tür. *Dich krieg ich noch, du Pferdefresse. Hüa! Brrrrr!*

Schittkowski war in seinen Bewegungen eher bedächtig, beinahe schwerfällig. Er hatte plötzlich etwas Zermürbtes an sich. Ob diese Zermürbtheit echt oder nur gespielt war, das stand auf einem anderen Blatt. Klotz glaubte inzwischen erkannt zu haben, dass es der Lehrkörper sowohl im Allgemeinen als auch im Besonderen mit Ehrlich- und Wahrhaftigkeit nicht so genau nahm. Ein smarter Blender musste man sein, das war alles. Für einen Augenblick fiel ihm wieder dieser agile, junge Lehrer ein, der es in der gestrigen Fernsehshow durchaus verstanden hatte, nach außen hin stets eine gute Figur zu machen. *Sich nur keine Blöße geben*, das war wohl das allgemeine Motto der bayerischen Lehrerschaft. Nun gut, hier waren sie in Franken. Da war zum Glück ja alles anders.

Nachdem Schittkowski den Raum verlassen hatte, überlegte Klotz, ob er noch irgendetwas zu seiner Entlastung sagen sollte. Wieder fiel sein Blick auf das Aquarium, und da sah er, wie dieser orange-weiß-schwarze Fisch, den er so mochte, in einer seltsam abgehakten Vorwärtsbewegung dahinzuckte. Es würde wohl nicht mehr lange dauern, bis das arme Tier den Todeskampf aufgeben und auf den Grund sinken würde.

»Dieser Doktorfisch«, fing er vorsichtig an, »glauben Sie, dass er überleben wird? Was ist da überhaupt passiert?«

Er sah Löterich ins Gesicht, und zum ersten Mal hatte er den Eindruck, so etwas Ähnliches wie Anteilnahme oder Mitleid in den Zügen des Direktors ausmachen zu können.

»Ich weiß auch nicht. Heute Morgen, als ich hier hereinkam …«

»Meinen Sie, dass die Fische vielleicht vergiftet wurden?«

»Das kann ich mir nicht vorstellen. Nur ich allein habe einen Schlüssel für das Direktorat, abgesehen vom Hausmeister natürlich. Aber warum sollte der denn meine Fische vergiften?«

Klotz starrte auf den spasmischen Doktorfisch. Ihm fiel die Tochter des Direktors ein und die Sache mit den K.-o.-Tropfen. Dann verließ er das Büro.

Er war ein wenig erstaunt, dass Schittkowski die Courage besessen hatte, vor dem Direktorat auf ihn zu warten.

»Auf ein Wort, Herr Kollege«, sprach ihn der Brutus an.

»Was willst du noch?«

»Ich … ich hatte keine andere Wahl. Das musst du mir glauben, Werner. Wären da nicht diese Videos und Bilder, ich hätte dich gedeckt, aber so …«

»Ich kann mich an einen Lehrer erinnern, der mal da stand, wo du jetzt stehst. Irgendwas hat der gefaselt, darüber, dass wenn man begriffen hat, dass das Gesetz falsch ist, dass es dann das größte Verbrechen ist, sich nach diesem Gesetz zu richten.«

Schittkowski sah betreten auf seine Schuhe. Jetzt wurde Klotz erst recht ärgerlich.

»Verdammt noch mal«, hallte es, »gibt es hier in diesem Puff überhaupt einen *Einzigen*, der Eier in der Hose hat?«

Klotz drehte sich um. Aus dem Augenwinkel konnte er erkennen, dass sich die Tür des Schulleiterbüros einen Spalt breit geöffnet hatte. Er neigte sich zur Seite und brüllte in die klaffende Öffnung: »Was?«

Mit einem Rumms wurde die Tür geschlossen.

Wutentbrannt stürmte Klotz aus dem Schulhaus. Sobald er ins Freie getreten war, wurde ihm schwindlig. Außerdem spürte er einen stechenden Schmerz in seinen Augen. Er griff an die Brusttasche von Schittkowskis Hemd und zog die Sonnenbrille, die dort steckte, hervor. Als er sie auf der Nase sitzen hatte, erkannte er vor sich diese Sandsteinsäule mit dem metallenen Fußball darauf. Am liebsten hätte er das Ding vom Sockel getreten, aber dafür war die Säule zu hoch. Deshalb begnügte er sich mit einem ordentlichen Tritt gegen die Basis. Autsch! Das hatte wehgetan! Die Spitze seines Fußes schmerzte so sehr, dass er sich nur noch hinkend weiterbewegen konnte.

Nach ein paar Metern erkannte er Barkhoff, der neben seinem Auto stand und eine Zigarette rauchte.

»Herr Barkhoff!«

Der Angesprochene drehte den Kopf in Klotz' Richtung. Offensichtlich hatte er Schwierigkeiten, den neuen Kollegen in dem seltsamen Aufzug zu erkennen, denn es dauerte einige Sekunden, bis er den Arm hob und die Hand zum Gruß ausstreckte.

»Was ist denn mit Ihnen passiert? Sie machen ja dem Chef Konkurrenz.«

»Knöchel verstaucht. Nichts Ernstes.«

Während er einen tiefen Zug nahm, musterte Barkhoff sein Gegenüber. »Ziemlich lässig, Bieringer. Gefällt mir.«

Er blies Klotz den Rauch ins Gesicht.

»Ich wollte Sie da mal was fragen, Herr Kollege«, begann Klotz und versuchte sich zu beherrschen.

»Was gibt's?«

»Mich hat da heute Morgen ein Junge aus der sechsten Klasse angesprochen.«

Barkhoff machte ein verständnisloses Gesicht.

»Der Schüler meinte, dass es in Ihrem Sportunterricht zu gewissen Vorfällen kam, die – sagen wir mal so – nicht so ganz –«

»War das dieser Klotz? Also, hören Sie mal, Herr Kollege. Ich sag das Ihnen jetzt im Vertrauen, weil Sie sind ja neu hier. Also dieser Frederik Klotz, das ist ein Weichei vor dem Herrn. Ständig heult der rum. Und dann denkt der sich solche Geschichten aus. Der phantasiert sich da was zusammen. Manchmal ist das so in dem Alter, dass die den Unterschied zwischen Phantasie und Realität nicht mehr erkennen und sich in irgendwelche Traumwelten flüchten.«

»Aber –«

»Schauen Sie doch mal lieber in die Akte von diesem Klotz, bevor Sie mir irgendwelche unbegründeten Vorhaltungen machen.

Der Junge ist ein Scheidungskind! Schwer geschädigt. Der Vater ist bei der Kriminalpolizei, soll ein ziemlich verkommenes Subjekt sein, das hat mir die Mutter selbst in der Sprechstunde angedeutet. Vielleicht hat er von dem diese Geschichten von Missbrauch und anderem Pipapo.«

Klotz musste sich zusammenreißen. Seine innere Anspannung hatte ein so hohes Level erreicht, dass er sich dazu gezwungen sah, rein rational zu denken und seine Gefühle schnell wegzusperren. Später vielleicht würde er sie wieder herauslassen. Später, wenn er es sich würde leisten können. Später, wenn es angebracht sein würde. *Aber dann gnade dir Gott, Barkhoff!*

Der Sportlehrer schwieg. Nahm einen letzten Zug von der Zigarette. Warf sie auf den Boden. Langsam fuhr er sich mit der rechten Hand über den kahlen Schädel. Klotz bemerkte, wie sich Barkhoffs Bizeps dabei hoch und runter bewegte. Gut trainiert war er, das musste man ihm lassen. Plötzlich fiel Klotz eine Szene aus »Indiana Jones« ein. Da war ein Säbelkämpfer, der allerlei Faxen veranstaltete, bevor er Indiana sein Mordwerkzeug in den Leib zu rammen gedachte. Indiana, der ihm gegenüberstand, schüttelte während der Aufführung des Kämpfers verständnislos den Kopf, holte seine Knarre hervor und erschoss den zappelnden Säbelguru. So oder so ähnlich würde man das mit diesem Barkhoff machen müssen, beschloss er kühl und zwang sich im nächsten Moment, an seinen kriminalpolizeilichen Auftrag zu denken.

»Das sollte kein Vorwurf sein, Herr Barkhoff. Da haben Sie völlig recht, ich hätte mir vorher die Akte von diesem Klotz ansehen müssen. Ich glaube ja auch nicht, dass da irgendetwas dran ist, an diesen Vorwürfen. Eigentlich habe ich Sie nur darauf angesprochen, um Sie zu warnen. Habe mich vielleicht etwas missverständlich ausgedrückt. Sorry.«

In Barkhoffs Gesicht machte sich ein fettes Grinsen breit. Dann klopfte er Klotz versöhnlich auf die Schulter.

»Passt schon, Herr Kollege. Konnte ich mir auch nicht vorstellen, dass Sie mir ans Bein pinkeln wollten. Ich fand Sie von Anfang an sehr sympathisch.«

Klotz wurde für einen Augenblick schlecht, und er bereute fast, was er gerade gesagt hatte. Dann konzentrierte er sich wieder auf seine Mission.

»Danke. Ich fand Sie auch von Anfang an sympathisch.«

Barkhoff streckte ihm die Hand hin. »Wollen wir nicht Du zueinander sagen? Ich bin der Theo.«

»Werner.«

Klotz schüttelte die Hand. Nachdem er losgelassen hatte, holte Barkhoff seine Zigaretten hervor. Black Death. Ob den Schülern so etwas imponierte? Betont lässig bot er Klotz eine an.

»Willst du eine?«

Klotz überlegte einen Moment. »Danke, nein. Hab aufgehört damit.«

»Ist wohl besser so«, murmelte Barkhoff, der sich gerade eine anzündete.

»Da ist noch was anderes, Theo.«

»Nur raus damit. Tu dir bloß keinen Zwang an.«

»Wegen der Cordes ...«

»Kommst du mit der Klasse nicht zurecht?«

Klotz schwieg.

»Das wundert mich gar nicht. Die Cordes war knallhart. So was von diktatorisch. Die Klassen von der sind Kasernenhof gewohnt. Klare Regeln, klare Ansagen, jedes noch so kleine Fehlverhalten wird sofort bestraft.«

»Oh, das wusste ich nicht.«

»Kannst du nicht wissen. Wer traut sich schon, irgendetwas Negatives über die verstorbene Kollegin zu sagen, jetzt wo sie eines gewaltsamen Todes gestorben ist.«

»Natürlich keiner.«

»Ganz genau. Ich aber sage dir, die Frau hat die Schüler versaut, hat ihre Schüler wie Gefängnisinsassen behandelt. Die wäre besser Lagerleiterin im Dritten Reich geworden.«

Barkhoff sog den Rauch seiner Zigarette ein und kniff die Augen zusammen.

»Ist vielleicht genetisch.«

»Genetisch?«, fragte Klotz nach. »Wie meinst du das?«

»Die saubere Familie Cordes ist 1945 über Genua nach Argentinien ausgewandert.«

»Und?«

»Na, jetzt überleg mal schön! Klingelt's? Auf jeden Fall sind die Eltern von Linda Cordes in den Neunzigern zurück in die Bundesrepublik Deutschland. Und da leben sie jetzt seit fast zwanzig Jahren. In einem Ort namens Haßfurt. *Hass*, verstehst du? Die haben sich diesen Ort bestimmt nicht zufällig ausgewählt, das kannst du mir glauben.«

Barkhoff hustete und spuckte auf den Boden. Dann warf er die Zigarettenkippe auf den Boden.

»Woher weißt du das alles?«

Barkhoff drehte sich um. Öffnete den Kofferraum seines Wagens. Hob eine blaue Sporttasche auf und warf sie hinein. Ein metallisches Klappern. Nachdem er den Kofferraum geschlossen hatte, wandte er sich wieder Klotz zu.

»Woher ich das weiß? Es gab da mal eine Zeit, da haben Linda und ich uns ganz gut verstanden.«

Klotz setzte einen zweideutigen Gesichtsausdruck auf.

»Nicht das, was du meinst. Das Verhältnis war immer nur freundschaftlich, sonst ist da nichts gelaufen, keine Sorge.«

Barkhoff verabschiedete sich. Stieg in seinen Golf ein und brauste davon. Als der Wagen in die Rothenburger Straße einbog, ging Klotz in die Knie. Hob Barkhoffs Zigarettenkippen auf und wickelte sie sorgsam in ein Papiertaschentuch.

Irgendwie kam Klotz nicht umhin, sich eingestehen zu müssen, dass er auf ganzer Linie versagt hatte. Das dachte er, als er die Rothenburger Straße überquerte. Und er spürte eine gewisse Hilflosigkeit, weil er nicht wusste, was er jetzt tun sollte. Zurück ins Präsidium und erklären müssen, warum man nach nur drei Tagen aus dem Schulbetrieb ausgeschieden war? Nein, diese Blöße würde er sich nicht geben. Zumindest nicht heute. Das Donnerwetter würde schon kommen, ganz von selbst, das wusste er. Als er die andere Straßenseite erreichte, versuchte er, die aufgebrachten Mienen von Polizeipräsident Huber und Staatsanwältin Gulden aus seinem schlechten Gewissen zu vertreiben.

Er stand vor einem verbeulten Kaugummiautomaten, an dem hie und da der Lack abgesprungen war und der ihn an seine Kindheit erinnerte. Kramte ein Zehn-Cent-Stück hervor, warf es ein, drehte, wartete auf das typische Klackern, das anzeigte, dass der Kaugummi in das Ausgabefach gefallen war. Öffnete die silbrig glänzende Luke und ließ einen schreiend gelben Ball auf seine Handfläche fallen.

Komisch, dachte er, schmeckt immer noch wie früher. Zuckrig, chemisch, ungesund. Aber trotzdem irgendwie gut. Und Klotz lächelte. Zum Glück gab es noch Dinge auf dieser Welt, die weder flexibel noch mobil oder sonst wie modern waren. Die sich dieser globalisierten Welt einfach nicht beugen wollten. Sein Freund, der Kaugummiautomat, und er. Relikte aus einer längst vergangenen Zeit.

Er ging nach links, an einer geschlossenen Bierstube vorbei, über deren Eingang ein sonnengebleichtes Pepsi-Schild klebte. Schlurfte an einer Fahrschule vorbei, an einem Imbiss. Nahm sich einen Apfel bei einem Obst- und Gemüseladen. Spuckte den Kaugummi, der inzwischen nach nichts mehr schmeckte, in den Rinnstein. Schlug seine Zähne in das gestohlene Obst. *Verbotene Früchte schmecken am besten.*

Ein paar Schritte weiter stieß er auf ein Döner-Geschäft mit integriertem Internetcafé. Er betrat den Laden. Bestellte eine türkische Pizza, nahm sich ein Bier aus dem Kühlschrank und setzte sich vor einen Bildschirm.

Nachdem er den Browser geöffnet hatte, überlegte er. Dachte angestrengt an das Tribunal, das er soeben über sich hatte ergehen lassen und das ihn irgendwie an seinen Scheidungsprozess erinnert hatte. Zumindest die Rolle des Schuldirektors. Der Vorsitzende damals hatte etwas von diesem Dr. Roland Freisler an sich gehabt, wie dieser Löterich. Ja, ja, der Geist des unseligen nationalsozialistischen Volksgerichtshofs hatte die Stunde null überlebt und war zum Leidwesen aller einfach nicht kleinzukriegen.

Als die Pizza kam, war es ihm wieder eingefallen. *Betrunkene-dekorieren.de.* Nach einigen wenigen Mausklicks hatte er sich gefunden. Ihm blieb die Pizza im Halse stecken. Da lag er also. Auf dem Boden der Aula. Um ihn herum leere Bierflaschen und sein Körper übersät mit weißen Plastikbechern. Auf seinem Bauch lag ein Buch. Was zum Teufel machte das da? War das etwa Goethes »Werther«? Oder der »Faust«? Nein, das war wohl irgendwas anderes.

Er überlegte, wer hinter diesem Anschlag steckte. Dass ihm Anja Löterich eine Droge ins Bier geschüttet hatte, das war klar. Aber das mit dem Foto, war sie das allein gewesen? Sicher nicht. Da kamen noch andere in Frage: Cem Bülent, der rothaarige Junge und Maxi Rausch.

Maxi Rausch – hatte er sich da vorhin verhört? Maxi Rausch hatte ihn doch, bevor er in die Aula geflogen war, bei seinem richtigen Namen genannt! Woher kannte Rausch Klotz' Namen, verdammt noch mal?

Er schlang die Pizza herunter. Schüttete das Dosenbier hinterher. Stand auf, drückte dem Wirt fünf Euro in die Hand – »Stimmt so« –, verließ den Laden.

Während er schnellen Schrittes Richtung Kreutzerstraße marschierte, rief er Escherlich an und brachte die genaue Hausnummer in Erfahrung.

Wenige Minuten später stand er vor der Tür eines Sandsteinbaus, der sich gegenüber einem Feinkostgeschäft befand, und klingelte. Während er wartete, wurde er sich wieder der seltsamen Zuhälterklamotten bewusst, die er am Leib trug. Einen Dienstausweis hatte er auch nicht dabei. Der war ja in der Brieftasche gewesen, die er hinter der Lorenzkirche verloren hatte. Und einen neuen Dienstausweis zu beantragen, hatte er bisher geflissentlich versäumt. Er fragte sich verzweifelt, unter welchem glaubhaften Vorwand er in die Wohnung gelangen konnte.

Eine magere Frau mittleren Alters hatte die Tür geöffnet. Ihre traurigen Augen passten gut zu den darunter befindlichen Ringen. Ihre Gesichtsfarbe war kränklich. Klotz tippte auf fortgeschrittenen Alkoholismus. Ihr blondes Haar hing seitlich in Strähnen herunter.

»Frau Rausch?«

»Wer will das wissen? Sind Sie vom Jugendamt? Hören Sie, Sie wissen doch …«

Klotz quetschte einen Fuß in den Türspalt.

»Nein, nein, Frau Rausch. Ich komm von keinem Amt. Es geht um Ihren Sohn.«

Für einige Sekunden starrte ihn die Frau in der rosafarbenen Kittelschürze verständnislos an. Dann, plötzlich, hellte sich ihr Gesichtsausdruck auf.

»Ahhh, Sie sind von dieser Musikfirma, nicht wahr?«

»So ist es«, log Klotz dreist und atmete innerlich auf. Viele Dinge ergeben sich doch einfach von selbst, dachte er, man muss nur machen. Und er versuchte, die verspiegelte Sonnenbrille so lässig wie möglich abzunehmen.

»Kommen Sie rein. Maxi ist zwar noch in der Schule, dürfte aber in einer halben Stunde kommen. Da hat er eine Freistunde. Kommen Sie.«

Klotz folgte der Frau und war nicht wenig erstaunt über die ärmliche Wohnung, in die er geführt wurde. Im Wohnzimmer ließ ihn die Frau auf einem Sofa Platz nehmen, dem gegenüber ein riesiger Flachbildfernseher lief. Der Blick auf die gestochen scharfen Wiesen und Felder, die dort gezeigt wurden, war lediglich durch eine Reihe von Flaschenhälsen gestört, die auf dem Fliesencouchtisch zwischen Fernseher und Sofa standen.

»Schön haben Sie's hier«, sagte Klotz, der seinen angeborenen Ekel vor dem Lügen inzwischen mit Leichtigkeit überwand.

»Möchten Sie einen Kaffee?«

Irgendwie tat ihm die Frau leid. Früher einmal musste sie sehr schön gewesen sein. Das erkannte er jetzt, als er näher hinsah.

»Wenn's keine Umstände macht, Frau Rausch.«

»Iwo, was für Umstände denn.«

Jetzt lächelte sie sogar. »Ich geh nur kurz in die Küche, ja? Sie können ruhig umschalten, wenn Ihnen das Programm nicht gefällt.«

Viel Zeit hatte er nicht, wenn Sie nur Kaffee kochen würde. Er stellte den Ton etwas lauter und stand auf. Als er im Flur war, fiel ihm ein Schild an einer Tür auf: »Bad Behaviour Always Welcome!« Hier war er wohl richtig.

Das Zimmer war das eines typischen Jugendlichen, dachte er, nachdem er eingetreten war und beinahe über den ersten Bremshügel fiel, der aus einem Haufen dreckiger Wäsche und diverser Zeitschriftenfetzen bestand. Klotz kickte einen offen stehenden Rucksack beiseite, aus dem leere Dosen Red Bull, Cola und Bier herauskullerten. Jetzt, wo der Weg frei war, setzte er sich an den Schreibtisch von Maxi Rausch. An der gegenüberliegenden Wand war ein Hochbett angebracht. Darunter hing ein Poster, das sich durch ein aggressives Gelb auszeichnete und auf dem Uma Thurman abgebildet war. Sie hielt ein Samuraischwert in der Hand, und hinter ihr verlief ein riesiger Blutspritzer von oben nach unten. In diesem Blutspritzer klebte eine Rose.

Klotz sah genauer hin. Moment mal! Die Rose war gar nicht Teil des Bildes. Sie war aufgeklebt.

Schnell rannte er zu dem Poster. Ignorierte, was er mit seinen Füßen dabei vielleicht kaputt trat.

Tatsache. Eine verwelkte rote Rose hing da, mit transparenten Klebestreifen fixiert.

Er entfernte die Streifen, nahm einen Fetzen Papier, der auf dem Boden lag. Umhüllte damit den Stängel der Rose, nahm sie in die Hand. Ging zum Fenster, zog die Jalousien hoch. Drehte die Blume in verschiedene Richtungen und sah sie dabei intensiv an. War das nicht getrocknetes Blut, da an den Spitzen der Dornen?

Er begab sich zurück an den Schreibtisch. Die Rose legte er auf den Haufen von Heften, Orangen- und Bananenschalen, der sich vor ihm befand.

»Milch und Zu…? Was machen Sie im Zimmer meines Sohnes?«

Klotz zuckte zusammen, drehte sich schnell zur Tür. Vielleicht etwas zu schnell, denn ein erheblicher Teil dessen, was auf dem Schreibtisch gebunkert war, fiel geräuschvoll zu Boden. Er sah zur Tür, in der Frau Rausch stand. In der Hand einen dampfenden Becher Kaffee, im Gesicht einen offen stehenden Mund.

Klotz sah auf die Stelle am Boden, wo die Sachen vom Schreibtisch hingefallen waren. Irgendwie hatte er den Eindruck eines Wiedererkennens verspürt, als er gerade mit seinem Ellenbogen über die Tischfläche gefahren war. Er bückte sich und hob eine Geldbörse auf. Schwarz, aus echtem Leder.

»Was ist hier los? Antworten Sie! Oder ich hol die Polizei!«

Warum nur überschlugen sich diese weiblichen Stimmen immer so scheußlich, wenn sie hysterisch wurden?, dachte Klotz, während er den Geldbeutel öffnete und in einem der vorderen Einsteckschlitze nach seinem Dienstausweis suchte.

»Frau Rausch!«, stieß er bestimmt hervor. »Sie brauchen die Polizei nicht mehr holen. Die ist bereits da. Mein Name ist Klotz, Werner Klotz, Kriminalpolizei Nürnberg.«

Die Frau kam näher. Griff mit einer Hand nach dem Dienstausweis. Die andere ließ den Kaffee fallen. In einem Reflex versuchte Klotz den Becher aufzufangen. Die braune Brühe landete auf dem Boden. Klotz bückte sich und hob die umgestürzte Tasse auf. Er stellte sie auf den Tisch, das vollgesaute Buch, auf das sie gefallen war, legte er daneben. Frau Rausch gab ihm wortlos den Ausweis zurück. Dann verließ sie den Raum.

Klotz blickte auf die aufgeschlagene Seite des Buches. Was dort stand, kam ihm bekannt vor. Das hatte er irgendwann schon einmal gelesen. Er sah auf den Einband. Aha. Salingers »Fänger im Roggen«. Für einen kurzen Moment schlich sich die Erinnerung an eine eher unschöne Begebenheit in sein Bewusstsein, und er musste an seinen verstorbenen Vater denken. Dann schlug er noch mal die Seite auf, in die der Kaffeebecher eingeschlagen war. Einige Zeilen dort waren mit einem Kugelschreiber unterstrichen worden. *Niemand sollte sehen, dass ich verwundet war. Ich verbarg den Umstand, dass ich ein verwundeter Scheißkerl war.*

Bevor er die Wohnung verließ, sprach er gegen Frau Rausch eine eindringliche Warnung aus. Wenn sie versuchen würde, ihren Sohn über das Geschehene in Kenntnis zu setzen, hätte das strafrechtliche Konsequenzen für sie. Die Frau, die gerade dabei war, einen Korkenzieher in einen Bocksbeutel zu treiben, brach in Tränen aus. Klotz packte die Rose und ging.

Während er den Weg nahm, den er gekommen war, riss er sein Handy aus der Tasche. Die Kollegen mussten unbedingt informiert werden. Maximilian Rausch war umgehend festzunehmen, es war Gefahr im Verzug.

»Scheiße! Warum funktioniert das Drecksding denn nicht?«

Es war so, wie es immer war. Murphys Gesetz. Im entscheidenden Moment war der Akku leer. *Klasse!* Solche Situationen liebte er, und er kannte sie zur Genüge.

Er unterdrückte einen instinktiven Reflex, der das Handy am liebsten mit voller Wucht gegen eine Hauswand gedroschen hätte. Steckte das portable Telefon stattdessen ein. Auf dem Parkplatz vor der Schule stand eine Telefonzelle, fiel ihm wieder ein. Warum also nicht den klassischen Weg wählen und die Kollegen von dort aus anrufen? Er kramte in seinen Taschen herum. Nichts. Jetzt hatte er zwar seine alte Geldbörse wieder, aber irgendwo musste er den Ersatzgeldbeutel verloren haben. Irgendwie wunderte er sich schon gar nicht mehr über sein Pech. Murphys Gesetz eben. In einer ihm typischen Lässigkeit, der es dennoch nicht an eigenwilligem Trotz fehlte, krempelte er seine Hosentaschen zurück nach innen.

Aus einem Waschsalon kam gerade ein junger Mann, einen neongrünen Wäschekorb in den Händen. Klotz zückte seinen zurückeroberten Dienstausweis, hielt ihn dem potentiellen Opfer unter die Nase und brüllte:

»Kriminalpolizei! Ihr Handy, sofort!«

Der Mann verpasste Klotz einen Bodycheck, der es in sich hatte. Klotz ging zu Boden.

»Verpiss dich, Alter! Ich geb dir gleich Kriminalpolizei, du alte Schwuchtel!«

Als er sich wieder aufgerappelt hatte, war ihm schwindlig, und der Mann, den er so zartfühlend nach dessen Handy gefragt hatte, war weg.

Er musste husten. Indem er tief ein- und ausatmete, unterdrückte er einen plötzlichen Würgereiz.

Was sollte er tun? Er musste unbedingt telefonieren. Wahrscheinlich hatte Frau Rausch ihren Sohn längst angerufen. Und wenn er noch mal einen Passanten ansprechen würde? In seinem aktuellen Aufzug und in dieser Gegend hier war das definitiv zu gefährlich, beschloss er.

Als er sich umdrehte, fiel ihm das weiß-blaue Logo eines Drogeriemarkts ins Auge. Er ging in den Laden und huschte vorbei an Putzmitteln und Präservativen, bis er die Spirituosenabteilung erreicht hatte. Auf Zehenspitzen stehend sah er über die Regale, bis sein Blick an einem violett gefärbten Hinterkopf hängen blieb, unter dem ein weißer Kittel begann. Die einzig anwesende Angestellte des Ladens war gerade dabei, Hundefutter in die Regale zu räumen. Gut so.

Zwanzig Cent kostete ein Ortsgespräch. Er starrte auf eine Reihe Bierflaschen, die im Regal vor ihm stand. Da musst du jetzt durch, sinnierte er weiter, griff sich eine Flasche, öffnete sie mit Hilfe seiner Schlüssel und trank sie auf Ex aus. Die ersten acht Cent, rechnete er. Nahm eine zweite Flasche und wiederholte das Procedere. Nach der dritten musste er rülpsen. Panisch drehte er sich um, in Sorge, dass die Angestellte auf ihn aufmerksam geworden war. Von der Frau war nichts zu sehen. Die klappernden Geräusche vom Hundefutterschichten liefen ununterbrochen weiter. *Ein Glück!*

Er wartete noch einige Sekunden, bevor er die drei leeren Bierflaschen in seine Arme schloss und sich anschließend zur Kasse begab.

Als die Angestellte den wartenden Kunden bemerkte, erhob sie sich mühevoll und gab unverhohlen den Laut eines aufrichtigen

Missempfindens von sich. Das Gesicht, das sie Klotz bot, passte irgendwie zu den violetten Haaren. Es sah nicht unbedingt aus wie drei Tage Regenwetter, fand er. Eher wie drei Jahre. Klotz hielt sich an der Metallleiste neben dem Laufband fest.

Wortlos öffnete die gestresste Frau die Kasse und legte ein paar Münzen neben Klotz' hohle Hand. Das war auch so ein Ding, dachte er. Immer wieder machten das diese Verkäuferinnen, dass sie einem das Geld nicht direkt in die Hand gaben. Das war doch Absicht! Warum machten diese dämlichen Hühner das nur?

»Da fehlen aber noch zwei Cent, junge Dame«, hörte er sich sagen, etwas erschrocken über den lallenden Unterton.

Die Verkäuferin schnaubte kurz auf. Ließ die Kasse aber noch einmal aufspringen. Entnahm ein Zwei-Cent-Stück. Hob die Hand mit dem Geldstück zwischen Daumen und Zeigefinger und ließ sie geradewegs auf Klotz' geöffnete Handfläche sausen. Im letzten Moment zog er die Hand weg. War er nicht doch ein hervorragender Pädagoge? Ein letzter Blick zurück verriet ihm, dass sich die Frau den Fingernagel abgebrochen hatte. *Recht so! Vielleicht lernst du ja was draus!*

Er sah auf seine Armbanduhr. Neun Uhr und achtundzwanzig Minuten. *Mist!* Das würde knapp werden. In weniger als hundertzwanzig Sekunden würde der Pausengong läuten. Die Schüler würden aus dem Gebäude in Gänge und Höfe strömen, und Maximilian Rausch wäre mittendrin. Ich muss einfach schneller sein, dachte Klotz trotzig und rannte los.

Wie man nur so schwitzen konnte, fiel ihm auf, als er endlich den Parkplatz erreicht hatte. In seinen Taschen suchte er nach etwas, womit er sich den triefenden Schweiß abwischen konnte. Er fand nichts, und deshalb griff er in seiner Verzweiflung nach dem unteren Ende seines Hemds und stülpte es nach oben. Zog es zu seinem Gesicht hoch und wischte.

Als er fertig war und wieder aufsah, erkannte er, dass die Pause begonnen hatte. Die ersten Schüler tröpfelten bereits aus dem Schulhaus, um sich an der Fußballsäule zu versammeln. Klotz hob die Rose auf, die er vor seiner Schweißwischaktion auf dem Boden abgelegt hatte, und stapfte zu einer Art Marterpfahl hinüber, der durch seine pinkfarbenen Applikationen irgendwie ziemlich tuntig wirkte. *Was sich die Telekom wohl bei diesem Design gedacht hat?* Er legte die Rose auf den Telefonkasten, nahm den rosa Hörer in die Hand und warf seine schwer erarbeiteten zwanzig Cent in den Einwurfschlitz. Dann wählte er Haevernicks Nummer. Besetzt! Er legte kurz auf, wartete, bis das Amtszeichen ertönte, und versuchte es diesmal mit Escherlichs Nummer. Frei! Wenigstens etwas. Während in regelmäßigen Abständen der Freiton in sein Ohr tutete, drehte er den Kopf Richtung Schule und sondierte das Gelände.

War das nicht das Gesicht von Maximilian Rausch, das da so intensiv zu ihm herüberstarrte? Klotz drückte die Sonnenbrille auf die Nasenwurzel. Der Junge rannte los. Klotz ließ den Telefonhörer fallen, schnappte die Rose und nahm die Verfolgung auf.

Maxi war an einem Fahrradständer stehen geblieben. Hatte einen Schlüssel herausgeholt und öffnete hektisch ein Schloss. Klotz legte noch mal einen Zahn zu. Das war seine Chance.

»Polizei! Stehen bleiben! Sofort!«

Die rechte Hand des Hauptkommissars schnappte nach Maxi, der sich inzwischen auf sein Rad geschwungen hatte. Klotz hatte die Jacke des Jungen fest im Griff.

»Lass mich los, du Scheißbulle!«

Am liebsten hätte er dem Teenager eine heruntergehauen. Aber das ging nicht, er durfte ja die Rose nicht verlieren.

»Gib auf, Maxi! Es hat doch keinen Zweck mehr!«

Blitzschnell hatte sich Maxi aus der Sweatjacke herausgewunden. Und plötzlich sah Klotz ziemlich alt aus, wie er da stand, mit der Jacke in der Hand, und Maxi Rausch nachsah, der sich so schnell wie möglich vom Acker machte.

»Scheiße! Ich krieg dich, du …!«

Klotz rannte zu seinem Wagen. Als er einstieg, musste er rülpsen. Ach ja, das viele Bier. Der V8er brüllte gefährlich auf, Klotz drückte aufs Gas. Er sah Maxi noch, wie er in eine der kleinen Seitenstraßen verschwand.

Der Camaro rauschte über den hellen Splitt des Parkplatzes und wirbelte eine Staubwolke auf, die ihresgleichen suchte. Zu spät begriff Klotz, dass es mit der Michael-Ende-Straße zu Ende gegangen war. Er stieg in die Eisen und rumpelte zwei, drei Stufen einer niedrigen Treppe nach oben, die der Ausfallstraße direkt gegenüberlag. Scheiße! Hatte er es doch beinahe fertiggebracht, in den Leonharder Friedhof zu rasen. Er setzte den Wagen zurück und musste erneut aufstoßen.

Er lenkte den *Pussy Wagon* in die östliche Webersgasse. Wenn ihn nicht alles täuschte, hatte er Maxi in diese Richtung verschwinden sehen. Sein Fuß presste das Gaspedal durch. Während er die Schwabacher Straße kreuzte, nestelte er mit einer Hand an dem Aldi-Blaulicht herum, stopfte den Stecker in das Loch für den Zigarettenanzünder, warf die Flackerbirne auf die Ablage gegenüber dem Beifahrersitz. Auf der linken Seite bemerkte er ein Geschäft, das Grablichter und Urnen anbot.

Eine Frau mit einem Kinderwagen sprang schnell zurück auf den Gehweg, und irgendwo krachte etwas. Er sah zurück und bemerkte einen Rückspiegel, der auf die Straße kullerte. Zum Glück nicht meiner, stellte er fest, nachdem er die Außenspiegel des Camaro kontrolliert hatte.

Der Hinterreifen von Maxis Fahrrad kam immer näher. Klotz bedauerte, dass er seine Dienstwaffe nicht dabei hatte. So hätte er wenigstens ein paar Warnschüsse abgeben oder vielleicht auf die Reifen schießen und den Tatverdächtigen auf diese Weise zum Aufgeben zwingen können. Aber *so* würde ihm nichts anderes übrig bleiben, als das Fahrrad mit dem Auto zu touchieren. Nicht, dass ihm so etwas Spaß gemacht hätte, aber dieser Maxi Rausch war einfach völlig irre!

Maxi bog nach rechts in die Hermannstraße. Klotz beschleunigte. Fast hätte die Stoßstange des Camaro das Fahrrad gestreift, doch Maxi lenkte brüsk in eine Straße linker Hand. Klotz schlug das Steuer schroff ein und riss gleichzeitig die Handbremse nach oben. *Das* waren die Dinge, die man auf der Polizeischule lernen sollte, fuhr es ihm durch den Kopf, als ihm der Geruch von verbranntem Kautschuk in die Nase stieg, nicht diesen Paragraphen-Schwachsinn, der niemanden wirklich weiterbrachte.

Klotz registrierte ein Schild, das ihm anzeigte, dass er im Begriff war, in eine Sackgasse zu fahren. Er beschloss, sich als guter Polizist nicht von lästigen Verkehrszeichen beeinflussen zu lassen, und trat unbeirrt aufs Gas.

Von irgendwoher hörte man das Pfeifen einer Lokomotive. Klotz' Wagen segelte in eine Bahnunterführung und demolierte dabei die Graffitis, die ein bisschen Farbe auf den tristen Beton hatten bringen wollen.

Der Weg war voll mit Radfahrern, Inline-Skatern und Spaziergängern. Und keiner von denen machte irgendwelche Anstalten, den Weg für Klotz' Einsatzfahrzeug frei zu machen. Das Blaulicht, das durch die Frontscheibe blitzte, war wohl nicht beeindruckend genug. Klotz war wütend, weil er bremsen musste. Seine Faust krachte auf die Hupe. Nach und nach sprangen die Leute beiseite. Einige seiner Artgenossen zeigten Klotz den Vogel. Verzweifelt bemerkte der Hauptkommissar, wie gekonnt sich Maxi Rausch mit seinem Bike durch die Menschenmenge schlängelte. Der Abstand zwischen Klotz und dem Teenager wurde zusehends größer. Verdammt! Hätte er doch nur seine Dienstwaffe dabei!

Ein paar Jugendliche, die auf einer Bank saßen, warfen ihre Bierdosen nach seinem Auto. Plötzlich hatte er den Eindruck, als würde ein Muezzin zum Gebet rufen. Dann fiel ihm rechter Hand ein islamisches Zentrum auf, und er begriff, dass er sich nicht geirrt hatte.

An einer Mauer hatte jemand das Wort »Arschloch« schreiben wollen. Leider war dieses Unterfangen nicht von besonderem Erfolg gekrönt gewesen. Da war »Arschschloh« zu lesen. Klotz stellte fest, dass es hier für Deutschlehrer noch viel zu tun geben würde. Doch er war jetzt nicht hier, um großflächig den Rotstift anzusetzen. Vielmehr galt es, diesen Maxi Rausch zur Strecke zu bringen.

Als Klotz am Ende der Alten Allee angekommen war, schoss ein Skateboardfahrer aus einem Seitenweg. Klotz wich so schnell aus, wie er nur konnte. Leider fuhr er dabei ein Parkverbotsschild über den Haufen. Er sah nach vorn. Gerade noch erkannte er Maxis Fahrrad, wie es nach rechts in die Hintere Marktstraße einbog. Klotz gab Gummi.

Links und recht schossen die ausladenden Baumkronen von Alleebäumen vorbei. Über die Delle, die das Parkverbotsschild gerissen hatte, visierte er Maxi Rausch an, der jetzt in schnellem Tempo näher kam. Klotz erinnerte sich an einen alten James Bond. Da hatte es einen Wagen gegeben, in dessen Kotflügel Maschinengewehre eingebaut gewesen waren. Doch das brachte ihn nicht wirklich weiter. Er würde es auf eine bodenständige, äußerst handwerkliche Tour erledigen müssen. Irgendwie missfiel ihm das, aber es ließ sich einfach nicht ändern.

Er kurbelte das Fenster herunter, als er Maxi Rausch schon so gut wie erreicht hatte. Hängte seinen Kopf in den Fahrtwind und brüllte: »Halt sofort an, sonst muss ich dich abknallen!«

In Ermangelung eines Knopfes, der ein lässiges MG-Feuer hätte eröffnen können, ließ er seine Faust immer wieder auf die Hupe sausen.

Die Jugend ist auch nicht mehr das, was sie mal war, stellte Klotz resigniert fest, als er sah, dass Maxi nun noch fester in die Pedale trat. Für einen Moment blickte er nach rechts, wo die Fachwerkfassade des Ristorante »Dal Gatto Rosso« auftauchte. In dem grün gestrichenen Türrahmen des altfränkischen Hauses stand eine Frau im Minirock. Über dem Tablett, das sie trug, zeichneten sich unter einem lila Top zwei überdimensionierte Brüste ab. Instinktiv trat Klotz auf die Bremse und ärgerte sich im gleichen Moment darüber, dass sein Verstand für Sekunden in seine Hose gerutscht war. *Was bin ich nur für ein bescheuerter Bulle! Mach gefälligst deinen Job, Werner.*

Wie um wieder zur Besinnung zu kommen, wischte er sich mit einer Hand über das schweißnasse Gesicht. Blickte nach vorn und beschleunigte. Beinahe hätte er einen Fußgänger von der Straße geweht. Im Rückspiegel sah er den wütenden Mann, der ihm den Stinkefinger zeigte und »Arschloch« schrie. Schade, dass sein pinkfarbener Pussy Wagon auch keine Maschinengewehre hatte, die nach hinten schossen. Er hatte eigentlich gar nichts, noch nicht mal eine Steinschleuder.

Maxi rauschte nach links in die Lochnerstraße. Als der Verfolgte und sein Verfolger an der Nopitschstraße angekommen waren, zeigte die Ampel natürlich Rot. Während Maxi einfach in die Kreuzung raste und den Gegenverkehr zu einem Hupkonzert erster Güte zwang, fiel Klotz, der scharf abbremsen musste, ein Schild in den Blick, auf dem eine Palme zu sehen war. Flüchtig sah er sich auf einer Liege unter Palmen, und die Bedienung mit dem Mörderausschnitt reichte ihm einen Cocktail, der mit einer saftigen Kirsche dekoriert war.

Sobald die Kreuzung frei wurde, fuhr Klotz an. Maxi war nach links, Richtung S-Bahn-Unterführung geradelt. Hoffentlich würde der Junge seine Flucht nicht mit der Bahn fortsetzen, ging es Klotz durch den Kopf, als er sah, dass Maxis Fahrrad von der Fahrbahn auf den Gehweg wechselte.

Klotz war zwar keineswegs erleichtert, doch ein kleiner Stein fiel ihm schon vom Herzen, als er erkannte, dass Maxi an dem Treppenaufgang, der zum S-Bahnhof führte, nicht vom Fahrrad stieg. Gleißendes Licht schlug ihm ins Gesicht, als er den Schatten der Betonkonstruktion hinter sich ließ. Die Gegend hier kannte er. Links ging die Industriestraße ab, wo er gestern Wasim Ashkani befragt und befreit hatte. Maxi fuhr weiter geradeaus. So langsam schien dem Schüler die Puste auszugehen. Die verbeulte Motorhaube des Camaro befand sich inzwischen auf gleicher Höhe mit Maxis Fahrrad. Klotz überlegte, ob er Maxi nicht einfach schneiden sollte. Er würde noch einige wenige Meter gewinnen müssen.

Nachdem sie an einer Ausfallstraße vorbeigefahren waren, riss er das Steuer nach rechts. Der gewünschte Effekt – Maxi Rausch hätte ihm in den Kotflügel fahren und auf der Motorhaube landen sollen – blieb allerdings aus. Maxi war auf eine Grünfläche ausgewichen, die sich vor einem riesigen Autowäsche-Center auftat. Jetzt strampelte der Jugendliche an der halbrunden, verglasten Fassade von Mr. Wash entlang. Klotz gab Gas. Der Wagen schlingerte, als er das Grün erreichte. Im Rückspiegel sah er, wie die Grasnabe des frisch gemähten Rasens nach oben spritzte.

Was zum Teufel hatte Maxi Rausch vor? War das ein Scherz, oder war der gerade tatsächlich in der Einfahrt der Autowaschanlage verschwunden? Wie irre war das denn? Klotz beschloss, dass dies nicht der Moment war, um weitschweifige Überlegungen anzustellen, und setzte seiner Beute nach.

Er gelangte in eine Halle, in der ihn zwei mit Hochdruckreinigern bewaffnete Angestellte an der Weiterfahrt hinderten. Maxi hatte sich mit seinem Rad längst an den Höllenhunden vorbeigeschlängelt. Die beiden Arbeiter hatten sich von dem fremden Mountainbiker nicht aus der Ruhe bringen lassen. Mit dem pinkfarbenen, leicht verschrammten Gefährt, in dem Klotz und sein blinkendes Blaulicht steckten, sah das schon anders aus. Als der Hauptkommissar an den Zerberussen vorbeifahren wollte, richteten diese gnadenlos den Lauf ihrer Werkzeuge auf den Camaro und spritzten ohne Vorwarnung los. In Windeseile kurbelte Klotz das Fenster nach oben und suchte verzweifelt nach dem Schalter für die Scheibenwischanlage.

Als er ihn gefunden hatte, war Maxi bereits in der automatischen

Waschabteilung verschwunden. Klotz hatte noch das Hinterrad des Bikes zwischen zwei Bürsten verschwinden sehen, die sich vertikal aufeinander zu bewegten und den Waschkanal nun schlossen. Klotz überlegte kurz, ob er aussteigen und hinterherlaufen sollte. Dann gab er Gas.

Die Bürsten prasselten wie wild gewordene Derwische auf das Fahrzeug ein. Weißer Schaum sprudelte aus unsichtbaren Düsen auf das Gefährt. Die Scheibenwischer des Camaro wurden durch die übermächtige Kraft der Feudel, die auf die Windschutzscheibe schlugen, einfach abgeschlagen und zur Seite gefetzt. Klotz sah nur eine weiße brodelnde Flüssigkeit, die den Pussy Wagon von allen Seiten umgab. Er begriff, dass ihn Maxi Rausch in eine Falle gelockt hatte, die zuschnappen und ihn wie einen Volldepp aussehen lassen würde, wenn er jetzt nicht handelte.

Er gab Gas, er bremste, doch diese Aktionen blieben völlig ohne Wirkung. Kein Wunder, befanden sich die Reifen des Wagens doch auf einem kettenartigen Laufband, dessen Aufgabe es war, den Wagen langsam nach vorn zu schieben und eventuellen Reifenbewegungen durch kleine, gegenläufige Rollen keine Chance zu geben.

Klotz versuchte, die Tür zu öffnen, doch der Druck, der durch die Bürstenrollen auf das Auto einwirkte, war zu stark, als dass er hätte aussteigen können. Er hatte nichts erreicht, außer die Tür einen kleinen Spalt zu öffnen, durch den Waschmittelschaum und ohrenbetäubender Lärm hereindrang.

Plötzlich trat der Wagen in eine andere Waschphase ein. Lange Lappen wischten mit ruckartigen Bewegungen von oben die Sicht wieder frei. Endlich gelang es Klotz, die Tür aufzureißen und auszusteigen.

Bevor er den Gang erreichte, der für die Trocknung vorgesehen war, wurde er durch diverse Hochdruckdüsen von allen Seiten unter Feuer genommen. Triefend nass taumelte er in die Trockenstation, wo ihm zunächst ein kräftiger Windstoß die Sonnenbrille aus dem Gesicht fegte. Klotz fühlte sich, als befände er sich inmitten eines Orkans, der alles mit sich riss, was nicht bombenfest gesichert war. Nicht nur sein lächerliches Hemd wurde durchgeweht. Er spürte, wie der Sturm auch an seiner Haut zerrte. Seinen Hals, seine Backen, selbst Nase und Stirn zu einer grotesken Fratze umpflügte. Er schloss die Augen, presste die Lippen aufeinander, stellte das Atmen ein und hielt sich die Ohren zu, aus Angst, der Hurrikan könnte ihm das Hirn aus dem Schädel blasen. Blind und taub schritt er voran, in der Hoffnung, den richtigen Weg eingeschlagen zu haben.

Irgendwann war der Küstenwind vorbei. Klotz öffnete die Augen. Zu seinen Füßen lag ein Fahrrad. Wenige Schritte entfernt stand Maxi Rausch. Verzweifelt hämmerte er gegen ein Schiebetor. Neben einer rot leuchtenden Ampel forderte eine Hinweistafel den Waschanlagenbenutzer dazu auf, nicht zu bremsen. Das Tor würde rechtzeitig geöffnet.

Seinen Alkoholpegel und alle anderen Beeinträchtigungen ignorierend, stürzte sich Klotz auf sein Opfer. Nicht gerade sanft drehte er ihm den Arm auf den Rücken. Drückte den Jugendlichen zu Boden. Presste sein Knie in den Rücken, bis der Gepeinigte vor Schmerz aufschrie.

»Maximilian Rausch! Ich nehme Sie fest wegen des dringenden Tatverdachts, Ihre Lehrerin, Frau Linda Cordes, ermordet zu haben! Sie haben das Recht zu schweigen und können froh sein, dass ich Sie nicht auf der Stelle verprügle! Denn glauben Sie mir, nichts würde ich lieber tun.«

Mit festem Griff drehte Klotz den Arm des Festgenommenen ein Stückchen weiter. Als dieser erneut aufschrie, öffnete sich das Tor. Klotz wurde in seinem Rücken von der Stoßstange des Camaro angestupst. Er warf einen Blick auf die malträtierte Front des pinkfarbenen Wagens und empfand zum ersten Mal so etwas Ähnliches wie eine echte innere Zuneigung zu seinem Pussy Wagon.

Er hatte weder Handschellen noch sonst irgendetwas dabei, das er dem Gefangenen hätte anlegen können. Ob er an Maxis gesunden Menschenverstand appellieren und ihm klarmachen sollte, dass Weglaufen nichts brachte? Er stand auf, packte den Jugendlichen beim Schlafittchen und riss ihn in die Höhe.

»Hör zu, Freundchen. Das Spiel ist aus. Ich werde jetzt zu einer etwas ungewöhnlichen Maßnahme greifen, aber da bist du ganz allein selber schuld!«

»Lass mich verdammt noch mal los, du Drecksbulle!«

»*Sie* Drecksbulle, bitte! So viel Anstand muss sein!«

In seinem Entschluss bestärkt, schleifte er Maxi um den Wagen herum, öffnete den Kofferraum, warf den Pennäler hinein. Setzte einen Schlusspunkt, indem er den Kofferraumdeckel mit einem gewaltigen Rumms zudrosch.

Als er zur Fahrertür ging, sah er einen Gegenstand am Boden liegen. Offensichtlich war Maximilian Rausch das Handy aus der Tasche gefallen. Mit einem leichten Schmunzeln auf den Lippen hob er das Mobiltelefon auf. Er war auf den Parkplatz gegenüber gefahren. Entschlossen, das Lärmen und Toben aus dem Kofferraum nicht zur Kenntnis zu nehmen, tippte er in Ruhe Escherlichs Nummer in das Handy. Plötzlich hörte er hinter sich eine bekannte Stimme.

»Werner! Was ist denn mit dir passiert?«

Klotz drehte sich um.

»Meine Güte, Werner, wie siehst du denn aus?«

»Ich war in der Waschanlage, war eine Art ... Versehen.«

»Wie bitte?«

Theo Barkhoff warf einen verstörten Blick in Richtung Kofferraum, aus dem es unvermindert polterte.

»Was ist hier los, Bieringer? Bist du jetzt völlig durchgedreht?«

Der Sportlehrer schritt schnell auf den Kofferraum zu.

»Das würde ich schön bleiben lassen!« Klotz zückte seinen Dienstausweis. »Mein Name ist nämlich nicht Bieringer, sondern Klotz! Hauptkommissar Klotz, Mordkommission Nürnberg.«

Barkhoff bewegte die Hand auf dem Kofferraumdeckel nicht weiter. Sein Mund war weit geöffnet, und sein Blick verriet, dass er sich völlig überrumpelt fühlte.

»Tut mir leid, aber für unsere Ermittlungen war meine Undercover-Tätigkeit unabdingbar.«

Barkhoffs Gesichtsausdruck blieb unverändert. Er schien sprachlos zu sein. Beinahe debil glotzte er auf die zerstörte Erscheinung des Hauptkommissars. Klotz tippte die letzten Ziffern in das Handy und drückte auf die Taste mit dem grünen Telefonhörersymbol.

»Ich bin's, Werner. Wo bist du denn? ... *Was*? Beim McDonald's? Was machst du denn *da*? ... Wie heißt das Ding? Nürnburger? Was soll das denn sein? ... Wie bitte? Da ess ich doch lieber Drei im Weckla! Komm sofort her, du Hoeneß!«

»Wollen wir das nicht lieber im Präsidium machen, Werner?« Escherlichs Miene drückte ganz eindeutig ein tief empfundenes Missfallen aus.

»Wieso? Wolltest du nicht Drei im Weckla essen? Hier bekommst du das Original!«

Klotz sah sich in dem Biergarten um. Nachdem er einen geeigneten Platz ausgespäht hatte, schritt er unbekümmert voran. Dabei hielt er Maxis Oberarm schön fest umklammert. Er wollte auf keinen Fall riskieren, dass ihm der Jugendliche noch einmal irgendwie entwischte.

Den ängstlichen Blicken der Leute, denen es nicht verborgen blieb, dass der Junge Handschellen trug, begegnete Klotz mit einem bösen Blick. *Hört auf, so blöd rumzugaffen! Ich mach hier bloß meine Arbeit! Kümmert euch lieber um euren eigenen Scheiß!*

Als sie einen abseits gelegenen Biertisch erreicht hatten, ließ sich Klotz von Escherlich den Schlüssel für die Handschellen geben. Öffnete diese. Befahl dem Tatverdächtigen, sich zu setzen, um ihn mittels der Handschellen gleich darauf mit dem Stuhl zu verketten.

»Deshalb heißt das hier wahrscheinlich auch ›Kettensteg‹«, konnte es sich Escherlich nicht verkneifen.

»Ha, ha«, antwortete Klotz in einem Ton, der gespielte Langeweile ausdrückte, »sehr witzig, Peter. Was hast du heute Vormittag eigentlich gemacht, außer dass du bei McDonald's rumgesessen und irgendwelche ungesunden Burger in dich hineingestopft hast?«

Schweigend setzte sich Escherlich an den Tisch.

»Um deinen Arbeitseifer ein wenig anzukurbeln, hab ich dir übrigens etwas mitgebracht.« Klotz kramte ein zusammengefaltetes Papiertaschentuch hervor und überreichte es Escherlich. »Hier, bitte. Da sind zwei Zigarettenkippen drin. Gib das doch bitte an Lackner weiter.«

»Und was soll der damit machen?«

Klotz nahm Escherlich beiseite, sodass Maxi Rausch sie nicht hören konnte, und klärte seinen Kollegen auf.

»Black Death raucht der?«, wunderte sich Escherlich. Er schüttelte den Kopf. »Okay, dann fahr ich also nachher zu Lackner.«

Eine junge Frau im Dirndl war an den Tisch herangetreten und machte irgendwie einen unsicheren Eindruck.

»Das hat schon seine Richtigkeit hier«, Klotz deutete auf die Handschellen, »wir sind von der Polizei.«

»Aha. Gut. Was darf ich den Herren denn bringen?«

Die beiden Kommissare bestellten sich jeweils eine vollwertige Mahlzeit. Zum Trinken sollte es diesmal ausnahmsweise Antialkoholisches geben. Schließlich war man ja dienstlich hier. Und außerdem unter den Augen der Nürnberger Bevölkerung. Die Bedienung wandte sich an Maxi Rausch.

»Und für den jungen Herrn? Darf's da auch was sein?«

Maxi hatte den Kopf gesenkt und schwieg. Klotz entschied, anstelle des maulfaulen Jungen zu antworten.

»Eine Cola und ein Kinderschnitzel, bitte.«

»Kinderschnitzel haben wird nicht.«

»Dann eben einen Seniorenteller.«

»Gut. Geht in Ordnung.«

Die junge Frau war dabei, sich zu entfernen.

»Ach ja, und noch etwas. Wenn Sie das Schnitzel bitte in mundgerechte Stückchen schneiden könnten, ja?«

»Geht klar.«

Für einen Moment lächelte sie den Hauptkommissar auf eine komplizenhafte Art an, dann ging sie weiter.

Klotz blickte in die Weißgerbergasse hoch. Er sah auf die mittelalterlichen Fassaden der wenigen Nürnberger Fachwerkhäuser, die die schweren Luftangriffe des letzten Weltkriegs überlebt hatten, und überlegte, wie er das Verhör am besten beginnen würde.

Die Getränke kamen. Mineralwasser für die Kommissare und eine Cola für »den jungen Herrn«. Klotz sah ihn sich an, seinen Pappenheimer, der ihn in einem Tageslichtprojektorwagen in die Aula befördert und schließlich während einer harten Verfolgungsjagd bis zur Weißglut geärgert hatte. Jetzt war er nichts weiter als ein schmächtiges Häufchen Elend, dem eine abgewetzte Jeans fast in den Kniekehlen hing. Der ein T-Shirt trug, auf dem eine schwarz-weiße Uma Thurman posierte, bereit, ihr Gegenüber im nächsten Moment mit Hilfe eines Samuraischwertes zu enthaupten.

Escherlich nippte verlegen an seinem Sprudel, und Klotz legte seinen Geldbeutel auf den Tisch.

»So, mein Freund. Jetzt mal raus mit der Sprache! Wie kommst du an meine Geldbörse?«

Keine Antwort.

»Dein Schweigen wird dir nicht viel helfen, Maxi. Besser, du sagst die Wahrheit. Hast du Linda Cordes getötet?«

Der Junge schwieg beharrlich weiter.

»Hast du sie getötet, weil du verliebt in sie warst? Weil du eifersüchtig warst? Weil sie einen anderen hatte?«

»Halten Sie den Mund!«

Klotz musste ein Lächeln unterdrücken. Er hatte ins Schwarze getroffen.

»Nun gut, Maxi«, Klotz nahm seine Geldbörse vom Tisch und steckte sie wieder ein, »neben Beweisstück A, meinem Geldbeutel, haben wir auch noch anderes zu bieten. So zum Beispiel Beweisstück B: die Rose.«

Klotz warf Escherlich einen auffordernden Blick zu, doch der Kommissar reagierte nicht.

»Peter, würdest du bitte?«

Escherlich sah auf. Nach einer Schrecksekunde hatte er verstanden.

»Ach so, ja.«

Escherlich präsentierte die Rose.

»Maxi! Woher stammt diese Rose?«

»Ich will meinen Anwalt sprechen.«

»Deinen Anwalt!« Klotz lachte gekünstelt auf. »Ist er nicht putzig? Er will seinen Anwalt sprechen! In welcher Vorabendserie hat er denn das aufgeschnappt?«

»Hören Sie! Wenn Sie sich über mich lustig machen wollen, dann sind Sie bei mir an der falschen Adresse! Ich kenne meine Rechte!«

Über so viel Dreistigkeit eines Siebzehnjährigen war Klotz nicht nur erstaunt. Nein, jetzt kochte die pure Wut in ihm hoch.

»Deine Rechte!«, schrie der Hauptkommissar. »Das einzige Recht, das du hier hast, ist, dass du kein Recht hast, du Früchtchen! Ich werde dir deine Frechheiten schon noch austreiben! Im Knast wirst du genug Zeit haben, um dir ordentliches Benehmen anzutrainieren! Du …«

Einige Biergartengäste blickten zu ihnen herüber. Klotz hatte hie und da ein kritisches Raunen vernommen. Er besann sich.

»Gut, Maxi«, fuhr er mit gesenkter Stimme fort, »du willst einen Anwalt, du wirst einen Anwalt bekommen, versprochen. Aber vorher möchte ich dir doch noch ein paar Fragen stellen. Also zurück zum Thema: die Rose. Weißt du, Maxi, ich bin mir ziemlich sicher, dass wir an dieser Rose die DNA von Linda Cordes finden werden.«

»Und wenn schon. Vielleicht hat Linda, also Frau Cordes, mir die Rose ja geschenkt.«

»Aha. Aus welchem Grund sollte dir deine Deutschlehrerin eine Rose schenken? Hattet ihr ein Verhältnis miteinander?«

»Ich möchte darüber nicht reden, bitte!«

Das Gesicht des Jungen war verzerrt, so als ob er einen großen Schmerz, einen Kummer empfand. Klotz, der im Laufe der Zeit ein wenig Menschenkenntnis hatte sammeln dürfen, begriff sofort, um welche Art Kummer es sich hier handelte.

»Gut. Wir werden die Rose nicht nur auf Genmaterial hin untersuchen, wir werden sie auch mit den Blumen des Rosenstraußes vergleichen, der neben der Toten lag, in ihrem Blut. Und dann wollen wir mal sehen. Unter uns, Maxi, es sieht nicht besonders gut für dich aus. Du warst am Tatort. Gib es endlich zu! Wenn du nichts mit dem Tod deiner Lehrerin zu tun hast, dann kannst du doch reden! Dann wird sich doch alles aufklären!«

Maxi Rausch hatte wieder den Kopf gesenkt. Aus seinem Mund drang ein leiser Schluchzer.

»Ich kann nicht reden, Mann! Das verstehen Sie nicht!«

Der Junge weinte. Endlich war das Eis gebrochen. Klotz wollte dennoch den Finger noch etwas tiefer in die Wunde legen. Wenn es schon schmerzte, dann sollte es das auch richtig tun.

»Kommen wir zu Beweisstück C. Wir wissen, dass Linda Cordes, nachdem sie starb, geküsst wurde. – Maxi! Ich bin doch nicht blind! Du bist oder warst in deine Lehrerin über beide Ohren verliebt. Hast *du* ihr den Kuss gegeben? Wir können das im Labor zweifelsfrei feststellen!«

Dass im unpassendsten Moment jetzt das Essen kommen muss, dachte Klotz ärgerlich. Machte dann aber doch gute Miene zum bösen Spiel, als die nette Bedienung die Teller auf den Tisch stellte und sich schnell wieder entfernte.

Maximilian Rausch liefen die Tränen hinunter. Klotz hielt ihm eine Serviette hin. In der gleichen Sekunde begriff er, dass der Junge ja angekettet war. Klotz legte das Tuch zurück auf den Tisch.

»Warum kannst du nicht reden?«, schaltete sich Escherlich ein.

»Weil, weil … Es geht nicht! Ich darf nichts –«

Ein Schuss hallte in der Luft. Aus dem Hinterkopf von Maximilian Rausch spritzte das Blut in alle Richtungen. Der Junge fiel mit dem Gesicht kopfüber auf den Teller, der vor ihm stand. Eine letzte Träne bahnte sich ihren Weg über die Wange in die Panade des dampfenden Schnitzels hinein.

Es war vorbei. Und zwar alles. Und das ziemlich definitiv. In seinem Kopf herrschte ein unendliches Chaos, und ebenso unendlich war die Erschöpfung, die er verspürte. Hie und da quollen ungefiltert Worte und Satzfetzen in sein Bewusstsein. Bald mit der Stimme der Staatsanwältin, bald mit der des Polizeipräsidenten unterlegt. *Vollkommen unverantwortlich! Höchst dilettantisches Vorgehen! Eines Ermittlers der Kriminalpolizei völlig unwürdiges Verhalten! Was haben Sie sich eigentlich dabei gedacht? Sie Hornochse! Haben Sie überhaupt gedacht? Den guten Namen der Polizei in aller Öffentlichkeit in den Dreck gezogen! Lächerlich gemacht! Und ich Idiot habe Ihnen noch auf die Schulter geklopft! Wie stehen wir jetzt da? Verschwinden Sie! Packen Sie Ihre Sachen! Und lassen Sie sich nie wieder sehen! Dort drüben hat der Maurer ein Loch gelassen!* Und so weiter und so weiter.

Ja, die Sache im Polizeipräsidium war nicht gerade zimperlich abgelaufen. Und wenn er ehrlich mit sich selber war, dann hatten sie auch alle recht. Denn er hatte versagt, auf ganzer Linie. Die Frage, die er sich bei der ganzen Geschichte stellte, war, ob er sich das, was geschehen war, jemals würde verzeihen können. Die Suspendierung von der Schule hätte er vielleicht noch irgendwie geradebiegen können. Aber dass er einen minderjährigen Tatverdächtigen in einem Biergarten angekettet und verhört hatte und dass dieser Jugendliche während der völlig unzulässigen Befragung dann auch noch erschossen worden war, das war nicht wiedergutzumachen. Dazu kam noch diese unselige Geschichte mit diesem Bayer. Die interne Anzeige des Kollegen von der Polizeidirektion West war heute früh auf Hubers Schreibtisch gelandet, das Disziplinarverfahren gegen ihn offiziell eingeleitet. Es war eine Scheiße, eine riesengroße Scheiße, in der Klotz zu ertrinken drohte, wenn er den Kopf jetzt nicht oben halten würde.

Müde stellte er den Camaro auf dem Parkplatz vor dem Haus im Hummelsteiner Weg ab. Wasim Ashkani, der neben ihm saß, hatte die ganze Fahrt über geschwiegen, genau wie er selbst. Die bedrückte

Stimmung, die Klotz ausstrahlte, kannte er vermutlich bereits aus seinem Asylbewerberheim, und entsprechend diskret verhielt er sich. Dass sie das nicht mehr erwähnt hatten, die Sache mit Wasim, das wunderte ihn ein wenig. Auf der anderen Seite war die widerrechtliche Unterbringung eines Abschiebekandidaten im Keller des Polizeipräsidiums doch eher ein geringfügiges Delikt im Vergleich zu dem, was er sich sonst geleistet hatte.

Bevor er mit Wasim den Wagen verließ, bemühte sich Klotz um ein möglichst rationales Fazit, was seine Ermittlungen betraf. Es gab zwei Mordopfer. So viel stand fest. Und dieser Fall war eben doch wesentlich komplizierter, als er ursprünglich gedacht hatte. Er war ratlos angesichts der Wand, gegen die er selbst die Ermittlungen gefahren hatte. Noch ratloser war er allerdings, wie er nun mit der Tatsache umgehen sollte, dass er auf unbestimmte Zeit vom Dienst beurlaubt worden war. Denn es gab nichts Schlimmeres für ihn als eine unabgeschlossene Ermittlung, die für den Rest aller Zeiten ungelöst irgendwo in der Luft herumhing.

Er schloss die Tür auf. Wasim und er betraten die Wohnung. Er fragte seinen Begleiter, ob dieser etwas essen wolle. Wasim nickte.

Als sie in der Küche waren, inspizierte Klotz den Kühlschrank. Er stellte zwei Bierflaschen auf den Tisch und schob eine Fertigpizza in den Ofen.

Nachdem er die Flaschen geöffnet hatte, überlegte er kurz, ob er mit Wasim anstoßen sollte. Ließ es dann aber lieber sein. Sein Blick wanderte an der Spüle entlang, wo er einen handgeschriebenen Zettel bemerkte. Er stand auf.

Auf dem Papier waren drei Sätze geschrieben. *Wo warst du heute Nacht? Wenn du eine andere hast, dann sag es! So schnell, wie ich gekommen bin, kann ich aus deinem Leben auch wieder verschwinden! – Melanie.*

Wortlos stand er auf, den Zettel in der Hand, und begab sich zu einem Fenster. An einer Stelle war das Papier etwas wellig. Wassertropfen mussten darauf gefallen sein. Oder Tränen? Wenn es Tränen waren, dann wäre das ganz schön theatralisch, dachte er im ersten Moment. Im zweiten fühlte er sich wie ein Schweinehund, der den einzigen Menschen, der ihn liebte, wie einen Fußabstreifer behandelte. Was war er nur für ein Arschloch! Gegen alles und gegen jeden. Am liebsten hätte er losgeflennt. Wie ein Schlosshund, so in der Art. Aber das ging nicht. Das ging schon lange nicht mehr.

Er nahm seinen Ellenbogen vom Fensterbrett und ging ins Wohnzimmer, wo er Wasim das Sofa und den Fernseher zeigte. Dann setzte er seine Bierflasche an und stürzte die Flüssigkeit auf ex hinunter.

Wasim machte es sich auf dem Sofa bequem und schaltete das Fernsehgerät ein. Auf einem Privatsender lief eine Rateshow. Klotz ging zurück in die Küche. Stellte die leere Bierflasche auf die Spüle und legte Melanies Zettel daneben. Gab es denn irgendjemanden, für den er nicht ein Klotz am Bein war?

Als er die Klinke der Wohnungstür gedrückt hatte, rief er Wasim, der gerade auflachte, noch ein paar Worte zu:

»I have to go. You can stay here this night. My girlfriend will come. Perhaps.«

Tag sechs

Es war fünf vor halb vier. Klotz stand an einer niedrigen Brüstung am Unteren Bergauerplatz und hörte dem Rauschen der Pegnitz zu, die über ein nahe gelegenes Wehr schäumte. Wenn er sich jetzt in die Fluten stürzen würde, würde sich das Problem nicht lösen, dachte er. Alkohol war da schon besser. Der löste zwar auch keine Probleme, aber man vergaß beim Trinken die Fragen.

Er drehte sich um und sah dem Barkeeper der »Roten Bar« dabei zu, wie er die letzten Tische und Stühle vor der Lokalität zusammenklappte und in den Innenraum trug. Jetzt kannte er ihn sogar mit Vornamen, den Klaus. Und Klaus hatte ihm in den letzten fünf Stunden alle möglichen Drinks serviert. Caipirinha, Sueno 43, Mai Tai, Erdbeerlimes, Banana Mudslide, Hannibal und noch viele andere, deren Namen er vergessen hatte. Und auch die Kreditkarte hatte Klaus nicht vergessen, hatte sie ihm inklusive eines Kassenbelegs, der fast hundertfünfzig Euro aufwies, diskret in die Brusttasche seiner Jacke gesteckt. Hatte ihm – mit einem wohlwollenden Barkeeperlächeln – zum Schluss noch auf die Schulter geklopft. Die Tür aufgehalten. Ihn, ein schönes Wochenende wünschend, in den frühen Freitagmorgen entlassen. Der Mann beherrschte seinen Job. Ganz im Gegensatz zu Klotz, der sich inzwischen wieder umgedreht hatte und nun über den Fluss auf die Vordere Insel Schütt starrte, genauer gesagt auf den mittelalterlichen Männerschuldturm. Und er hätte es als durchaus angemessen empfunden, wenn der Turm ihn in seine strafenden Mauern aufgenommen hätte. Damit er, der erste *Loser* vor dem Herrn, die nächsten hundert Jahre lang für seine groben Verfehlungen büßen konnte.

Doch der Turm öffnete seine Mauern nicht. Er machte nicht einmal einen Mucks. Stand nur da, stumm und dunkel. Das Einzige, was er tat, war Klotz die Insignien der Stadt Nürnberg vorzuhalten, die oben auf einem kleinen Erker eingemeißelt waren und drohend auf ihn herabblickten. Durchaus auch etwas abschätzig, wie Klotz fand. Als wäre er es nicht wert in dieser Stadt zu leben, deren Andenken und Ruf er durch sein vermurkstes Leben und seine dummen Handlungen so sehr beschmutzt hatte.

Alles Nach- und Schräg- und Quergedenke half nichts. Das Leben ging weiter. Eine dämliche Plattitüde, dieser Spruch, dachte Klotz. Dämlich und simpel. Doch meistens waren es eben gerade die einfachen Dinge, in denen die Wahrheit steckte. Klotz wandte dem Schuldturm seinen Rücken zu und machte sich auf den Weg.

Nach einer halben Stunde war er am Färbertor angekommen. Ein Matratzengeschäft auf der einen und die historische Frauentormauer auf der anderen Seite bildeten eine Art Eingang in ein Gebiet, das sich nicht nur bei den ortsansässigen Nürnbergern großer Beliebtheit erfreute. Und Klotz betrat nun dieses Terrain, diesen bundesweit bekannten Sündenpfuhl, mutig und ohne irgendwelche Gewissensbisse. Nach wenigen Metern hatte er das erste Etablissement erreicht. Eine stahlblonde Dame stand hinter einer Glastür. Sie trug ein schwarzes Korsett, hochhackige Stiefel und Netzstrümpfe. Während sie den Rauch ihrer Zigarette in die Luft blies, warf sie Klotz ein Küsschen zu. Klotz ging weiter.

Vereinzelt liefen Freier durch die Gasse, teils verhuscht und teils zielstrebig. Hielten sich wahlweise im Schatten der Mauer auf oder verhandelten mit den Mädchen, die ihre Auslage an den geöffneten Fenstern feilboten.

Irgendwie wusste Klotz gar nicht so genau, warum er hierhergekommen war. Eine Art Zufall? Er hatte sich treiben lassen, so wie das Wasser in der Pegnitz. Jetzt, wo es keinen Hafen, keinen Rettungsanker mehr für ihn gab, war sowieso alles wurscht. Er sah hinauf zur Mauer und nahm den hölzernen Wehrgang wahr, der vom späten Mittelalter bis in die frühe Neuzeit Verteidigungszwecken gedient hatte. Dort oben war kein Mensch. Heute bedurfte es keiner Verteidigung mehr. Und so wie um diese Mauer stand es auch um ihn selbst, dachte er. Seine Erscheinung ähnelte der eines uneinnehmbaren Bollwerks, das sich durch Masse und einen grimmigen Blick auszeichnete. Doch das war nur Schein, war nur Schall und Rauch, nichts weiter. Er hatte weder Kraft noch Energie noch sonst etwas, das er angreifenden Feinden hätte entgegensetzen können. Die Mörder von Linda Cordes und Maximilian Rausch hatten die Schlacht gegen ihn, den scheinbar unverwüstlichen Klotz, gewonnen. Er hatte nichts mehr. Weder Vision noch Ahnung, wie er sich aus dem Schlamassel wieder befreien konnte. Er hatte nur diese Gasse, gesäumt von billigen Bordellen, in denen gefallene Engel saßen, die ihre Seele längst verloren hatten und deshalb ihre Körper an den nächstbesten Dahergelaufenen für ein paar Euros verhökerten.

Er hatte beinahe das Ende der Sündenmeile erreicht, da sprach ihn eine sanfte Frauenstimme an.

»Hey du, starker Mann! Komm doch mal her!«

Er blickte sich um und sah in ein schönes, offenes Gesicht. Ihre Haare waren voll und dunkel. Sie stellte sich ihm als »Jacqueline« vor und strich über seine Hand, als er bei ihr am Fenster angelangt war. Ihre braunen Augen leuchteten warm, und als sie ihm seine Hand an ihre großen Brüste legte und fragte, ob er nicht mit ihr nach oben gehen wolle, war Klotz bereits so vollkommen wehrlos, dass es ihm fast schon Schwierigkeiten bereitete, einen zustimmenden Laut zu murmeln.

Die Sonne ging gerade auf, als er vor dem Haus in der Kreutzerstraße stand. Überrascht von dem Licht, das die Sandsteinfassade plötzlich in ein warmes Orange tauchte, zog er seinen Zeigefinger von dem Klingelknopf zurück. Er hatte noch nicht geläutet und überlegte jetzt, ob er es nicht vielleicht ganz lassen sollte. Im Geiste sah er die schmächtige Frau vor sich, die noch vor vierundzwanzig Stunden die Mutter eines lebendigen Jungen gewesen war. Er sah ihre traurigen Augen, ihr strähniges Haar. Er sah, wie aus diesen Augen Tränen liefen. Ein unendlicher Strom würde sich aus ihnen ergießen, in die Gassen und Straßen dieser Stadt hinein, und alle würden ertrinken. Und angesichts der Anklage, die in diesem unermesslichen Tränenstrom liegen würde, wäre seine Entschuldigung, sein verlegenes Tut-mir-leid, ein Nichts, das sich wie eine jämmerliche Ausrede anhören würde, garniert mit Jacquelines Parfum.

Er steckte seine Hand zurück in die Hosentasche. Beschämt ob seiner Trunkenheit und Trauer, die solch abgegriffene Bilder in ihm hatten entstehen lassen. *Scheiß drauf!*

Er spürte etwas Nasses in seinem Gesicht. Dann sah er schwarzes Fell und in diesem Fell zwei Augen, die ihn aufgeregt anblickten.

»Xenia! Geh da weg!«

Die forsche Frauenstimme kam näher. Die Hundeschnauze wurde aus seinem Gesicht gezogen. Eine Entschuldigung folgte nicht. Warum auch? Er musste wie ein abgestürzter Penner wirken, wie er hier in diesem kleinen Park auf einer Bank seinen Rausch ausschlief.

Klotz richtete sich langsam auf. Frau und Hund entfernten sich schnell. Eine andere Frau blickte ihm dafür unverwandt ins zerstörte Gesicht. Ihr Name war Marie Juchacz, und ihr Porträt prangte auf einer metallenen Platte, die an einem Gedenkstein angebracht war. Ob ihn die Frauenrechtlerin mit der strengen Miene noch angeblickt hätte, wenn sie ihm in Fleisch und Blut gegenübergestanden wäre? Wahrscheinlich hätte sie sich schnell umgedreht und die Flucht ergriffen.

Klotz bückte sich. Zu seinen Füßen lag eine Zigarette, die ein unachtsamer Spaziergänger hier wohl verloren hatte. Er steckte sich die Kippe in den Mund. Klopfte seine Taschen ab und begriff, dass er ja schon seit zweieinhalb Jahren Nichtraucher war und folglich auch kein Feuerzeug mit sich führte. Ein jugendlicher Passant, der Klotz' Notlage erkannte, hielt ein brennendes Feuerzeug an das Ende der Zigarette. Klotz bedankte sich, der Junge ging weiter.

Jetzt war er rückfällig geworden. Und das nach zweieinhalb Jahren. Doch was bedeutete das schon.

In seinem Kopf arbeitete es. Er besann sich darauf, dass sein Name Klotz war und nicht Sissy, Pussy oder Prinzessin auf der Erbse. Er stand auf. Auf einer Bank hatte es begonnen, aber dort würde es nicht enden.

Viele Möglichkeiten blieben ihm nicht, das war klar. Eine davon hieß Paul Cordes. Und den würde er jetzt aufsuchen. Vorher würde er noch irgendwo duschen und sich zurechtmachen müssen. Ihm fiel nur die Bahnhofsmission ein.

Eigentlich war Klotz ganz ruhig gewesen, als er nach seiner Grundreinigung bei der Heilsarmee an der Tür von Paul Cordes geklingelt hatte. Relativ ruhig und entspannt. Cordes hatte ihn hereingebeten. Er war ihm nachgelaufen, in die schmuddelige Küche hinein. Hatte sich an den unaufgeräumten Tisch gesetzt und gefragt, ob ihm, Cordes, noch etwas Wichtiges im Zusammenhang mit dem Mord eingefallen sei.

Dass Cordes sich von ihm abgewandt und irgendwelche Hängeschränke über der Küchenzeile geöffnet hatte, hatte das Fass nicht zum Überlaufen gebracht. Klotz war ganz ruhig gewesen. Auch dass er dem suspendierten Hauptkommissar einen Kaffee anbot, statt dessen Frage zu beantworten, hatte ihn nicht in die Luft gehen lassen. Aber als schließlich wieder diese Sache mit dem braunen Zucker kam – Cordes war seit Sonntag immer noch nicht dazu gekommen, normalen Kristallzucker zu besorgen –, da platzte Klotz dann doch der Kragen. Er hatte einfach keine Lust mehr, seine wertvolle Lebenszeit mit irgendwelchen dämlichen Kaffeeklatschfragen zu verplempern. Er brauchte Antworten, und zwar hurtig. Und deshalb war er dann auch aufgestanden, hatte Cordes von hinten gepackt, ihm den Arm verdreht und auf die verdreckte Tischplatte gedrückt.

»Hör mal zu, du Schmierenjournalist! Deinen Zucker kannst du dir sonst wohin blasen. Am besten in das zarte Akademiker-Ärschlein! Ich will jetzt wissen, was los ist!«

Cordes schrie auf vor Schmerz, und Klotz starrte auf das immer noch ungeleerte Katzenklo. Solch ein Anblick motivierte.

»Halt's Maul, Cordes! Wir haben Beweise dafür, dass du uns angelogen hast. Was war das für eine Sache mit der künstlichen Befruchtung deiner Frau?«

»Ich weiß nicht, wovon Sie reden!«

Klotz warf Cordes auf einen Stuhl, griff mit einer Hand Richtung Küchenzeile, riss die Kanne aus der brodelnden Kaffeemaschine heraus und hielt sie drohend über Cordes' Schritt. Der Journalist brüllte erschrocken auf.

»Pass mal auf, du Lappen! Ist mir scheißegal, ob du dich am Ende im Biomüll oder im Gelben Sack wiederfindest! Ich hab keine Lust mehr auf irgendwelche Spielchen! Wir wissen, dass du an dem Abend, als deine Frau diesen Autounfall hatte, in einer Bar gewesen bist. Kurz nach der Tatzeit! Und verhalten hast du dich dort mehr als merkwürdig. Du stehst ganz oben auf meiner Liste!«

Dass Cordes sich nicht beruhigen wollte, brachte Klotz noch mehr in Rage. Er trat gegen Cordes' Stuhl, dass er umkippte. Cordes landete in einer seiner vielen Entsorgungssysteme. Leere Flaschen kullerten über den Boden.

»Wird Zeit, dass hier mal aufgeräumt wird!«

Klotz ließ die Kaffeekanne fallen. Die braune Brühe spritzte an die Wand und floss zwischen die Scherben. Mit der anderen Hand umklammerte er die Gurgel des Journalisten.

»Du kleiner, mieser Schreiberling! Ich werde dich zerquetschen wie eine Kakerlake, wenn du mir nicht jetzt auf der Stelle sagst, was du weißt! Raus mit der Sprache!«

Und plötzlich geschah das Wunder. Paul Cordes gestand.

»Ja, ja, ich hatte es alles geplant.«

Seine Frau und er hatten sich schon länger ein Kind gewünscht, und deshalb hatten sie sich vor einem halben Jahr an diese »Praxis Kinderwunsch« gewandt. Der Klinikleiter, Dr. Sibelius, hatte sich ihrer persönlich angenommen. Kein Wunder, war seine Frau doch als Lehrerin privat versichert gewesen.

Die Aussichten, dass der Kinderwunsch in Erfüllung gehen würde, hatten sehr gut gestanden. Mit achtundzwanzig Jahren war Linda Cordes ja noch sehr jung, und außerdem funktionierte einer der beiden Eierstöcke noch. Durch eine entsprechende Hormonbehandlung konnte die Produktion der Eier angekurbelt werden, und Linda Cordes wurde vor zwei Monaten tatsächlich schwanger.

»Und dann haben Sie die Behandlung abgebrochen.«

»Ja.«

»Warum so plötzlich? Dr. Sibelius sagte mir, dass Sie sich einfach nicht mehr gemeldet haben, Knall auf Fall.«

»Sie tun mir weh.«

»Na und?«

Paul Cordes erzählte weiter. Er hatte in den vier Monaten, während derer das Paar die Kinderwunschklinik regelmäßig besuchte, heimlich einen Test auf seine Fruchtbarkeit hin durchführen lassen. Das Ergebnis war niederschmetternd. Cordes' Spermien waren ganz und gar verkümmert. Er war und wäre beim besten Willen auch in Zukunft nicht zeugungsfähig.

»Hat man Sie in der Klinik denn im Vorfeld nicht untersucht? Das kommt mir aber schon etwas seltsam vor.«

»Natürlich! Dr. Sibelius persönlich hatte sich mein Sperma angesehen. Das war das Erste überhaupt, was die da in der Praxis gemacht haben. Mit einem breiten Lächeln hat der gesagt, dass alles in bester Ordnung mit mir ist! Dieser Drecksack!«

Langsam ging Klotz ein Licht auf. Hatte Sibelius in dem Telefongespräch mit ihm nicht etwas von freier Marktwirtschaft gefaselt? Der feine Mediziner hatte das Ehepaar Cordes gnadenlos über den Tisch gezogen. Hatte über ein Vierteljahr eine Behandlung durchgeführt, von der er schon wusste, dass sie keinerlei positive Ergebnisse würde zeitigen können. Um den schnöden Mammon war es dem Arzt gegangen, um nichts weiter. So viel zu der Moral der ach so sauberen Mediziner in unserem Land, dachte Klotz und sagte:

»Blieb also die Frage, von wem Ihre Frau tatsächlich schwanger war, wenn nicht von Ihnen.«

»Und genau das war der Punkt! Genau das hat mich ja so auf die Palme gebracht.«

»Und dann haben Sie Ihre Frau zur Rede gestellt.«

Cordes schwieg.

»Haben Sie nicht?«

»Nein«, antwortete der Mann des geschriebenen Wortes kleinlaut. »Aber ich habe meine Frau nicht umgebracht. Das müssen Sie mir glauben.«

»Mal sehen, ob ich Ihnen das glaube. Reden Sie weiter.«

»Es war am Donnerstag, dem 21. Mai. Linda hatte Elternsprechtag in der Schule. Als sie fertig war, hat sie mich angerufen, dass sie jetzt kommen würde. Ich konnte in etwa abschätzen, wie lange sie von der Schule nach Hause brauchen würde.«

»Viel mehr als zehn Minuten dürften das nicht sein.«

»So ist es. Ich bin also runter auf die Straße. Den ganzen Tag über hatte ich schon durchdacht, wie ich es anstellen sollte. Ich bin in eine Seitenstraße gegangen und habe einen alten Renault geknackt. Habe mich in eine Querstraße zur Brettscheidstraße gestellt. Ich wusste, dass meine Frau an dieser Kreuzung vorbeifahren würde. Nur über die Brettscheidstraße ist nämlich die Tiefgarage zu erreichen, die zu unserem Haus gehört. Ich wartete also, mit laufendem Motor und ausgeschalteten Scheinwerfern. Als ich den Wagen meiner Frau erkannte, fuhr ich los.«

»Wie kann das gehen? War das nicht schwierig, das Auto Ihrer Frau zu erkennen und dann in dieser Schnelligkeit zu reagieren?«

»Der ganze Bereich ist Dreißigerzone, und außerdem gilt rechts vor links. Meine Frau war schon immer eine sehr vorsichtige Fahrerin. Und ich wusste, dass sie, lange bevor sie in den Kreuzungsbereich fahren würde, abbremsen würde.«

»Und dann sollte sie sterben!«

»Nein! Nein! Ich glaube nicht mal, dass das überhaupt hätte passieren können. Ich wollte ihr einfach einen Denkzettel verpassen. Ich wollte noch nicht einmal, dass sie das Kind verliert. Bitte glauben Sie mir das!«

Klotz fragte sich, ob es sich bei dem von Cordes begangenen Delikt um Körperverletzung oder einen Mordversuch handelte. Im Prinzip waren alle Merkmale eines Mordversuchs erfüllt. Die niederen Beweggründe waren da und die Planung. Was wollte man mehr? Einzig und allein die Aussage, dass er seine Frau nicht habe umbringen wollen, entlastete den Journalisten. Wenn Klotz katholisch gewesen wäre, hätte er in dem Ableben des Fötus allerdings einen vollendeten Mord erkennen können.

Aber das war er nicht, und leider musste er feststellen, dass er Cordes glaubte.

»Warum haben Sie nicht einfach mit Ihrer Frau geredet?«

Cordes setzte zu einer Antwort an, dann zögerte er. Offensichtlich hatte er Schwierigkeiten, das, was in seinem Kopf vorging, in Worte zu fassen.

»Ich … Es war nicht so einfach, mit meiner Frau zu reden. Ich meine, Linda hatte da ein Problem.«

»Was für ein Problem?«

»Na, so eine Sache …«

»Eine Sache? Jetzt machen Sie mich aber schon neugierig!«

»Linda war …«

»Ja?«

»Linda war promiskuitiv veranlagt.«

Cordes sackte zwischen den Flaschen und dem anderen Müll in sich zusammen.

»Sie wollen sagen, sie hat mit anderen Männern herumgevögelt?«

Der Witwer drehte seinen Kopf angewidert zur Seite und schloss die Augen.

»Mit wem hatte Ihre Frau ein Verhältnis, Herr Cordes?«

Der Angesprochene schrie auf. Diesmal nicht aufgrund eines äußeren Schmerzes, der ihm zugefügt worden war.

»Lassen Sie mich doch bitte in Ruhe, Herr Hauptkommissar! Muss das sein?«

»Das muss sein. Da führt kein Weg dran vorbei! Entweder Sie

haben Ihre Frau getötet. Oder einer von den Männern, mit denen Ihre Frau sexuell verkehrt hat.«

»Scheiße, Mann!«

»Ja, das ist scheiße. Aber so ist das Leben. Also!«

»Am Anfang hatte ich noch die Idee, einen Privatdetektiv auf meine Frau anzusetzen. Doch dann wollte ich gar nicht mehr wissen, wann und mit wem sie ...«

Cordes war der typische Fall eines Menschen, der stets nach bestem Wissen und Gewissen bestrebt war, sein Leben möglichst harmonisch zu gestalten. Und deshalb verschloss er die Augen vor der Realität. Bis es nicht mehr ging. Dann explodierte er. Kein Wunder, dass er an die falsche Frau geraten war.

»Was ist mit Theo Barkhoff?«

»Ja, mit dem hatte sie mal was. Aber das war vorbei, glaube ich.«

»Maximilian Rausch?«

»Wer?«

»Einer ihrer Schüler.«

»Das glaube ich nicht. Zu ihren Schülern hatte Linda immer schon ein sehr distanziertes Verhältnis. Außerdem war sie nicht der Typ, der wegen einer Affäre mit einem Schutzbefohlenen seine Karriere versaute.«

Das konnte sich Klotz gut vorstellen. Nach außen hin immer adrett und sauber. Ja nicht irgendwie etwas Ungesetzliches tun. Der schöne Schein musste stets gewahrt werden. Inzwischen war Klotz mit der allgemeinen Psychologie der Lehrerschaft einigermaßen bekannt geworden.

»Herr Cordes! So kommen wir nicht weiter. Sie müssen mir schon ein paar Namen nennen! Sie brauchen nicht zu denken, dass Sie durch Ihre Aussage entlastet sind. Im Gegenteil: Es bestätigt nur Ihr Motiv. Alles spricht dafür, dass Sie nach Ihrem missratenen Mordversuch Ihrer Frau noch ein zweites Mal aufgelauert und Ihre Sache zu Ende gebracht haben.«

»Das glauben Sie doch selber nicht!«

»Was ich glaube, ist unerheblich. Was zählt, ist die Faktenlage. Und da sieht es nun mal ziemlich duster für Sie aus!«

Cordes besann sich. Er nannte Klotz eine Reihe von Namen, unter denen sich auch der des Schuldirektors und seines Stellvertreters Spielmann befanden.

»Was ist mit Schittkowski? Willibald Schittkowski?«

»Ich denke nicht. Nicht ihr Typ.«

»Aber ausschließen können Sie es nicht.«

Cordes stöhnte auf. »Nein. Kann ich nicht. Bekomme ich nun ein Strafverfahren an den Hals?«

Klotz ging, ohne zu antworten.

***

Kriminalkommissar Peter Escherlich trat auf die Erlanger Universitätsstraße hinaus und sah in die aufsteigende Julisonne. Gerade hatte er Rechtsmediziner Laanschaf zwei Zigarettenkippen zur DNA-Analyse übergeben. Klotz hatte sie ihm gestern kurz vor Maximilian Rauschs Ermordung zugesteckt.

Er fuhr sich durch sein halblanges tiefschwarzes Haar und fragte sich, was Klotz jetzt wohl machte. Ein ziemlicher Schlamassel war das, in den sich Werner da hineinmanövriert hatte. Er hatte es allein ihm zu verdanken, dass er selbst kein Disziplinarverfahren am Hals hatte. Werner hatte sich vor ihn gestellt und die Verantwortung ganz allein auf sich genommen.

Das war ihm hoch anzurechnen, fand Escherlich, verdammt hoch, und er schritt auf den Wagen zu, der neben dem Jakob-Herz-Denkmal stand.

Haevernick saß im Auto und sah erwartungsvoll zu ihm herüber. Sie konnte es wohl kaum erwarten, wieder zurück zum Tatort zu fahren und ihrem angeborenen Hang zur Akkuratesse zu frönen. Da würde der hölzerne Dacherker, der zu einem Haus am Maxplatz gehörte, noch einmal genau unter die Lupe genommen werden müssen. Von dort aus hatte der Täter geschossen. Das hatte die ballistische Untersuchung inzwischen zweifelsfrei ergeben.

Escherlich stieg in den Wagen.

»Wir können.«

Haevernick wischte sich eine blonde Strähne aus der Stirn und ließ den Wagen an.

»Lackner hat angerufen, während du weg warst.«

»Und, neue Erkenntnisse?« Escherlich zündete sich eine Gauloise an.

»Das kann man so sagen. Die Kugel, die Maximilian getötet hat, stammt mit sehr hoher Wahrscheinlichkeit aus einer Heckler und Koch PSG1.«

»Ein Präzisionsgewehr?«

»So ist es.«

»Dann kann es also kein Versehen gewesen sein.«

»Definitiv nein.«

»Wenn wir es mit dem gleichen Täter zu tun haben, der Linda Cordes umgebracht hat, dann hat der Bursche offensichtlich mächtig dazugelernt.«

»Glaub ich nicht«, antwortete Haevernick schnippisch und setzte den Blinker nach links.

»Dass der Täter lernfähig ist?«

»Nein. Ich glaub nicht, dass wir es mit dem gleichen Täter zu tun haben.«

»Und warum bist du dir da so sicher?«

»Ganz einfach. Warum sollte der gleiche Täter den ersten Mord mit einer quasi mittelalterlichen Waffe begehen, wenn er doch über ein Scharfschützengewehr verfügen kann?«

Escherlich sog nachdenklich an seiner Zigarette.

»Vielleicht weil er beim ersten Mal keinen Lärm machen wollte.«

»Ach komm, Peter! Das ist doch Unsinn! Und das weißt du auch.«

»Wahrscheinlich hast du recht.«

Inzwischen waren sie auf dem Frankenschnellweg angelangt. Eine Baustelle verengte die Fahrbahn, und Haevernick bremste auf die vorgeschriebenen sechzig Stundenkilometer ab. Hinter ihnen blendete ein BMW-Fahrer auf und fuchtelte mit den Händen herum.

»Sollen wir den hochnehmen? Was meinst du?«, schlug Escherlich vor.

»Ach, lass doch. Wir haben Besseres zu tun. Der wird das Autofahren auch noch irgendwann mal lernen. Spätestens, wenn er wegen seiner Flensburger Punkte ins Aufbauseminar muss.«

»Na gut«, pflichtete Escherlich seiner Kollegin bei.

»Du, weißt du, was mir nicht aus dem Kopf geht?«

»Was?«

»Das PSG1, das ist doch eine Waffe, die bei *uns* ziemlich verbreitet ist.«

»Stimmt. In der Ausbildung hab ich auch mal mit dem Ding geschossen. Ein ziemlich heftiges Teil. Aber eigentlich wird dieses Gewehr nur von Spezialeinheiten genutzt, SEK, MEK und so.«

»Aber trotzdem ...«

»Du meinst, dass Maximilian von einem Polizisten umgebracht worden sein könnte?«

»Auszuschließen ist es nicht.«

»Das denk ich nicht. In jedem besseren Sportschützenverein wird doch mit dem PSG herumgeballert.«

»Tja. Das ist nun auch wieder wahr.«

Sie hatten die Baustelle hinter sich gelassen. Haevernick beschleunigte auf hundert. Der BMW drehte auf und zog an ihnen vorbei.

Als sie an dem Haus an der Ecke Weißgerbergasse Maxplatz angekommen waren, hatte es leicht zu nieseln begonnen. Die Stadt war unter eine Glocke aus einem weißgrauen Himmel getaucht, die die drückende Sommerhitze abzumildern versuchte.

Haevernick lehnte an der Brüstung des Erkers und sah aus ihren hellen Augen hinüber in den Biergarten des Kettenstegs. Das Flatterband der Polizeiabsperrung glänzte im Regen.

»Ob wir vielleicht noch mal die Hausbewohner befragen sollten?«

»Das haben wir doch gestern schon getan, Astrid«, antwortete Escherlich in leicht genervtem Ton.

»Und du weißt auch, was dabei rausgekommen ist.«

»Nichts.«

»Eben!«

Er kannte seine Kollegin. Er kannte sie gut. Wenn die sich erst einmal in etwas verbissen hatte, dann gab die so schnell nicht auf.

»Wenn du unbedingt willst, Astrid, dann geh von mir aus noch mal Klinkenputzen! Ich werde mich da raushalten. Da gibt es andere Sachen, die meiner Meinung nach wesentlich wichtiger wären.«

»Und zwar welche?«

Escherlich kramte ein rotes Schächtelchen hervor, aus dem er eine Zigarette herauszog.

»Du wirst doch hier nicht rauchen! Das ist ein Tatort, Peter!«

»Jetzt redest du schon wie Werner! Bald langt's mir! Wo man geht und steht, wird man heutzutage diskriminiert als Raucher!«

Sichtlich aufgebracht zündete sich Escherlich den Glimmstängel an.

»Ist ja schon gut«, beruhigte ihn Haevernick und öffnete ein Fenster. Nach einer Kunstpause fuhr sie fort: »Was meintest du eben, als du gesagt hast, es gebe da Sachen, die wichtiger wären?«

»Na, zum Beispiel dieses Gewehr. Wir sollten mal abchecken, wer so ein Präzisionsgewehr besitzt.«

»Aber das kann doch ewig dauern!«

Escherlich öffnete den Mund. Mit einer beinahe andächtig anmutenden Geste blies er den Rauch aus dem Fenster.

»Wir beschränken uns auf die Schule. Auf alle Lehrer und erwachsenen Schüler.«

Haevernick nahm den Fenstergriff in die Hand und verschloss die Öffnung.

»Gut, einverstanden.«

Escherlich stand im Hauseingang und sah der schlanken Figur von Oberkommissarin Haevernick nach, wie diese zum Dienstwagen eilte. Wenn sie nur nicht so glücklich verheiratet wäre, dachte er und zog seine Zigarettenschachtel hervor. Nachdem er festgestellt hatte, dass diese leer war, knüllte er sie zusammen und ließ sie auf den Boden fallen.

Haevernick, die inzwischen von der Rück- zur Vorderansicht gewechselt hatte, war das ordnungswidrige Verhalten ihres Kollegen nicht entgangen. Mit einem durchdringenden Blick, der alles sagte, schaute sie Escherlich an. Der machte ein verlegenes Gesicht und ging schnell in die Knie.

»Sorry«, rief er, »war ein Versehen!«

Als er nach der Schachtel griff, fiel ihm eine Zigarettenkippe auf, die am Boden klebte. Escherlich hob sie auf und hielt sie gegen das schale Licht, das aus dem Himmel über Nürnberg kam. Auf der Banderole war noch der Markenname zu erkennen: Black Death.

»Astrid«, rief er, »wart noch mal.«

»Was ist, kannst du deinen Müll nicht alleine entsorgen?«

Er hielt ihr sein Fundstück hin.

»Vielleicht habe ich eine Idee, wie wir schneller zum Ziel kommen. Wir sollten mit unseren Recherchen beim Namen Black, ich meine …«, verbesserte er sich, »bei Barkhoff anfangen.«

Escherlich lächelte. Rauchen, so dachte er, Rauchen mochte ja schädlich für die Gesundheit sein. Aber manchmal half es eben auch bei der Aufklärung eines Mordfalles.

***

Diese amerikanischen Autos, dachte Klotz, nachdem er den Tunnel Schwarzer Berg hinter sich gelassen hatte, diese amerikanischen Autos verfügten durchaus über ein imposantes Motorengeräusch und Erscheinungsbild, doch ihr Kraftstoffverbrauch war die Hölle. Er würde es definitiv nicht mehr zur Ausfahrt Haßfurt schaffen. Bei der nächsten Möglichkeit würde er von der Autobahn müssen, und er betete, dass der Wagen bis dahin durchhielt.

Auf dem Abfahrtstreifen schaltete er den stotternden Motor aus und ließ das Auto ausrollen, bis er die Ausfallstraße erreicht hatte. Rechts erkannte er ein Schild, das einen Autohof ankündigte, der sich in unmittelbarer Nähe befand. Er betätigte den Anlasser und hoffte. Der Wagen sprang an, und mit einem Satz ließ er ihn nach vorn schnellen. Drückte das Gaspedal durch, als er in die ansteigende Straße einbog, die zu der Tankstelle führte.

Als er den Schnorchel der Benzinpistole in die dafür vorgesehene Öffnung einführte, wischte er sich den Schweiß von der Stirn. Er hatte den Eindruck, als hätte er einen Tausendmeterlauf hinter sich, so abgespannt, so ausgepowert fühlte er sich.

An der Kasse sagte man ihm, dass er genau die richtige Abfahrt gewählt habe, wenn er nach Haßfurt wolle. Er brauche gar nicht mehr zurück auf die Autobahn, das sei ein Umweg. Er könne entweder durch Knetzgau fahren oder über die Bundesstraße, das sei leichter. Man müsse nur den Schildern folgen.

Klotz dankte für die Auskunft. Kaufte sich eine Bockwurst und eine Cola und ging zurück zu dem pinkfarbenen Camaro.

Einer alten Gewohnheit folgend, öffnete er das Handschuhfach, um dort die Tankquittung abzulegen. Und da sah er sie, die P2000. Seine konnte es nicht sein, die hatte er ja gestern im Rahmen seiner Suspendierung abgeben müssen. Zweifellos handelte es sich um Escherlichs Dienstwaffe, dachte er. Escherlich musste sie gestern, als sie zum Kettensteg gefahren waren, in das Fach gelegt haben. Später hatte er sie dann – vermutlich aufgrund der sich überschlagenden Ereignisse – einfach vergessen.

Klotz biss nachdenklich in die Wurst und starrte durch die Windschutzscheibe. Er las die Wörter »Wasser« und »Druckluft«. Hinter ihm hupte ein Auto. Klotz fuhr von der Zapfsäule weg und hielt wenige Meter entfernt auf einem Parkplatz.

Escherlich war und blieb einfach ein Schlamper, dachte Klotz, als er die Dienstwaffe in der Hand wog. Das war nichts Ungesetzliches, was er hier gleich tun würde. Das war Schadensbegrenzung. Nicht auszudenken, was passieren würde, wenn eine unbefugte Person die Pistole in die Hände bekäme. Da wäre es auf jeden Fall besser, er hätte die Waffe am Mann. Er würde auf sie aufpassen, und wenn er Escherlich wieder traf, würde er sie ihm zurückgeben.

Unweigerlich fiel ihm ein Spruch ein, den er vor Kurzem gelesen hatte. War wahrscheinlich vom Dalai Lama, aber da war er sich nicht sicher. Vielleicht handelte es sich auch um eine asiatische Weisheit, deren Autor anonym war. »Es genügt nicht, zum Fluss zu kommen mit dem Wunsch, Fische zu fangen. Man muss auch das Netz mitbringen.«

Mit den Fingerspitzen strich Klotz über den Lauf der Pistole. Dann steckte er sie ein.

Der Ort empfing ihn mit seinem Industriegebiet. Er fuhr an einem Möbelhaus vorbei, das zu einer Kette gehörte, die sich auch in Nürnberg und anderswo wiederfand. War heute doch sowieso alles gleich, dachte er, die Städte zwischen Flensburg und Füssen, zwischen Aachen und Görlitz waren ohnehin nur noch dadurch zu unterscheiden, dass jeweils ein anderes Ortsschild vor ihnen stand.

Wahrscheinlich war es ein durch dieses Missempfinden ausgelöstes Bedürfnis, das ihn an einem Kreisverkehr nach links in Richtung Altstadt abbiegen ließ. Er folgte der Vorfahrtsstraße, die einen Bogen nach rechts beschrieb. An einer Friedhofsmauer parkte er.

Ob es die Bockwurst war oder anderes? Auf jeden Fall fühlte er sich fürchterlich elend. Es war wohl nicht zu leugnen, dass der Alkoholexzess von letzter Nacht in seinen Auswirkungen noch nicht ganz ausgestanden war. Er spürte, dass er dringend Luft brauchte.

Er trat in den Kirchhof, in dessen Mitte sich ein spätgotischer Sakralbau befand. Ging ein paar Schritte, atmete bewusst ein und aus. Als ihm langsam besser wurde, setzte er sich auf eine Bank und blickte auf die helle Fassade der Kirche. Oben, an der Abschlusskante, dem Fries des Bauwerks, erkannte er eine Menge farbig ausgemalter Schilde. Irgendwie gefiel ihm das. Diese Wappen hatten etwas Heiteres an sich. So etwas in dieser Art hatte er noch nirgendwo gesehen. Durch die hohen, transparenten Glasfenster wirkte das Gebäude hell und freundlich.

Er lehnte sich zurück und schloss die Augen. Ließ die Seele für einige Momente baumeln. Ob diese Regeneration im Schnellverfahren auf Dauer etwas brachte, das wusste er nicht, aber als er die Augen wieder öffnete, fühlte er sich deutlich geordneter.

Eine ältere Dame mit grauen Locken auf dem Kopf und einer grünen Gießkanne in der Hand schlich auf dem Weg vor ihm in seine Richtung. Klotz stand auf.

»Entschuldigen Sie, darf ich Sie mal etwas fragen?«

»Jo freilich. Was hammsa denn für a Brobleem?«

»Ähm, ich suche eine Familie Cordes. Die soll hier in Haßfurt wohnen.«

Der Blick der Frau nahm einen gedankenvollen Charakter an und schweifte langsam in die Ferne.

»Gordes hommsa gsacht?«

»Ja, genau.«

»Schwierich, do muss ich nochdenk.«

»Also, die Tochter heißt Linda. Die Eltern dürften so um die fünfzig sein, vielleicht ein wenig älter.«

»Sonst wissnsa nix?«

»Die Familie stammt aus Südamerika.«

Die Frau runzelte die Stirn, dann plötzlich erhellte sich ihre Miene.

»Kann des sei, dass des die Archentinier sinn?«

»Ja, ja! Argentinien, genau.«

»Nacher wäss ich Bescheid. Wenn des die Archentinier sinn, die ich meen, dann wohna die in der Näh vo der Talstraß. Des is in Sylbi. Do müssnsa nach Nordn. In *die* Richdung da.«

Die Frau streckte den Finger gegen die Fassade der Kirche.

»Gut. Dann fahr ich da mal hin. Haben Sie vielen Dank … Ach ja, und noch was.«

»Bidde?«
»Wie heißt denn die Kirche hier?«
»Des is die Ridderkappeln. Des wäss doch a jeds!«

In der Sylbacher Talstraße hatte er noch zwei Passanten fragen müssen, bis er in einer der Querstraßen das Haus endlich ausfindig gemacht hatte. Jetzt öffnete er eine schmiedeeiserne Tür, die zwischen zwei schneeweißen Balusterreihen hing, und schritt auf einen quadratischen Baukörper zu, der so tat, als sei er ein italienisches Landhaus. Während er über blitzblanke Terrakottafliesen der Haustür entgegenstrebte, irritierte ihn etwas, das sich in seinen linken Augenwinkel geschlichen hatte. Er drehte sich um. Im Vorgarten der mediterranen Villa stand ein rostiges Gebilde aus gebogenen Stangen, das von Ferne an ein Tier erinnerte. Ein Hirsch, ein Rentier oder ein Elch? Wie passte das zu Italien?, fragte sich Klotz und drückte die Klingel.

»Ja bitte?«

Das stahlblond gefärbte Haar der Mittfünfzigerin war zu einem Dutt gebunden. Die blauen Augen stachen aus einem Gesicht, das in seinem Leben wohl zu oft schon einer unkontrollierten Sonneneinstrahlung ausgesetzt worden war. Anders waren die massiven Verwerfungen der Haut nicht zu erklären, mutmaßte Klotz.

»Grüß Gott, Frau Cordes. Mein Name ist Bieringer, ich bin …«

»Wir kaufen nichts!«

»Nicht doch, Frau Cordes, ich bin ein –«

Klotz spürte den Windhauch im Gesicht, den ihm die Eichentür zufächelte, als sie ins Schloss fiel.

»Ich bin ein Kollege Ihrer verstorbenen Tochter!«, brüllte er das dicke Holz an.

Ein Nachbar, der sich bis dato hinter einer Buchsbaumhecke versteckt gehalten hatte, zeigte sein erschrockenes Gesicht. Es verschwand, als sich die Tür wieder öffnete.

Aus Frau Cordes' Miene war jede Strenge gewichen.

»Ein Kollege meiner Tochter?«

»Ja, Bieringer, Deutsch und … hat sie nie etwas von mir erzählt?«

Ihr Blick war plötzlich verhangen, der Mund geöffnet. Ihre Hände begannen, einander zu kratzen. Klotz bemerkte die vielen blutigen Stellen an Fingern und Handrücken.

»Darf ich reinkommen?«
»Bitte.«

Durch ein großes Fenster sah er nach draußen in den Garten. Auf einem Tisch stand ein leeres Weinglas, das nach und nach von winzigen Regentropfen benetzt wurde und zu schimmern begann.

»Kann ich Ihnen etwas anbieten? Einen Kaffee vielleicht?«

Klotz drehte sich um. »Nein danke. Nichts.«

»Bitte setzen Sie sich doch. Ja, die Sache mit Linda. Am Sonntag kamen zwei Beamte der örtlichen Polizei vorbei und haben gesagt, Linda sei ermordet worden. Ich kann es immer noch nicht fassen. Wer macht so was? Linda war so ein gutes, so ein diszipliniertes und zielstrebiges Mädchen. Eine große Karriere stand ihr bevor.«

Wenn Klotz etwas gelernt hatte, dann war es, den Redefluss von trauernden Menschen nicht zu unterbrechen. Bei den Vernehmungen musste man in der Regel das Mittel finden, das die Verzweiflung der Betroffenen so unerträglich machte, dass in den Trauernden ein Damm brach, aus dem es dann heraussprudelte. Bei Frau Cordes hatte Klotz nicht viel unternehmen müssen, genau genommen gar nichts. Die Wunde, die die Mutter in sich trug, war ja noch frisch. Klotz beschränkte sich also aufs Zuhören. Neue Informationen und Einsichten den Fall betreffend würden kommen, oder auch nicht.

Frau Cordes erzählte von Lindas Erfolg in der Schule. Wie sie als Einzige ihres Seminars aufgrund ihrer vorbildlichen Noten sofort eine Stelle als Studienrätin erhalten hatte. Sie war fleißig gewesen, aber es hatte auch Unterstützer gegeben, das wollte die Mutter gar nicht verhehlen. Allen voran der stellvertretende Direktor, Herr Spielmann. Er hatte sie ganz besonders unter seine Fittiche genommen. Hatte ihr großes Potenzial zur Entfaltung gebracht.

Plötzlich fing Frau Cordes an, auf Paul, den Ehemann ihrer Tochter, zu schimpfen. Sie nannte ihn einen Schmarotzer und Nichtsnutz. Klotz war einigermaßen überrascht von dem gedanklichen Sprung, ging aber davon aus, dass sich der Zusammenhang schon klären würde. Als sich die Frau allzu sehr in eine tief empfundene Ablehnung dem Schwiegersohn gegenüber hineinsteigerte, dachte der beurlaubte Hauptkommissar einen Moment lang darüber nach, ob er nicht nachfragen und sein Gegenüber auf diese Weise wieder in die Spur bringen sollte. Getreu seinen Prinzipien ließ er es dann aber sein und hoffte auf Besserung.

»Dieser Schmierenjournalist! Dass sie den geheiratet hat! Und dann hat der auch noch Lindas guten Namen angenommen, das muss man sich mal vorstellen! Wissen Sie, wie der vorher geheißen hat? Klötenmaier! Klötenmaier war dem sein Name! Na, kein Wunder!«

Klotz erinnerte sich an Paul Cordes' degenerierte Spermien, und er fragte sich, ob es für die Fruchtbarkeit des Schreiberlings nicht besser gewesen wäre, wenn er seinen Geburtsnamen behalten hätte. Aber das war ja Humbug, das war magisches Denken der allerübelsten Sorte.

Plötzlich änderte sich der Ton in Frau Cordes' Stimme. Sie klang mit einem Mal beinahe andächtig.

»Es hat halt nicht geklappt, wissen Sie. Das mit Lindas großer Liebe. Deshalb hat sie dann den Paul genommen. Er hat sie verehrt, hat sie vielleicht sogar geliebt, und deshalb hat sie ihn dann genommen, so wie man eine milde Gabe annimmt. Für sie war es einfach eine Notlösung. Sie war so maßlos enttäuscht darüber, dass Daniel …«

Frau Cordes geriet ins Stocken. Klotz spürte, dass das Gespräch an einem kritischen Punkt angelangt war. Jetzt musste er seine ursprüngliche Strategie ändern und eingreifen.

»Daniel?«

»Daniel Spielmann.«

»Studiendirektor Spielmann?«

»So ist es. Ein Jahr nachdem wir aus Buenos Aires nach Deutschland gekommen waren, haben sich Linda und Daniel kennengelernt. Hier auf dem Gymnasium in Haßfurt. Linda war sechzehn und seine Schülerin. Dass er fast zwanzig Jahre älter war, hat sie nicht gestört. Anfangs hatten mein Mann und ich Bedenken, aber die zerstreuten sich schnell, als wir sahen, was für ein adretter, aufrechter Mensch Daniel war. Und die beiden waren ja so verliebt ineinander. Wir waren überzeugt, dass sie heiraten würden.«

»Und warum kam es nicht dazu?«

Frau Cordes blickte auf und sah Klotz fest in die Augen.

»Die Sache kam natürlich ans Licht. Ein Lehrer und eine Schülerin. Missbrauch von Schutzbefohlenen nennt das unser Rechtssystem. Daniel wurde strafversetzt, nach Nürnberg. Seine Karriere schien am Boden, doch dann lernte er auf einer Fortbildung in München eine Ministerialrätin aus dem Kultusministerium kennen. Sie war nicht nur erfolgreich, sondern stammte zu allem Überfluss noch aus begütertem Elternhause. Da zog dann Linda den Kürzeren. Was soll ich noch sagen?«

»Und wie hat Linda das verkraftet?«

»Ja, ich weiß auch nicht. Eigentlich ganz entspannt. Sie nahm die Sache lockerer, als ich dachte. Machte brav ihr Studium in Erlangen. Nach dem Referendariat bewarb sie sich an die Schule, an der auch Daniel unterrichtete. Das wissen Sie ja, Sie sind ja auch auf dem Morlock.«

»Sie meinen, dass obwohl Daniel Spielmann eine andere geheiratet hatte, er und ihre Tochter weiterhin ein freundschaftliches Verhältnis pflegten?«

»So muss es wohl gewesen sein. Sie hat dann ja auch einen Mann gefunden.«

Klotz fuhr sich über die Stirn und räusperte sich.

»Oder«, versuchte er es vorsichtig, »kann es vielleicht sein, dass die ganze Zeit über, auch nachdem beide verheiratet waren, zwischen Daniel und Linda mehr war als nur Freundschaft?«

Frau Cordes sah Klotz mit einem Blick an, dem etwas Konspiratives anhaftete.

»Sie sind gut, Herr Bieringer, sehr gut. Man könnte fast meinen, sie wären eine Art Ermittler, ein Privatdetektiv vielleicht.«

»Damit kann ich leider nicht dienen. Ich bin nur ein Pauker, der versucht, den Kindern ein wenig Deutsch beizubringen«, log Klotz, ohne auch nur im Geringsten rot zu werden.

»Ja, ich glaube, die beiden haben sich geliebt. Wissen Sie, die große Liebe, das gibt es nur einmal im Leben. Und wer die beiden sah, wie sie sich anblickten, wie sie miteinander umgingen …«, Frau Cordes stand auf, »warten Sie, ich will Ihnen etwas zeigen.«

Klotz stierte in einen offenen Kamin, der sich ihm gegenüber an der Wand befand. Er konnte den Geruch von Asche wahrnehmen.

Als Frau Cordes wiederkam, hatte sie nicht nur ein Kaffeetablett dabei, unter ihrem Arm klemmte auch ein dickes Fotoalbum.

Es handelte sich im Wesentlichen um Jugendfotos von Linda. Auf einigen war auch Daniel Spielmann zu sehen, wahlweise mit einem Tennisschläger oder einer Grillzange in der Hand. Klotz musste

Frau Cordes recht geben. Die beiden machten einen glücklichen Eindruck.

»Sehen Sie hier, Herr Bieringer. Da waren die zwei gemeinsam im Urlaub, in Ägypten. Linda war gerade volljährig geworden.«

Geduldig sah sich Klotz Aufnahmen von Kamelen, Beduinen, Sphinxen, Tempeln und Pyramiden an. Von Luxor ging es ins Tal der Könige und schließlich nach Gizeh. Von Zeit zu Zeit stieß Frau Cordes einen Laut des Bedauerns aus, dann blätterte sie weiter.

»Und wo ist das?« Klotz deutete auf ein Foto, das ein hell leuchtendes Korallenriff zeigte.

»Hm. Das müsste am Roten Meer sein.«

»Ist das nicht gefährlich, dort zu tauchen?«

Frau Cordes lachte auf.

»Da haben Sie recht, Herr Bieringer. Aber der Daniel hat sich von den Haien nicht abschrecken lassen. Sehen Sie mal da. Was ist das für ein Fisch, den er da hochhält? Ist das ein Rochen?«

Klotz, der gerade mal einen Karpfen von einer Forelle unterscheiden konnte, warf zunächst einen oberflächlichen Blick auf das Bild. Als Frau Cordes schon umblättern wollte, bat er sie, noch eine Sekunde zu warten. Sah sich die Aufnahme genauer an. Erschrak. Überlegte. Nahm den Kaffee und trank ihn in einem Zug aus. Guckte mit enttäuschter Miene in die Tasse.

»Möchten Sie noch einen?«

»Gerne, wenn's keine Umstände macht.«

Klotz reichte ihr die leere Tasse.

»Augenblick, ich bin gleich wieder da.«

Als Frau Cordes den Raum verlassen hatte, entfernte Klotz die Fotografie aus dem Album und steckte sie ein. Dann blätterte er einige Seiten weiter.

Es war genau zwölf Uhr dreiunddreißig, als Klotz seinen Wagen neben der Fußballsäule auf dem Parkplatz des Max-Morlock-Gymnasiums abstellte.

In der Aula waren vereinzelt einige Schüler unterwegs. Sie nahmen keinerlei Notiz von ihm. Er war hier wohl doch weniger bekannt, als er vermutet hatte. Nun ja, schließlich hatte er hier auch nur drei Tage lang so etwas Ähnliches veranstaltet wie Unterricht. Und außerdem hatte lediglich eine einzige Klasse in den Genuss desselben kommen dürfen. Eigentlich ein bisschen schade, dachte Klotz, der sich nicht gänzlich für eine pädagogische Null hielt, und stieg die Treppe Richtung Verwaltungstrakt empor. Vielleicht hätte er diesem System etwas zu geben gehabt.

Als er am oberen Stiegenabsatz angekommen war, sah er eine Frau in einem froschgrünen Shirt aus der Lehrertoilette huschen. Er sah ihr Gesicht, und ihm fiel die Zeile eines Liedes ein, das er gerade im Radio gehört hatte. »Sie mit ihren gelben Augen und dem starken Überbiss … die transsilvanische Verwandte ist da …« Frau d'Abottiglia-Müller begegnete ihm mit einem hochnervösen Blick. Dann beschleunigte sie ihre Schritte und klopfte an die Tür des Direktorats.

Klotz klopfte nicht. Ohne Vorwarnung riss er die benachbarte Tür zum Büro des stellvertretenden Schulleiters auf.

Er sah auf den schwarz behemdeten Rücken von Daniel Spielmann. Der Beamte rührte sich nicht. Starrte auf einen Computerbildschirm, der auf einem breiten Schreibtisch vor ihm stand.

»Das scheint ja mächtig spannend zu sein«, rief Klotz nach ein paar Sekunden.

Langsam begann sich der Bürostuhl des Studiendirektors zu drehen.

»Ach, Herr Bieringer!«

Spielmanns Stimme vermittelte den Eindruck, als sei der Mann irgendwie abwesend. Klotz griff einen Chefsessel, der sich an einem benachbarten Tisch befand, baute die Sitzgelegenheit vor Spielmann auf und nahm Platz.

»Bieringer, das war mal. Mit dieser Ära habe ich abgeschlossen, und das wissen Sie auch. Mein Name ist Klotz, Hauptkommissar Werner Klotz. Ich bin der leitende Ermittler im Fall Linda Cordes, Ihrer Kollegin und Geliebten.«

Spielmann sah Klotz aus einem Gesicht an, das tief beunruhigt wirkte.

»Das haben Sie aber gut recherchiert, Herr äh …«

»Klotz.«

»Ja. Linda und ich haben ein Verhältnis. Das ist allseits bekannt, ein offenes Geheimnis sozusagen.«

»Ich glaube, Sie verwechseln da was, nämlich Präsens und Präteritum.«

Spielmann lehnte sich zurück und fuhr sich mit den Fingern seitlich durch das grau melierte Haar.

»Sind Sie etwa doch Deutschlehrer?«

»Nein, bin ich nicht. Da haben Sie recht. Aber wenn Sie schon an meiner Kompetenz in Grammatikfragen zweifeln, dann lassen Sie mich einen zweiten Versuch unternehmen: Ich glaube nicht, dass die Beziehung, die Sie mit Ihrer Geliebten bis zu deren Ableben hatten, öffentlich war. Ganz im Gegenteil. Ich glaube vielmehr, dass es in Ihrem allergrößten Interesse war und noch ist, dass Ihre Frau, der Sie so viel zu verdanken haben, nicht einmal ansatzweise etwas von Ihrer Affäre mit Linda Cordes mitbekommt. Ist es nicht so?«

Spielmann verschränkte die Hände hinter seinem Kopf.

»Birgit und ich führen eine vollkommen offene Ehe miteinander. Sie hat ihre Freiheiten und ich die meinen.«

»Gut. Wenn das so ist, dann ist ja alles in Ordnung. Dann haben Sie auch nichts zu befürchten. Ich habe übrigens zwei meiner Beamten zu Ihnen nach Hause geschickt. Die dürften sich gerade lebhaft mit Ihrer Gattin über das Thema austauschen.«

Klotz konnte nicht umhin, etwas schadenfroh in sich hineinzugrinsen, als er sah, dass Spielmann seine betont lässige Haltung brüsk auflöste und die Hände nach unten fallen ließ.

»Sie haben *was*?«

Jetzt grinste Klotz auch nach außen. Der erste Beschuss hatte Wirkung gezeigt. Nun galt es, die Bombe zu zünden. Er griff in die Tasche, zog das Foto hervor und hielt es Spielmann unter die Nase.

»Was ist das? Können Sie mir das erklären?«

Spielmann schwieg.

»Reden Sie!«

»Das ist ein Adlerrochen, eine Fischart, wie sie zum Beispiel im Roten Meer vorkommt.«

Klotz mahnte sich zur Beherrschung. Er rief sich den Führungsstil des Max-Morlock-Gymnasiums ins Gedächtnis und erwiderte: »Lieber Herr Studiendirektor Spielmann, Sie sind doch nicht etwa Lehrer für Biologie, oder?«

»Nein, natürlich nicht. Ich unterrichte Deutsch und Geschichte«, antwortete Spielmann, der ganz offensichtlich die Ironie in Klotz' Aussage und Ton nicht erkannt hatte. Lehrer und Witz, ärgerte sich Klotz, das war wie Feuer und Wasser, wie Himmel und Erde, wie Zucker und Salz. Das eine bedingte das andere, aber zusammen schlossen sie sich kategorisch aus.

»Genau, Herr Spielmann, sehr gut, Note Eins«, kommentierte Klotz, »ich will auch gar nicht wissen, welchen Fisch Sie da auf dem Foto in die Kamera halten. Mich interessiert das Gerät in der anderen Hand!«

»Ein Sportgerät, eine Harpune. Damit erlegt man Fische wie diesen Rochen da.«

»Oder Menschen. Vielleicht sogar die eigene Geliebte, nicht wahr?«

Spielmann schwieg. Man konnte seinen Pupillen dabei zusehen, wie sie langsam größer wurden.

»Herr Spielmann, es hat keinen Zweck mehr. Wir haben ein Überwachungsvideo, auf dem der Täter zu sehen ist. Wir werden die biometrischen Daten der Person auf dem Video mit den Ihrigen vergleichen. Ich bin mir sicher, dass wir da fündig werden.«

Spielmann starrte auf seine Hände, die er in seinem Schoß gefaltet hatte. »Gut«, brachte er endlich heraus. Er musste sich räuspern. »Ich war's. Ich habe Linda getötet.«

»Und?«, hakte Klotz nach.

»Nichts und.«

»Jetzt machen Sie mir doch nichts vor. Wir sind uns inzwischen sicher, dass Sie Linda Cordes gar nicht töten wollten. Wer war Ihr eigentliches Ziel?«

Spielmann löste seine Hände, öffnete sie, starrte auf deren Innenfläche.

»Was hab ich getan? Was haben diese Hände bloß getan? Ich habe das Größte, das Einzige vernichtet, was auf dieser Erde für mich von Bedeutung war. Den einzigen Menschen, den ich wirklich, wirklich geliebt habe.«

Stimmt, dachte Klotz, aber du hast nicht nur die Cordes geliebt, sondern auch das Geld deiner Frau, deine Karriere und vor allem dich selbst, du kleiner, selbstloser Narziss. Und du bist ja noch quicklebendig.

»Wen wollten Sie in dieser Nacht tatsächlich umbringen?«

Spielmann zog eine Flasche Whiskey und zwei Gläser aus einem Unterschrank.

»Wollen Sie auch einen?«

Klotz überlegte kurz.

»Nein, nicht im Dienst.«

Spielmann stellte eines der Gläser wieder zurück, schenkte sich ein und trank. Als er das Glas absetzte, verzog er das Gesicht.

»Barkhoff, Oberstudienrat Theodor Barkhoff.«

»Barkhoff? Hat der sich etwa an Frau Cordes herangemacht?«

Spielmann schüttelte den Kopf. »Das auch. Aber Barkhoff hat uns vor allem erpresst, Linda und mich.«

»Er wusste von Ihrem Verhältnis.«

»Er *wusste* nicht nur, er hatte Beweise, handfeste Beweise sogar.«

Spielmann griff nach einem Schlüsselbund, der neben der Computertastatur lag. Dann schloss er eine Schreibtischschublade auf, nahm ein Kuvert heraus und reichte es seinem Gegenüber.

Klotz sah sich die Fotos an. Sie zeigten Linda Cordes und Spielmann, vollkommen nackt und in expliziten, stellenweise wechselnden Positionen.

»Wo ist das aufgenommen worden?«

»In den Duschräumen der Sporthalle.«

Klotz zwang sich, die Lichtbilder ausschließlich unter beruflichen Gesichtspunkten zu betrachten. Dennoch konnte er nicht ganz umhin, die Schönheit von Linda Cordes, die quasi absolut erschien, zumindest rein rational zu konstatieren.

»Vor einem halben Jahr kam er damit an«, führte Spielmann weiter aus, »wollte fünfzigtausend Euro und eine Funktionsstelle. Wenn ich ihm das Geforderte nicht beschaffen würde, dann ließe er die Fotos Lindas Mann und meiner Frau zukommen. Das waren seine Worte.«

»Funktionsstelle?«

»Ein Amt in der Schulhierarchie, das einem die Beförderung zum Studiendirektor ermöglicht.«

»Verstehe. Und Sie haben gezahlt?«

»Ja, wir haben gezahlt. Was hätten Sie denn getan?«

»Und dann?«

»Dann lief alles gut, zumindest eine Weile. Er hat mir die Fotos ausgehändigt und einen Speicherchip. Angeblich der Originalchip aus der Kamera, mit der die Bilder aufgenommen worden waren. Barkhoff schwor, dass es keine Kopien gebe. Im Zeitalter des digitalen Datentransfers kann man sich solch einer Aussage natürlich nicht wirklich sicher sein, aber Linda und ich beschlossen, Barkhoff zu glauben. Wir waren froh, dass die Sache relativ glimpflich über die Bühne gegangen war. Wir wollten einfach nur unsere Ruhe.«

»Aber?«

»Vor zwei Wochen fing dann alles wieder von Neuem an. Er hätte Schulden, er hätte sich am Wochenende verzockt und bräuchte jetzt siebzigtausend Euro, um seine Verbindlichkeiten zu bezahlen. Natürlich habe ich mich geweigert, zunächst. Da allerdings offenbarte Barkhoff, dass er eben doch Kopien der Fotos besaß. Zum Beweis gab er uns einen USB-Stick. Wir waren fix und fertig, als wir darauf die Bilder wiederfanden, von denen wir glaubten, sie seien vernichtet.«

»Sie hätten zur Polizei gehen können.«

Spielmann sah Klotz mit einem Blick an, der sich zwischen Verständnislosigkeit und Verachtung bewegte. Schließlich stürzte er den restlichen Alkohol aus seinem Whiskeyglas herunter.

»Wir wollten, dass die Sache aufhört. Endgültig. Nun, was soll ich weiter erzählen? Barkhoff erschien zum verabredeten Zeitpunkt auf dem Lorenzer Platz, um sich mit Linda zu treffen. Sie hatte ihm erzählt, dass sie ihm die gewünschte Summe geben wolle. Das Geld würde sich in einem Schließfach im Vorraum der HypoVereinsbank befinden, was natürlich Unsinn war.«

»Das verstehe ich nicht«, hakte Klotz nach, »warum geht Barkhoff auf ein Treffen mit Linda Cordes um vier Uhr morgens ein? Wie haben Sie das fertiggebracht, ihn zu dieser unheiligen Zeit auf den Platz zu locken?«

Spielmann fasste sich mit der rechten Hand an die Stirn und seufzte.

»Linda hatte Barkhoff gegenüber schon ein paar Tage zuvor angedeutet, dass sie sich von mir trennen wolle. Sie hat ihm schöne Augen gemacht, hat ihm zu verstehen gegeben, dass sie gerne mehr als nur eine Freundschaft mit ihm möchte. Eine Stunde vor dem Treffen hat sie dann mit ihm telefoniert. Hat ihm erzählt, es sei aus zwischen ihr und mir. Sie habe aber noch den Schlüssel für mein Bankschließfach. Sie würde jetzt das Geld holen, am Lorenzer Platz. Sie sagte, dass sie es schön finden würde, wenn er sie dort abhole. Sie würde gerne den Rest der Nacht mit ihm verbringen.«

Klotz schüttelte den Kopf. Was Männer alles so taten, wenn sie anfingen, statt mit dem Hirn mit dem Schwanz zu denken. Wenn Frauen von einem etwas wollten und dabei den großen Wegweiser zwischen den Beinen anreizten, so sollte man diesem auf keinen Fall folgen, so viel hatte Klotz in seinem Ermittlerleben und auch privat schon herausgefunden.

»Gut, Herr Spielmann. Ich denke, das reicht. Auch wenn Sie Ihr eigentliches Ziel verfehlt haben, so muss ich Sie doch wegen Mordes an Linda Cordes festnehmen.«

Spielmann sah ihn an. Plötzlich wirkte er weder verzweifelt noch müde. Machte eher einen klaren, einen vollkommen ruhigen Eindruck.

»Können wir das nicht diskret lösen, Herr Kommissar?«

Klotz führte seinen Zeigefinger zu den Lippen, legte ihn für eine Sekunde quer über sie und ließ ihn dann zum Kinn hinabrutschen.

»Ich glaube, wir können das Gebäude verlassen, ohne dass ich Ihnen Handschellen anlege. Vorsichtshalber werde ich meine Hand an der Waffe haben«, Klotz zog Escherlichs Pistole hervor, »für den Fall, dass Sie auf dumme Gedanken kommen.«

»Das werde ich sicher nicht. Ich bin Ihnen sehr dankbar, Herr Klotz.« Einen Moment lang hatte in Spielmanns Gesicht der kleine Junge aufgeblitzt. »Eine Frage noch.«

»Ja?«

»Dürfte ich Herrn Dr. Löterich über die Situation informieren?«

»Das muss nicht sein. Das können wir auch telefonisch vom Präsidium aus machen.«

»Ja, aber ... Ich würde mich gerne persönlich von meinem Vorgesetzten verabschieden, verstehen Sie? Zwischen Friedhelm und mir herrschte von jeher ein ganz besonderes Vertrauensverhältnis. Ich würde es ihm gerne mit meinen eigenen Worten erklären.«

Klotz überlegte.

»Ich gebe Ihnen fünf Minuten.«

»Danke!«

Spielmann verließ den Raum durch eine Verbindungstür, die direkt in das Büro des Schulleiters führte.

Auf dem Computerbildschirm konnte man eine Liste erkennen, in der verschiedene Klassenbezeichnungen und Lehrernamen eingetragen waren. Es ging wohl um die Klassenverteilung für das kommende Schuljahr, mutmaßte Klotz, nachdem er sich die Tabelle etwas genauer angesehen hatte. Neben dem Bildschirm stand das Foto einer rothaarigen Frau, die Klotz auf Mitte sechzig schätzte. Vermutlich Birgit, Spielmanns Gattin.

Klotz setzte sich wieder auf seinen Chefsessel. Plötzlich fiel ihm eine halb geöffnete Schublade auf, aus der ein Buch ragte. Klotz konnte sogar den Namen des Verfassers auf dem Umschlag erkennen. »Daniel Spielmann« stand da. Er nahm das Bändchen aus dem Schubfach. Es war ein Lyrikband. An einer beliebigen Stelle schlug Klotz auf:

Verloren
Für L.

In Dir bin ich verloren,
Dich hat mein Herz erkoren,
Muss ich auch gefangen sein,
In Deine Augen find ich rein,
Werde immer warten,
Egal, was auch die zarten
Zweifel mit mir machen,
Ich werde immer wachen.

Am liebsten hätte sich Klotz gekniffen. Doch, dies war tatsächlich die Wirklichkeit. Da erschien einem ja mit einem Mal Goethes »Werther« wie der Inbegriff wahrer Poesie. Lehrer, so dachte Klotz, Lehrer sollten es vielleicht dabei belassen, die Tafel vollzuschreiben und keine Buchseiten. »Ich werde immer wachen.« Das war ja wohl zum Lachen. Er kannte da eine Kasse bei Aldi, die bessere Lyrik hervorbrachte als dieser sentimentale Studiendirektor. Klotz klappte den dichterischen Geniestreich zusammen und warf ihn zurück in den Schubkasten.

Er sah auf die Uhr und erschrak. Spielmann war schon länger als zehn Minuten abwesend. Klotz sprang auf, ging zur Verbindungstür und klopfte. Keine Antwort. Er öffnete die Tür, trat in das Büro des Schulleiters ein.

Als Erstes fiel das leere Aquarium auf. So ganz ohne Wasser, Pflanzen und Fische machte es einen trostlosen Eindruck. Was ihn aber viel mehr beunruhigte, war die Tatsache, dass sich im Direktorat nicht nur keine Doktorfische, sondern auch keinerlei Doktoren mehr befanden. Er schritt zu einer gegenüberliegenden Tür, riss sie auf und stand nun im Sekretariat. Eine Theke trennte ihn von den beiden Sekretärinnen, die an ihren Schreibtischen saßen. Die ältere der beiden drehte sich zu ihm um.

»Herr Bieringer, was machen Sie denn hier?«

»Rufen Sie die Polizei, schnell!«

Die Schreibkraft senkte den Kopf und warf Klotz über den Rand ihrer Lesebrille einen stumpfen Blick zu. In scharfem Ton stieß sie hervor: »Herr Bieringer, bitte verlassen Sie unverzüglich das Schulgebäude. Sie sind bis auf Weiteres vom Dienst beurlaubt. Was haben Sie überhaupt in Dr. Löterichs Büro zu suchen?«

»Sie verstehen nicht! Spielmann, wo ist Spielmann? Ihr stellvertretender Schulleiter ist ein Mörder!«

Die Sekretärin wandte sich von ihm ab und ihrer Kollegin zu.

»Inge, würdest du bitte Hausmeister Schwefel informieren? Er soll umgehend kommen, wir haben hier ein Problem. Es eilt!«

Die Angesprochene nahm den Hörer ihres Telefonapparats ab und tippte zwei Ziffern.

»Hören Sie, das ist ein Missverständnis! Ich bin nicht Bieringer, ich bin Hauptkommissar bei der Nürnberger Kriminalpolizei und kläre hier gerade einen Mordfall auf!«

Die beiden Sekretärinnen schienen ihn gar nicht zu beachten.

»Hausmeister Schwefel ist unterwegs, kann ich sonst noch etwas machen, Rita?«

»Ja, ruf doch bitte einen Krankenwagen. Wir haben hier einen schizophrenen Lehrer, der dringend Hilfe braucht.«

So schrecklich die Lage auch sein mochte, als er den Ausdruck »schizophrener Lehrer« hörte, tauchte für den Bruchteil einer Sekunde das Wort »Pleonasmus« vor Klotz' geistigem Auge auf. Er hatte es wohl im Rahmen seiner Unterrichtsvorbereitungen irgendwo gelesen.

»Rita! Inge! Jetzt hören Sie mir doch einmal zu …«

So intim beim Vornamen berührt zuckten die beiden Damen zusammen. Ängstlich starrten sie ihn an.

Die Tür sprang auf. Es erschien ein rundes, zerfurchtes Gesicht, das mit einer Millimeterfrisur abschloss. Das Hauptmerkmal, das der Hüne von Mann, zu dem dieses Gesicht gehörte, ausstrahlte, war pure Gewalt.

»Herr Schwefel, endlich!«, rief eine der Sekretärinnen erleichtert aus.

Klotz begriff sofort: Wenn ihn dieser Typ erst mal in seinen massigen Fingern hätte, dann wäre alles zu spät. Aus zwei rot unterlaufenen Augen sah ihn Hausmeister Schwefel an und tat einen Schritt auf ihn zu. Klotz folgte seinem Instinkt und zog die Pistole hervor. Hob sie in Richtung Decke und schoss. Weißer Putz bröselte auf die Sekretariatstheke. Der Hausmeister hatte kehrtgemacht und war aus dem Raum gestürmt. Die beiden Verwaltungsangestellten lagen mit dem Bauch auf dem Boden und hielten sich die Hände über den Kopf. Geht doch, dachte Klotz erleichtert, warum nicht gleich so, und lief hinaus auf die Empore.

Was sollte er tun? Wie ging es weiter? Er musste Spielmann unbedingt finden, doch wo sollte er anfangen zu suchen? Spielmann hatte vermutlich das Schulgelände längst verlassen. Klotz rannte die Treppe hinunter. Aus einem der Gänge strömten Kinder in die Aula. Sie trugen Sportkleidung und wirkten verstört, einige schrien, andere weinten. Klotz erkannte seinen Sohn.

»Frederik!«

»Papa?«, drang es durch das Stimmengewirr. »Papa!«

Die beiden drängten sich durch die Schulklasse, liefen aufeinander zu. Frederik war ganz verschwitzt, seine Augen waren weit aufgerissen, er keuchte. Klotz nahm seinen Jungen bei der Schulter.

»Was ist los, Frederik?«

»Der Spielmann …«

Frederik musste husten.

»Was ist mit dem Spielmann?«

»Wir haben Basketball gespielt, da kam plötzlich der Spielmann in die Halle. Er hatte so ein Ding in der Hand mit einem Pfeil.«

»Eine Harpune?«

»Ja. Er hat wie wild rumgebrüllt. Ich hab das gar nicht verstanden. Immer wieder hat er nach Barkhoff gerufen. Wir sind dann alle weggelaufen wie verrückt.«

»Und jetzt sind die beiden in der Sporthalle?«

»Ja.«

Klotz nahm den Kopf seines Sohnes zwischen seine Hände.

»Frederik, du musst mir helfen.«

»Klar, Papa.«

Frederik zeigte seinem Vater den Weg zur Sporthalle. Sie blieben in einem Umkleideraum stehen, in dem es nach generationenaltem Schweiß und Feuchtigkeit roch. Aus der angrenzenden Halle drangen Schreie. Klotz ging in die Knie und blickte seinem Sohn fest in die Augen.

»Das macht der Papa jetzt alleine, okay?«

»Okay. Aber pass auf dich auf, bitte.«

Klotz sah, wie sich in den Augenwinkeln seines Jungen Tränenflüssigkeit sammelte.

»Mach dir keine Sorgen um den Papa. Mir wird nichts passieren. Das versprech ich dir.«

Er drückte den Bub an sich.

»Und jetzt lauf wieder zurück zu den anderen. Such einen Lehrer oder geh ins Sekretariat. Verstanden?«

»Verstanden.«

»Also dann, los jetzt.«

Frederik wandte sich um und rannte los. Klotz zog seine Waffe.

Am anderen Ende der Sporthalle lag Barkhoff, den Oberkörper gegen einen Betonpfeiler gelehnt. Von Spielmann keine Spur. Und kein Versteck weit und breit. Nur eine geöffnete Tür zwischen den Kletterwänden. In gebückter Haltung lief Klotz an der Mauer entlang. Als er die Türöffnung erreichte, drehte er sich ruckartig um und streckte die Pistole aus. Nichts. Nur ein leerer Treppenaufgang.

Barkhoff schrie auf.

Klotz sah zu ihm hinüber. Im Oberschenkel des Sportlehrers steckte ein Pfeil.

»Wo ist Spielmann?«, rief er dem Verletzten zu.

»Ich … ahhh … ich … diese Schmerzen!«

Klotz senkte ungeduldig die Waffe und ging zu ihm.

»Na, Theo, wie geht's?«

Dem Verwundeten entging die Ironie in seiner Stimme. »Beschissen! Das siehst du doch!«

»Soll ich dir helfen?«

Hoffnungsvoll schaute Barkhoff ihn an. »Ich brauche einen Krankenwagen, Mann!«

Klotz griff nach dem Pfeil, der in Barkhoffs Schenkel steckte, und bewegte ihn ein wenig hin und her. Der Sportlehrer schrie wie am Spieß.

»Und jetzt noch mal: Wo ist Spielmann? Wo geht's da hin, durch diese Tür da drüben?«

»Ahhh, aufs Dach! Er ist aufs Dach! Verdammte Scheiße! Ahhh, tut das weh!«

»Also dieser Theo Barkhoff, das ist ein Weichei vor dem Herrn. Ständig heult der rum«, brachte Klotz in gespieltem Tonfall hervor und hoffte, dass Barkhoff trotz seines angeschlagenen Zustands das Zitat auch ohne Fußnote als solches erkannte.

Man sieht sich immer zweimal im Leben, dachte Klotz, als er den Treppenaufgang erreichte und nach oben stieg.

Klotz stand auf einer Leiter. Er blickte aus einer stählernen Öffnung, die zum Dach führte. Der Fernsehturm war in ein diesiges Licht getaucht. Graue Wolken streiften um seine Spitze. Klotz brachte seine Waffe in Anschlag. Dann sprang er nach draußen, so schnell er konnte, und landete auf einer Fläche aus feinem Kies. Er drehte sich um. Sah an einem Lüftungsschacht vorbei und erkannte die geschweiften Giebel der Villa Leon.

»Spielmann! Kommen Sie raus!«

Klotz lief auf den Lüftungsschacht zu. Er glaubte, eine Bewegung wahrgenommen zu haben.

»Keinen Schritt weiter, Klotz!«

Spielmann war hinter dem Schacht hervorgetreten. Er schob Dr. Löterich vor sich her, dessen Hände offensichtlich hinterm Rücken zusammengebunden waren.

»Keinen Schritt weiter«, wiederholte Spielmann und versetzte Löterich einen solch heftigen Tritt, dass dieser mit dem Gesicht nach vorn auf den Kies fiel. Dann richtete der stellvertretende Schulleiter seine Harpune auf den Direktor. So viel zum Thema persönlicher Abschied, dachte Klotz.

»Waffe runter! Wenn Sie näher kommen, ist Dr. Löterich tot!«

Klotz überlegte. Von allen Seiten der Stadt ertönten Martinshörner, die langsam näher kamen. Hie und da blitzte ein Blaulicht auf. Verstärkung war also schon unterwegs.

»Waffe runter, hab ich gesagt!«

Dass diese Lehrer immer alles zweimal sagen mussten. Er war doch nicht taub.

»Von mir aus können Sie ruhig abdrücken. Sie glauben doch nicht, dass ich einem Schulleiter nachtrauern werde, der mich nach gerade mal drei Tagen entlässt.«

Klotz wusste, dass das hoch gepokert war. Aber von so einem lausigen Mörder wie diesem Spielmann würde er sich nicht erpressen lassen. *Er nicht!*

Löterich hob sein verschrammtes Gesicht vom Boden und starrte Klotz an. In seinen Zügen stand das blanke Entsetzen.

»Herr Klotz, Sie können doch nicht allen Ernstes ...«

»Halten Sie die Klappe, Löterich! Das hier ist mein Fachbereich. Oder unterrichten Sie etwa Kriminalistik?«, entgegnete Klotz kaltschnäuzig.

Er sah in den Himmel, der sich immer mehr verdunkelte. Um das gesamte Gebäude herum flackerten inzwischen die Blaulichter.

»Sie haben keine Chance, Spielmann! Werfen Sie die Waffe weg und ergeben Sie sich!«

Plötzlich richtete Spielmann die Harpune auf Klotz und drückte ab. Klotz warf sich auf den Boden und schoss. Sprang sofort wieder auf und lief auf Spielmann zu, der sich den Oberarm hielt.

»Sie haben mich getroffen!«

Zwischen Spielmanns Fingern quoll das Blut hervor.

»Sie mich nicht«, kommentierte Klotz und griff Spielmanns unverletzten Arm, »typisch.«

Der Himmel begann zu grollen. Klotz sah sich um. Auf den umliegenden Dächern bewegten sich die schwarzen Silhouetten von Scharfschützen des Spezialeinsatzkommandos. Für den Bruchteil einer Sekunde erhellte das Licht eines Blitzes die gespenstische Szenerie. Da kommt die Artillerie, dachte Klotz und hob die freie Hand, um den Kollegen zuzuwinken. Die konnten sich den Aufwand sparen.

»Heh!«, rief er.

In diesem Moment gelang es Spielmann, sich dem Griff des Ermittlers zu entziehen. Er versetzte Klotz einen Stoß und rannte direkt auf das Ende des Daches zu. Es gab keinen Zweifel. Spielmann wollte springen! Es blitzte erneut.

»Herr Bieringer«, dröhnte die metallische Stimme eines Megaphons, »geben Sie auf! Das Gebäude ist umstellt!«

Hatte er da gerade richtig gehört?

Klotz war so verblüfft, dass er einen Moment zögerte. Tatenlos sah er zu, wie Spielmann die Kante des Daches erreichte.

»Nicht!«, schrie Klotz.

Der Studiendirektor sprang.

Strauchelte über etwas. Fiel mit dem Oberkörper nach unten. Ein durchdringender Schrei.

»Legen Sie Ihre Waffe auf den Boden und nehmen Sie die Hände über den Kopf!«

Klotz ignorierte die Aufforderung und lief zu der Kante, hinter der Spielmann verschwunden war. Das durfte doch nicht wahr sein.

War es auch nicht. Als er ankam, sah er, dass sich Spielmanns Fuß in einem Stahlseil verheddert hatte, das die Dachkante zur Sicherung umgab. Der Studiendirektor hing, nur vom atmungsaktiven Material seiner Sportschuhe gehalten, kopfüber über dem Abgrund. Klotz schnappte nach Spielmanns Fuß.

»Das darf doch wohl nicht wahr sein!«, wiederholte Klotz seinen Gedanken laut. »Sie sind nicht nur ein unbegabter Mörder! Sie sind auch noch ein ganz miserabeliger Suizident! Das ist ja wohl zum Lachen. Nehmen Sie sich mal ein Beispiel an diesem Werther.«

»Herr Bieringer«, trompetete das Megaphon erneut, »dies ist die letzte Warnung. Beenden Sie Ihren Amoklauf! Stehen Sie auf und nehmen Sie die Hände über den Kopf, sonst erfolgt die Schussfreigabe!«

Waren die Kollegen vom SEK denn des Wahnsinns? Er, Klotz, ein Amokläufer? Wie kamen die bloß auf so eine Idee?

»Herr Kommissar«, röchelte plötzlich eine Stimme neben ihm.

Klotz wandte den Kopf um. Der Direktor hatte es geschafft, mit auf den Rücken gefesselten Händen durch den Kies bis zu ihm zu robben. Er war bedeckt mit Schmutz, den die ersten Regentropfen in schwärzliche Bahnen verwandelten, die sich über sein Gesicht zogen.

Klotz strahlte.

»Mensch, Löterich! Konfrontation gesucht, was? Na, drehen Sie sich um, damit ich Sie losbinden kann.«

Der Schulleiter gehorchte aufs Wort. Mit der einen Hand hielt Klotz Spielmann fest, mit der anderen knotete er das Seil auf, mit dem Löterich gefesselt war. Als er die Aktion beendet hatte, fixierte er Spielmann mit dem neu gewonnenen Strick. Dann richtete er sich auf.

Sofort zischte eine Kugel an seinem Kopf vorbei.

»Seid ihr irre?«, brüllte Klotz. Noch so ein Nichtskönner, schoss es ihm durch den Kopf, während er die Hände nach oben riss. In diesem Augenblick begann es, wie aus Kübeln zu schütten.

Zum zweiten Mal innerhalb einer Woche war er festgenommen worden, und auch diesmal hatte man ihn wieder gehen lassen. Ohne Anzeige wegen Beleidigung in diesem Fall. Nachdem er dem Erschießungstod so knapp von der Schippe gesprungen war, hatte Klotz es unterlassen, sich irgendwie aufzuregen oder herumzupoltern. Er war einfach nur froh. Froh, dass der Mörder von Linda Cordes endlich dingfest gemacht worden war. Froh, dass sein Sohn unten heil und glücklich auf ihn gewartet hatte.

Die Glocke der Jakobskirche schlug halb vier, und er sah auf den Schreibtisch, der sich vor seinem Bauch befand. Da lagen sie. Alle beide. Sein Dienstausweis und seine Waffe.

Zum Glück waren Escherlich und Haevernick rechtzeitig an der Schule gewesen. Alles hatte sich schnell aufgeklärt. Die Einsatzwagen des SEK waren als Gefangenentransporter missbraucht worden, und Klotz war in seinem Pussy Wagon mit seinen beiden treuen Kollegen ins Präsidium gefahren. Als sie dort ankamen, hatten Polizeipräsident Huber und Staatsanwältin Gulden bereits an der Pforte auf sie gewartet. Hatten Klotz und sein Team öffentlich vor allen Beamten über den grünen Klee gelobt. Die ungewöhnlichen, bisweilen befremdlichen Ermittlungsmethoden des Hauptkommissars waren plötzlich vorbildlich. Ja, im 21. Jahrhundert müsse man den Mut haben, die ausgetretenen Wege einer Ermittlungsarbeit, die auf bloßer Lehrbuchroutine basierte, zu verlassen und neue, unbekannte Pfade einschlagen. So sei das, hatte Huber in pathetischem Ton in die Runde gerufen, und dann hatten sie alle geklatscht.

Es war nicht so gewesen, dass sich Klotz nicht gefreut hätte, aber für ein echtes, befreites Lachen hatte es nicht gereicht. Beinahe teilnahmslos musste er gewirkt haben, als ihm Huber nach dem öffentlichen Teil seine Amtsinsignien wieder ausgehändigt hatte. Als er ihm mitgeteilt hatte, dass Polizeimeister Bayer von der Inspektion West auf seine, Hubers, Initiative hin seine Anzeige bereits zurückgezogen hatte und dass er, Klotz, nun dastand wie ein völlig unbeschriebenes Blatt. Weiß und jungfräulich sozusagen. Jungfräulich, hatte Klotz gedacht. Er fühlte sich wie alles Mögliche, aber sicher nicht jungfräulich. Und das war wieder so ein Moment gewesen, wo er sich nach einer Zigarette gesehnt hatte.

Klotz sah hinüber zum Rollschrank, über dem die sonnenbeschienene Dartscheibe hing. Gelangweilt warf er einen Pfeil in die Zwanzig. Er atmete ein, er atmete aus, betrachtete das Telefon, dachte an Melanie. Dann klopfte es.

»Herein!«

Sekretärin Zangenberg und ihre bemerkenswerte Figur standen in der Tür.

»Leonie?«

»Ich wollte nur …«

»Ja?«

»Ich wollte Ihnen nur sagen, dass ich froh bin, dass Sie wieder bei uns sind, Herr Hauptkommissar.«

Klotz musste lächeln. Konnte es etwas Schöneres geben, als wenn sich Naivität, Wahrheitsliebe und Weiblichkeit miteinander paarten? Er sah ihr in die hellen Augen.

»Das ist lieb von Ihnen, Leonie. Sehr lieb, danke.«

Die Sekretärin lachte. Es schien so, als hätten sie Klotz' Worte gerührt.

»Ach ja, und noch etwas möchte ich Ihnen sagen.«

»Ja?«

»Also, wenn Sie es möchten, dann kann ich Ihnen auch gerne mal wieder die Haare frisieren. Das macht mir Spaß, wissen Sie.«

Plötzlich erschien Escherlich hinter der Sekretärin. Er hatte zwei Becher Automatenkaffee in den Händen. Leonie Zangenberg verabschiedete sich und schloss die Tür.

»Möchte echt mal begreifen, warum die auf dich steht«, stieß Escherlich in einem Ton hervor, der einen gewissen Neid erkennen ließ.

»Du glaubst, dass Leonie …? Ach, so ein Unsinn!«
»Unsinn? Hast du mal gesehen, wie die dich anschaut?«
Escherlich stellte Klotz einen Kaffeebecher hin.
»Hör auf, Peter. Das bildest du dir ein.«
»Ich weiß doch, was ich sehe.«
Klotz nahm einen Schluck, sah aus dem Fenster und schwieg einen Moment.
»Themenwechsel. Wie sieht es mit dem Verhör aus?«
»Mit Spielmann sind wir so weit fertig. Er hat sein Geständnis bereits unterschrieben. Was Barkhoff angeht, so müssen wir noch abwarten, bis er von der Operation genesen ist. Wird wohl noch ein paar Tage dauern, bis wir ihn vernehmen können.«
Escherlich hatte sich dem Hauptkommissar gegenübergesetzt und war gerade dabei, sich eine Zigarette anzuzünden. Klotz überlegte, ob er dem Kollegen das Rauchen untersagen sollte. Seit dem Nichtrauchergesetz war ja das Rauchen in staatlichen Gebäuden strengstens untersagt. Auf der anderen Seite war es Sommer, und das Büro war gut durchlüftet. Und außerdem wollte Klotz niemals eines sein: Ein ehemaliger Raucher, der sich einer militanten, faschistoiden Hetze anschloss, wie sie in Deutschland inzwischen Mode geworden war.
»Kannst du vielleicht das Fenster öffnen?«
»Klar.«
Klotz nippte an dem Kaffeebecher. »Du, Peter. Eines würde mich noch interessieren.«
»Ja?«
»Wisst ihr schon, warum Barkhoff Maxi Rausch erschossen hat?«
»Nun ja, ich habe gerade mit Haevernick darüber gesprochen. Bevor Barkhoff in den Krankenwagen geladen wurde, hat sie noch mit ihm reden können. Offensichtlich hat zwischen Maxi und Barkhoff ein besonderes Vertrauensverhältnis bestanden. Maxi hatte in Barkhoff wohl so etwas wie einen Ersatzvater gesehen. Auf jeden Fall hat ihm Maxi seine Liebe zur Cordes anvertraut. Barkhoff hat dem Jungen Mut gemacht. Hat ihm gesagt, dass das zwischen ihm und der Cordes durchaus eine Zukunft haben könnte.«
»Ist der denn bescheuert?«
»Mitnichten, Werner, mitnichten! Barkhoff hat das Ganze äußert raffiniert angestellt.«

Dass ein gewisses Talent für Raffinesse und Intrige ein allgemeines Wesensmerkmal des Lehrkörpers darstellte, das hatte Klotz während seiner Ermittlungsarbeit an nicht wenigen Stellen erleben dürfen.

Escherlich führte weiter aus: »Er hat Maxi versprochen, dass er die Cordes kriegen würde. Dafür müsse er, Maxi, allerdings tun, was er, Barkhoff, ihm sage. Und als Allererstes musste man natürlich das Verhältnis zwischen Linda Cordes und Daniel Spielmann zerstören.«

»Okay, jetzt wird mir einiges klar.«

Escherlich nahm einen tiefen Zug. »Also hat er den Jungen auf das Liebespaar angesetzt. Hat ihn Fotos schießen lassen von den beiden, die sie in eindeutigen Situationen zeigten.«

»Die Fotos, die mir Spielmann gezeigt hat.«

»Genau. Dem Jungen gegenüber hat Barkhoff behauptet, dass man mittels der Bilder Spielmann davon abbringen könnte, dass er weiter mit der Cordes rummacht.«

»In Wirklichkeit ging es ihm nur darum, die beiden zu erpressen. Es ging ihm nur um die Kohle. Der Junge hat ihn einen Dreck interessiert.«

»Wohl wahr. Dummerweise hat Barkhoff die Festnahme von Maxi Rausch mitbekommen.«

»Die Sache bei Mr. Wash.«

»Jep. Und dummerweise ist der Mann nicht nur Sportlehrer, sondern auch Sportschütze. Er ist uns zum Kettensteg gefolgt. Ist hoch in den Erker, und den Rest kennst du ja.«

»Leider.« Klotz leerte den Kaffeebecher. »Barkhoff muss in Panik geraten sein. Er hatte Angst, dass Maxi plaudert. Da hat er ihn einfach kaltblütig erschossen. Vorsorglich sozusagen.«

»Sozusagen.«

Escherlich drückte seine Gauloise in den Aschenbecher. »Komm, lass uns gehen, Werner. Das Wochenende wartet.«

Epilog

Es war Freitag, der 31. Juli. Werner Klotz stand auf dem Sankt Leonharder Friedhof in der Nähe der Webersgasse und starrte schon seit einigen Minuten auf ein Holzkreuz. Heute würden alle Schulkinder in Bayern ihr Jahresabschlusszeugnis bekommen, dachte er. Manche würden zufrieden sein, andere weniger glücklich, und ein paar würden die Klasse nicht bestanden haben. Und es würde einen geben, der bekäme gar nichts. Keine guten und keine schlechten Noten, kein Zeugnis und keine Ferien. Dieses Jahr nicht und auch nicht in den kommenden Jahren.

Klotz ließ den Blick nach unten wandern. Auf einem Erdhügel lagen Kränze und Blumen, die bald so sehr verwelkt sein würden, dass man sie würde entfernen müssen. Dazwischen lagen Fotos, Stofftiere und Bonbons. Jemand hatte Maximilian die DVD von »Kill Bill« aufs Grab gestellt. Unter Kieselsteinen lagen Zettel, auf die letzte Grüße gekritzelt worden waren. Regen und Sonne hatten das Geschriebene bereits verwischt und ausgebleicht.

Klotz spürte eine drückende Schuld auf sich lasten. Eine Schuld, die ihm andere und auch er sich selbst auszureden versucht hatten. Die Schuld an Maximilians Tod. Es gab eine Menge Entschuldigungen, um sein Gewissen reinzuwaschen. Hätte Klotz Maxi vorschriftsmäßig im Präsidium verhört, dann hätte dies noch lange nicht geheißen, dass Barkhoff ihn nicht trotzdem getötet hätte. Einen siebzehnjährigen Jungen. Einen Jungen mit einer alleinerziehenden, überforderten Mutter. Ein Junge, der sich so sehr einen Vater gewünscht hatte. Der glaubte, einen gefunden zu haben. Der einen falschen Vater gefunden hatte. Der seinen Mörder gefunden hatte.

Bei dem Wort »Vater« zuckte Klotz innerlich zusammen. Dachte an Maxi, der nicht zu ihm hatte kommen wollen. An Frederik, der nicht zu ihm kommen durfte. Kein Vater, mit dem er Unsinn machen, auf dem Volksfest Geisterbahn fahren konnte. Keiner da, der mit ihm im Herbst Drachen steigen ließ, der kam, wenn er ein Fußballspiel hatte, und ihn anfeuerte. Der bei den Hausaufgaben half und abends vor dem Einschlafen Geschichten vorlas. All das existierte nicht zwischen Frederik und ihm.

Klotz dachte an Familienanwalt Dr. Höderlein, den Neuen seiner Ex. Trauer und Wut stiegen in ihm auf, und er versuchte, das Bild seines Sohnes loszuwerden, den er diese Ferien nicht sehen durfte. Versuchte, den Geist des anderen Jungen zu beschwichtigen, dem er nicht gerecht geworden war. Gerecht? War man gerecht zu ihm, wenn man ihm sein Kind nahm? Wenn seine Ex nicht so ein hartherziges Luder wäre. Wenn ihr Neuer kein Hai von Anwalt wäre. Wenn er nur wüsste, was er tun könnte, was er hätte anders machen sollen.

Und Maxi. Wenn sich Maxi nicht in diese dumme Situation gebracht hätte, wäre gar nichts passiert. Warum auch war er vor Klotz abgehauen? Wenn Maxi nicht seine Lehrerin geliebt hätte, dann … hätte, hätte, hätte …

Aber es gab kein Hätte und kein Wenn. Das hatte er irgendwo mal gelesen, und das stimmte. Zwei Kinder verloren. Und er spürte diese quälende Schuld. Sie brannte in seiner Brust. Und er würde sie nie wieder ganz loskriegen, das wusste er. Er war verpflichtet, mit ihr zu leben.

Er zog eine vertrocknete Rose aus einem Plastikbeutel. Er hatte sie vorhin, bevor er hierhergekommen war, aus der Asservatenkammer genommen. Das war zwar illegal, aber das war Klotz scheißegal. Das Leben unterschied nicht zwischen legal und illegal, dachte er, das Leben *ist*. Punkt.

Er nahm die Rose und hielt sie in den blauen Himmel des letzten Julitages. Für einen Moment musste er an Wasim Ashkani denken. Wasim, der plötzlich nirgendwo mehr aufzufinden war. Der jetzt auf der Flucht war, getrieben von Panik und Angst, in ein Land abgeschoben zu werden, wo man ihn möglicherweise an einem Fleischerhaken aufhängen würde. Dann lieber ein Leben in der Illegalität in Europa. Irgendwo würde er einen Unterschlupf gefunden haben, so hoffte Klotz und legte die trockene Rose, an der das Blut von Linda Cordes klebte, auf Maximilians Grab. Eine Bleibe, eine Arbeit, vielleicht sogar einen Menschen, der ihm helfen konnte. I promise, hörte er sich selber sagen. So schnell würde er keine Versprechungen mehr abgeben.

Während er zum Ausgang des Friedhofs ging, dachte Klotz an Melanie. Wenn er im Hinblick auf soziale Beziehungen irgendetwas richtig gemacht hatte, dann war es wohl Melanie gewesen. Natürlich, er hatte Mist gebaut. Zu Hause wartete eine halb eingerichtete Wohnung auf ihn, eine Ruine, Ausdruck des Stands ihrer Beziehung. Er war im entscheidenden Moment einfach nicht da gewesen, weil er wieder irgendeinem Fall hinterhergejagt hatte. So ähnlich hatte er das jedenfalls ihrem Anrufbeantworter erzählt, als er Melanie um ein Treffen bat. Heute, in einer Viertelstunde. Im Biergarten der Villa Leon.

Klotz überlegte, ob er durch die Michael-Ende-Straße gehen und im Gymnasium vorbeischauen sollte. Ließ es sein und entschied sich für einen anderen Weg. Der Fall war abgeschlossen, er war kein Lehrer mehr, hatte in dieser Rolle ohnehin mehr als kläglich versagt. Es war Zeit, dass er sich davon löste.

»Werner!« Willibald Schittkowski winkte und lief auf ihn zu. »Werner, Mensch, wie geht's dir?«

»Danke, geht schon. Und selbst?«

»Ich komm grad aus der Schule. Ferien, endlich Ferien.«

Klotz fiel ein Lehrerwitz ein. Er gab ihn dann aber doch nicht zum Besten. Schittkowski hätte ihn sowieso nicht verstanden.

»Du, weißt du schon das Neueste?«, fuhr Schittkowski in aufgeregtem Ton fort.

»Was denn?«

»Der Löterich ist seinen Doktortitel los.«

»Wie das?«

»Ich hab dir doch von meiner Website erzählt. Weißt du noch?«

In irgendwelchen abgesperrten Gehirnzellen begann es Klotz zu dämmern. »Ja. Und?«

»Also, die Uni Bayreuth hat jetzt das Prüfungsverfahren eingeleitet.«

»Schön«, antwortete Klotz und wunderte sich ein wenig, dass Schittkowski überhaupt nicht wahrnahm, wie wenig ihn diese Angelegenheit interessierte.

»Na ja, wahrscheinlich nerv ich dich mit diesen Infos.«

»Vielleicht.«

Schittkowski legte eine Handfläche auf die Wange und machte ein gedankenvolles Gesicht.

»Du, wie wär's«, leitete er einen Themenwechsel ein, »ein Bier in der Villa Leon?«

Klotz dachte an sein letztes Zusammentreffen mit Schittkowski. In dem freundlichen, erwartungsvollen Gesicht des Mannes vor ihm war keine Spur davon zu finden, kein Erinnern, keine Scham, nichts.

Klotz fiel etwas ein. Er griff in seine Brusttasche und holte die Sonnenbrille heraus, die Schittkowski ihm am Morgen nach dem Bandabend geliehen hatte. Klappte das gute Stück auf, schob es Schittkowski auf die Nase und ersparte sich damit dessen verblüfften Gesichtsausdruck.

»Wenn ich so nachdenke«, antwortete Klotz, »lieber nicht.«

Damit ging er, ohne sich noch einmal umzudrehen. Er hatte andere Pläne. Als er daran dachte, beschleunigte sich unwillkürlich sein Schritt. Hatte sie seinen Anruf abgehört? Hatte sie es sich überlegt? Würde sie da sein?

Als er den Eingang der Villa Leon erreichte, war er beinahe gerannt. Sein Atem ging schnell, sein Herzschlag schneller. Da war sie. Unverkennbar, die dunklen Haare und die sommerlich gebräunte Haut. Melanie.

Klotz ging langsamer, bereute es einen Moment, die schützende Sonnenbrille weggegeben zu haben, stand stumm da und setzte sich dann. Was sollte er sagen?

Da hatte er plötzlich eine sehr simple Einsicht. Bei aller Schuld und bei aller Vermurkstheit, dachte er, gab es weder eine Vergangenheit noch eine Zukunft. Was man hatte, was man einzig und allein hatte, das war das Jetzt. Und das musste gelebt werden.

Die Bedienung kam an den Tisch. Klotz sprach: »Ein dunkles Weizen, bitte.«

Danksagungen

Mein Dank gilt Michel und Danielle Mesaize, die mir ihre Wohnung in Paris und ihr Häuschen in der rauen Bretagne zur Verfügung stellten, damit ich in Ruhe und konzentriert schreiben konnte.

Dank an Angelika Kübber und Sara Dippold, die den Roman vor dem Lektorat gelesen und weder mit Anregungen noch aufrichtiger Kritik gespart haben.

Für die Korrektur der Dialektpassage bedanke ich mich ganz herzlich bei Wilhelm Wolpert, Autor für ostunterfränkische Mundart.

Dank an Markus Orths und seinen Roman »Lehrerzimmer«, der mich hinsichtlich der Textstellen, die in der Schule spielen, an der ein und der anderen Stelle inspiriert hat.

Dank an das gesamte Team vom Emons Verlag.

Dank an meine Lektorin Dr. Marion Heister und an Dr. Christel Steinmetz.

Dieser Roman ist meiner Lebensgefährtin Tessa Korber gewidmet. Wo immer es ging, hat sie mich unterstützt, hat mir Freiräume geschaffen, damit ich die nötige Zeit und Muße hatte, um diesen Roman nicht nur zu beginnen, sondern auch abzuschließen. Danke, Tessy!

Christian Klier
KLOTZ, DER TOD UND DAS ABSURDE
Broschur, 240 Seiten
ISBN 978-3-89705-783-8

»Flott geschrieben, nicht betont witzig, sondern gut witzig. Die spannende Handlung ist authentisch recherchiert und endet mit einer überraschenden Wendung.« Doppelpunkt

»Spannend zu lesen.« Nürnberg heute